2013 · 62

合订本

STORIES

上海故事会文化传媒有限公司　出品

图书在版编目（ＣＩＰ）数据

2013《故事会》合订本．62 ／ 《故事会》编辑部编．－－ 上海 ：上海锦绣文章出版社，2013.11
ISBN 978－7－5452－1429－1

Ⅰ．①2⋯ Ⅱ．①故⋯ Ⅲ．①故事－作品集－中国－当代 Ⅳ．①I247.8

中国版本图书馆CIP数据核字(2013)第207133号

责任编辑：顾　诗
封面设计：王怡斐
责任督印：张　凯

2013故事会合订本62

《故事会》编辑部　编

上海锦绣文章出版社·上海故事会文化传媒有限公司出版
地址：上海绍兴路74号
电子信箱：gushihui@263.net
网址：www.slcm.com
中国图书进出口上海公司发行
地址：上海市广中路88号
电话:36357888
ISBN 978－7－5452－1429－1/I·556

笑话14则 ……………………………… 4

3分钟典藏故事 ………………………… 8

东方夜谈

九条命 ……………………… 老 三 10

微博故事 ……………………………… 13

诙段子 ………………………………… 15

新传说

天下没有白敲的钟 ………… 李 建 17

啼笑皆非 …………………… 曾宪涛 21

硬功夫 ……………………… 李景香 24

死有葬身之地 ……………… 金十三 27

民间故事金库

袖里吞金 …………………… 吴治江 31

阿P系列幽默故事

阿P种树 …………………… 李大勇 35

外国文学故事鉴赏

失踪者的结局 ………………………… 40

16岁故事

这个小孩不简单 …………… 李坤学 44

经典传递 ……………………………… 49

情感故事

婚姻如鞋 …………………… 张维超 52

法律知识故事

口头承诺也担责 …………… 汪 志 55

生意经故事

安全设备怎样卖 …………… 王 锐 57

中篇故事（精编版）

一块石头的尊严 …………… 方冠晴 61

伙计打哪儿来 ……………… 韩 冬 70

动感地带 ……………………………… 77

传闻逸事

他要听评书 ………………… 水常清 79

漫画故事 ……………………………… 82

故事中国网文精粹 …………………… 83

幽默世界

《动物要办运动会》等5则 … 李雪涛等 85

本刊信息传真

…………………… 14、69、87

故事会
STORIES

2013年10月
上半月刊·红版

社 长、主 编 何承伟

副社长：夏一鸣

常务副主编（兼绿版负责人）：吴 伦

副主编（兼红版负责人）：姚自豪

本期责任编辑：石莎莎

电子邮箱：ssasha@163.com

红版发稿编辑：

姚自豪 李 丹 吕 佳 丁娴瑶

美术编辑：王怡斐

电脑制作：郭瑾玮

本社办公室电话：021-64375030

上半月刊编辑部电话：021-64335114

下半月刊编辑部电话：021-64336469

（上海市绍兴路74号 邮编：200020）

主管：上海世纪出版集团

主办：上海故事会文化传媒有限公司

出版单位：《故事会》编辑部

发行范围：公开

出版、发行总监：张 凯

电话：021-64313938

广告业务：上海故事会文化传媒有限公司

广告总监：张 淮

广告业务：021-34010383

广告投诉：021-64333738

广告经营许可证

沪工商广字3100320080016号

发行：中国图书进出口上海公司

特别提示：凡本刊录用的作品，即视为本刊已获得该作品与《故事会》相关的网上传播、汇编出版、电子和录音录像制品等权利。本刊向作者支付的稿酬，已包含了上述各项权利的报酬，如有特殊要求，请提前说明。

（本栏插图：包丰一）

女子找到一位高人，向他讨教功夫。

……罢她的来意，随手一……囵上的水煮鱼图片，问："……不想吃？"

女子答："想吃！"

高人又指了指红烧肉图片，问："想不想吃？"

女子答："想吃！"

高人再指了指烤羊腿图片，问："……不想吃？"女子答："想吃！"

这时，高人慢悠悠地说："很好，你已练成了。这功夫就叫'一指馋'……"

（何增辉）

棉花糖

大街上，有个小男孩吵着要买棉花糖。妈妈指着他手里的小糖人，说："刚买的孙悟空还没吃呢，怎么还要？"

小男孩不听，赖在原地，非要买棉花糖不可。妈妈没办法，只好同意了。

小男孩终于拿到了棉花糖，开心地对小糖人说："大圣爷你看，你的筋斗云来了！"

（天天娃哈哈）

给我支烟

警察抓到一个犯罪嫌疑人，可这嫌疑人拒不交代自己的罪行。

警察连续审讯了他好几天，嫌疑人终于坚持不住了，流着冷汗，颤抖着说："好，我招，我全招，能给我支烟吗？"

警察听了，面露笑容，递给他一支烟，说："招吧，招完给你火。"

（薇拉拉）

城规

儿个男人聊起婚姻这个话题。

甲说："这婚姻就是围城，我就是那围城的墙，天天围着老婆转。"

乙说："我刚结婚，感觉就像是找到了根据地，老婆把旗帜在城墙上一竖，我的思想就跟着老婆走了。"

话音刚落，丙起身准备走了，大家劝他再待一会儿，他直摇头："我得撤了，我家城规是十点准时宵禁。"

（史志鹏）

活力来源

夫妻俩去游泳馆游泳，刚游了两个来回，就累得靠在池边喘个不停。这时，他们看到，不远处有个大爷在干劲十足地练习潜泳，好长时间才浮出水面换一口气。丈夫对妻子说："你看那个大爷多有活力啊，比咱俩强多了。"妻子连连点头称是。

这话被大爷听到了，他瞪了夫妻俩一眼，说："要是你们的钥匙也掉到水里了，也会这么有活力的！"

（焦淳朴）

生男生女

有个孕妇在医院待产，她听到旁边有对小夫妻在说悄悄话——

女的问："老公，你说我生男孩好，还是生女孩好？"男的答："你要是生女孩，我保护你们娘俩；要是生男孩，我们爷俩保护你。"

这个孕妇听得很感动，就用胳膊肘捅了捅旁边的老公，低声问道："你说，我是生男孩好还是生女孩好呢？"

老公想了想，这样回答："要是生女孩，你们娘俩欺负我；要是生男孩，你欺负我们爷俩。"

（迎风花开）

效果如何

一个漫画家为宣传戒酒，在宣传栏贴了一幅骷髅仰面喝酒的漫画。他想知道警示效果如何，就问围观者，这幅画是什么意思。

有个人立即回答："喝酒就要往死里喝。"

旁边一个人不同意："不对，是死也要喝完酒。"

又有一个人说："才不是呢，是死了也要做个酒鬼。"

第四个人开口了："你们都错了，这是一个酒的广告，是说——好酒喝死也值了……"

（陈金锋）

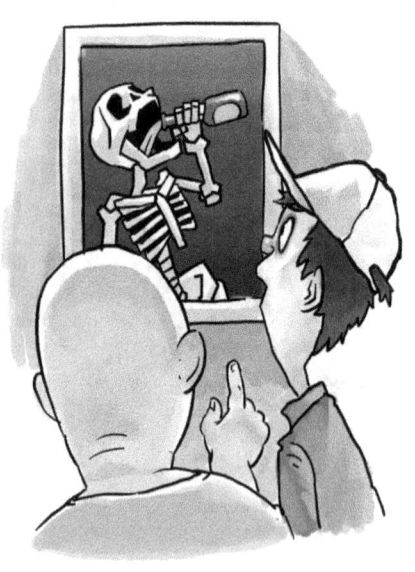

这还不简单

某女特别爱慕虚荣，每天都穿金戴银的。

老公终于忍不住了，问她："老婆，如果你要过一座桥，桥只能承受120斤，你现在全身上下有121斤，怎么办？"

老公原本是想让老婆说——"把首饰摘了，不就完了？"没想到这货说："这还不简单？把衣服脱了！"

（天　问）

对我很好

有两个姑娘，一个很漂亮，一个相貌平平，她俩都是刚刚参加工作。这天，相貌平平的姑娘问漂亮的姑娘："最近工作愉快吗？"

漂亮的姑娘很得意："不错，老板对我很好。你呢？"

"我也不错。"相貌平平的姑娘淡定地说，"老板娘对我很好。"

（薇拉拉）

搭　讪

有个老人刚到养老院，他和一个老太太搭讪道："你的头发挺漂亮的，哪里剪的？"老太太听了，一把脱下假发，怒道："你的才是捡的！我的是买的，买的！"

（余　娟）

到底用什么

妈带着三岁的儿子去姥姥家，走到门口，儿子抢着去敲门，可是没人来开。妈妈说："用嘴啊！"儿子用嘴在门上亲了下，门还没开。

妈妈笑了，指着儿子的头说："亲得开吗？小孩子要多动脑啊！"没想到儿子听到"动脑"后，直接用脑袋去撞门……

（太阳不下山）

妙 答

这天，一位老太太上了公交车，手里拎着个布袋子。忽然，布袋里伸出个脑袋，清脆地叫了一声，原来，布袋里装了只活公鸡！

司机被叫声吓了一跳，忙问："什么东西？"老太太迅速把鸡头按回布袋里，答道："手机彩铃！"

（太阳不下山）

哪道题不会

考试时，学霸给大家传来了答案，大家照抄到最后，却发现少了一个答案。出考场后，大家纷纷问学霸："为啥少一个答案，最后一题你是不是不会？"

学霸淡定地答了句："不是的，我是第一题不会做，就空着了……"

（余长生）

我是师弟

有个小伙子去花果山游玩，买票时，售票员问他："你属猴吗？"

小伙子说不是，又问买门票和属猴有什么关系，售票员遗憾地告诉他："现在景区搞活动，属猴游客的门票是免费的。"

小伙子听了，忙说："那给我打个半票吧？"售票员奇怪了："为什么？"小伙子说："我是属猪的，是猴哥的师弟。"

（喜 乐）

（本栏欢迎来稿，读者、作者可将有新鲜感、有精彩细节的笑话佳作投寄给我们。来稿一经采用，最高稿费为100元。本期责任编辑电子信箱：ssasha@163.com）

暴露身份

上级工作组来到苏军指挥部,前来听取工作报告。

指挥部的报告很精彩,尽管工作组人员不时提问,问他们如何处理未来作战中可能遇到的紧急情况,汇报的人仍能对答如流。

工作组人员非常欣喜,也许是太满意了,其中一个人,竟无意中像弹钢琴那样,用手指在桌面上弹了几下。

就是这个不起眼的动作,引起了一位苏军指挥官的注意,他看出,这可不是随手乱弹,而是德军《胜利进行曲》的节奏!于是,指挥官采取紧急措施,扣留了工作组的全部成员。

经调查,这些工作组人员竟然全部是德国间谍!他们俘虏了苏军一个检查作战计划的工作组,然后装扮成他们的样子,明目张胆地窃取情报来了。只可惜一个不经意的弹奏,暴露了他们的真实身份。

最重大的收获,往往来自最微小的细节。

(作者:吴志荣;推荐者:史敏文)

"大一号"的爱情

结婚前夕,女孩偶遇了前男友,开始背着未婚夫和他约会。

这天,女孩和前男友一起逛街,看中一件漂亮衣服。前男友帮她把衣服买了下来,还建议道:"买件小一号的吧!那样看上去更性感、美丽。"

第二天,女孩去上班,同事们都夸她的新衣服漂亮,女孩的笑容却有了些许勉强。衣服太紧了,她感觉胸口像压着块大石头。

女孩回家后,未婚夫看到她,说:"买衣服要买大一号的,穿起来舒服。衣服是自己穿的,自己的感觉最重要。"女孩懂了,"小一号"的是欣赏,"大一号"的才是心疼和爱呀!

"大一号"的爱情,是无私的关切,是天长地久的源泉,是尘世中最朴实也最真诚的眷恋。

(作者:张君燕;推荐者:袁恒雷)

把"对手"当好人

有个小伙子在和老同学聊天，谈笑中，小伙子得知，老同学开了家装修公司，生意做得蒸蒸日上。

正聊着，老同学接到一个客户的电话，要约他见面，老同学就让小伙子一同前往。

到了那里，客户却显得有些为难，说："几分钟前，有人给我推荐了另一家公司，也挺好的……"老同学了解情况后，说："这家公司比我们起步早，老板人也不错，您可以考虑一下。"

离开客户办公室，小伙子惊讶地问："你怎么替对手说话啊？"老同学说："实话实说嘛！"小伙子暗想：这单生意一定泡汤了。

果然，客户很快打来电话，说决定把这次装修交给老同学的"对手"来做，但是，他有另外一个项目，希望能和老同学合作。

这下，小伙子知道为何老同学的生意这么红火了，因为一个为"对手"说好话的人，一定值得信赖。

过了些日子，老同学告诉小伙子，上次那个"对手"，最近接了项大工程，因为工期紧张，竟主动找上门来，要和他"拼活"，合作共赢。这次，小伙子一点也不惊讶了。

（作者：张军霞；推荐者：兰明芳）

让爱生爱

有个男人在餐厅看到一对恩爱的老夫妇，老头子不停地说笑，把老太太逗得哈哈大笑。男人很羡慕老夫妇，因为他刚结束婚姻。

男人叫来服务员，代付了老夫妇的账单。服务员问："你们是朋友吗？"男人说："不，这是他们彼此相爱的回报。"说完，男人离开了。

第二天，男人再次走进这家餐厅，服务员告诉他："昨晚您走后，老夫妇发现有人替自己付账，既高兴又吃惊，就替另一对夫妇把账付了。老夫妇结完账说了句'让爱生爱'，然后手挽手离开了。"

半个小时后，男人用完餐要结账，服务员告诉他，餐厅女老板已帮他把账付过了。男人上前表示感谢，女老板微笑着说："让爱生爱。"

后来，男人每天都来这家餐厅吃晚餐，因为他的新女友在这里上班，她就是餐厅女老板。

让爱生爱，爱心彼此传递连成圆圈，我们才能生活在爱的圆心中。

（编译：赵文恒；推荐者：王 岩）

（本栏插图：安玉民 梁 丽）

学写作文，
从读故事开始

九条命

□ 老 三

从前有座山，山上有个洞，洞里住着一对神仙夫妇，他们有个宝贝儿子叫阿承。身为神仙的儿子，这阿承真被宠上天了，可谓是要风得风、要雨得雨。

转眼间，阿承长到十八岁，他要下山去尘世间经风雨。父母见阻拦不住，便与他深谈了一次，阿承这才知道，托神仙父母的福，自己有九条命。父亲说："你以前没做过啥好事，这次下凡间，好好利用你的九条命，累功积德，争取早日成仙。"阿承满口答应了。

第二天，阿承下了山，来到一个大镇子。他先去饭馆点了一桌酒菜，开心地吃了个痛快；又受老鸨勾引，去妓院鬼混了几日；从妓院出来，他又一头扎进了赌馆……几天后，他从赌馆出来，虽然身上的金银已经输了个精光，但精神上异常畅快，心想：反正自己有九条命，前边八条命先吃喝玩乐，等最后一条命再修行也不迟。

要活得潇洒自在，就要想办法搞钱。阿承在大街小巷转悠着，寻找发财的机会。途经一大户人家后院，他听见墙内有妙龄女子的欢歌笑语，正巧围墙边有棵大树，他抱着树干吃力地爬上去，坐在树上朝院内观望：下面是绣楼和后花园，一个如花似玉的小姐，正和几个丫环在花丛中玩笑嬉闹。阿承一瞧小姐的美色，馋得哈喇子都滴下来了，他当即决定，就在这树上猫到天黑，然后跳过围墙摸进绣楼，对小姐先劫色再劫财，财色兼收后溜之大吉。

好不容易熬到后半夜，阿承从树上撑起身来，跨步上了高墙，谁知手脚麻木，小腿肌肉一哆嗦，"妈呀"一声就栽了下去。那围墙很高，他脑袋朝下撞到院内地上，不巧又撞到一块不大不小的石头，当即气绝身亡。他随即从死亡中清醒过来，晓得自己已经用掉一条命了。他咬牙切齿地发誓，一定要成功，不能白白浪费一条命。

谁知祸不单行，上小桥没走几步，鬼使神差，阿承又"扑通"一声掉进潭中。他自幼生活在山上，不谙水性，一口水呛进肺管子，呜呼哀哉，但他马上运起第三条命，爬上岸继续向绣楼摸去……

猛然间，黑暗中一条训练有素的大型烈犬，不声不响地扑了上来，一口就咬断了他的脖子。阿承也不含糊，拼了，立刻运起第四条命，快步冲上了绣楼。那狗反倒吓愣了，一动不动，呆若木鸡。

阿承冲进绣楼，黑暗中迎接他的，是一把闪亮的剪刀。原来小姐早察觉到有异，攥一把剪刀躲到门后，结束了阿承的第四条命。

阿承有些怕了，他运起第五条命后，掉头往楼下跑，决定不玩了，

赶紧逃，保命要紧。可惜晚了一步，老爷和家丁们已经被惊动了，将绣楼围了个严严实实，阿承下楼无异于自投罗网。家丁们二话没说，围上来先一顿乱棍，要了阿承的第五条命。

见打死人了，老爷忙喝住了手下。这时，阿承已续上了第六条命，有家丁一摸他的鼻息，禀告说："老爷，没事，还喘气呢！"老爷这才放下心来，见天快亮了，喝令将阿承五花大绑，解往县衙。

县官老爷是个饱读诗书的儒生，痛恨这种夜闯私宅、采花偷香之辈，当场判了个斩立决。刽子手将阿承拉到乱石岗，一刀砍下了他的脑袋……

这一回，阿承学乖了，他一直等到刽子手们走远了，才运起第七条命，将脑袋和身子接到了一起。

岂料祸不单行，一个提着粪叉的乞丐见杀人，远远地跟了过来，他相中了阿承的那身衣裳。阿承刚把头和身子接好，听见有人来，忙闭眼装死，他眯缝着眼，看到乞丐上来扒他的衣裳，顿时勃然大怒，抡拳就打。哪知这乞丐是个惯在街头巷尾打野架的主，根本不怵，提起粪叉，一叉就叉进了阿承的咽喉，结束了他的第七条命。

乞丐走后，阿承运起第八条命，这次，他真的怕了，原来一条命那么容易就没了！阿承哭了半天，痛

·荒诞视点 虚幻笔记·

恨自己贪图享乐，自甘堕落，白白耗费掉了七条命。他决心从现在起，痛改前非。

阿承找了块破麻袋片，裹在腰上，望见远处有座山，山上树木繁茂，他决定去那山上搭个窝棚，靠砍柴贩卖来糊口，有时间就参禅打坐，抓紧修行。打定主意，他朝大山走去。

俗话说"望山跑死马"，一直走到天擦黑了，那山仍然遥不可及。阿承又累又饿，见路旁树林边有家饭馆，便进了饭馆，向老板哀求，说自己被人抢劫了，身无分文，可不可以先赊点儿吃食。

老板是个黑大汉，他上下打量了阿承一番，脸上的横肉里挤出一丝笑意，说："谁没个落难的时候？好说好说！"说罢，他高声朝后厨吆喝："贵客一位，好酒好菜伺候！"

片刻，一个瘦削的小伙计端着一大盘牛肉、一大盘肉包子和一壶烧酒，送了过来。阿承抓过包子，几口就是一个，又端起酒来往下灌……

正大吃大喝着，阿承突然觉得头晕眼花，昏死了过去。等醒过来时，他发现自己在一间小黑屋里，手脚被绑在一张案板上，昏暗的灯光下，店老板和小伙计狞笑着站在旁边，手中拿着雪亮的尖刀。

阿承吓得魂飞魄散，哆嗦着问："你们要……干什么？"

老板笑道："刚才那些人肉包子好吃吗？你吃饱了，该借你的肉来做包子了。"说着，老板操起刀子，一刀就攘进了阿承的心窝……

阿承运起第九条命，这也是他的最后一条命了，可是出现了一个大问题——他的身体被剁成肉馅了！他成了一个没有身体的游魂，必须尽快找一个身体！就这样，他在空中游荡着，不知道过了多久，看到下面有一处豪宅，这家的老爷刚断气，老爷的小妾和儿子正围着老爷的尸首痛哭流涕。阿承想：我不如就借这个老爷的身体一用，今后一定好好修行，积德行善！

转瞬间，阿承的魂魄已钻入老爷的尸体中。儿子和小妾正痛哭着，忽听老爷长叹一声，慢慢悠悠地睁开了眼睛。儿子和小妾刹那间停止了哭泣，两人对视了一眼，突然，不约而同地扑了上来，用枕头死死压住了老爷的口鼻……直到他气息全无、彻底死绝，这才放开。

小妾骂道："这老东西，还敢诈尸！"老爷的儿子强笑道："这叫好事多磨，咱俩的好事，他生气着呢！"小妾瞪了对方一眼，威胁道："你将来要是对我不好，你爹就是下场！"

再说阿承，他这一回真的死了，九条命都没能救了他。他没想到，自己以前太坏了，连老天爷都给不了机会啦……

（题图：佐　夫）

故事会▪新浪 微故事大赛

8月优秀作品选登　主题：第一次

@ 吃素的沙漠狼 过年了，三儿一女全部到齐。大儿给她和老伴一人买了一套新衣；二儿给她和老伴一人买了一部手机；三儿给她和老伴一人一厚沓钱；女儿抱来一台液晶电视。这可是破天荒头一次！她激动地扯了扯老伴的袖子："老头子愣着干啥，还不赶快给儿女们准备饭菜？""唉！"老伴叹口气说，"你怎么忘了阴阳两隔？"

@ 只道陌上花开 日记里："今早，我闭上脸，红了眼……翻过门，跑进墙。亮起本，摊开灯。细细写下心，怦怦乱了你……"所有这些，都因昨晚，我们的第一次亲吻。（要逐字逐句仔细读哦）

@ 王者如山之高 "你的工作完成了吗？""完成了，就是第一次独立制作，有点紧张，做得太小，水也放多了！""哦！放了多少啊？""表面上看，70%都是水。""那没关系，第一次做成这样已经不错了。对了，你有权给自己的作品命名，打算起什么名字啊？""嗯……您那个叫太阳，我这个就叫地球吧！"

@ 仪偌 小丽拿着作文本回家，妈妈一看，0分。作文标题：第一次。小丽这样写道："今天扶起一位老奶奶，这是我第一次做好事……"妈妈不满：明明写得很好嘛！她接着看下一段，脸色骤变——"可后来妈妈说，以后千万不要理这样的老奶奶。"老师评语：这是我第一次给家长打分。

@ 铁甲铜牛 办公室天天一片忙碌，业绩却始终糟糕。周一上午，门猛地被撞开，一个黑衣男子闯进来：都别

我的故事　我的梦

全国优秀故事征文大赛隆重启动

"安亭·国际汽车城杯—我的故事我的梦"全国优秀故事征文大赛现已进入第二阶段，本刊热诚欢迎广大作者用优秀作品参与本届赛事。

有关事项如下：

1. 参赛稿件须是尚未公开发表的原创"故事"作品，要求情节可读，人物鲜活，语言生动，故事性强，篇幅一般在 3000 字左右。

2. 奖项设置：一等奖：2 名，奖金各 5000 元；二等奖：5 名，奖金各 3000 元；三等奖：10 名，奖金各 2000 元；鼓励奖若干。

3. 可通过电子邮件或邮局投寄方式参赛，本期责任编辑电子邮箱：ssasha@163.com；本刊地址：上海绍兴路 74 号《故事会》杂志社，邮编：200020；已和我刊有联系的作者可直接将稿件发给编辑。来稿一律不退，请自留底稿。

4. 第二阶段征稿时间即日起至 2014 年 2 月 28 日止。

5. 征稿活动结束后将邀请有关专家组成评审委员会，在广泛听取读者反馈的基础上进行评比。部分优秀作品将在《故事会》杂志上优先刊发，部分作者将优先参加由《故事会》杂志社举办的笔会。

动，手举起来！大家战战兢兢地照做了。男子飞速巡视了一圈，扬扬手中的文件：我是新任经理，今天第一次检查。大家望着各自面前的电脑屏幕：游戏、股票、聊天画面都没来得及切换掉，心里一阵发凉。

@**菊韵香**　离家出走被找回，母亲气得要打他。"妈，你该为我高兴才对。我只拿了 5000 块钱，这俩月逛了十多个城市呢！"他斜瞥着那个男人，心说，他要不找，我还能多逛几个呢！男人是他的继父，他一直觉得他太软弱，不够高大。母亲一听，泪水夺眶："可他为了找你，走了二十多个城市，只带了 500 块钱啊！"

@**山在山上**　老鹰一个俯冲，叼起小鸡回到山上，对身旁小鹰说："看到没，快下去，抓不到小鸡就得挨饿！"小鹰咬咬牙迅捷跃下……一会儿，小鹰沮丧地回来了。"真没用！"老鹰无奈，把一直留着的食物送到小鹰嘴边。小鹰眼含泪滴："妈妈，刚才鸡妈妈也是这样喂小鸡的，我不想让她伤心……"

（本栏插图：佐　夫）

你在夸我吗

- "在我心里，你就像个大大的苹果。""讨厌，是说我的脸儿红又圆吗？""是说，我要削你。"

- "在我心里，你就像是古巴顶级雪茄。""讨厌，是说我高贵且世间少有吗？""是说，我要抽你。"

- "在我心里，你就像朵大大的棉花糖。""讨厌，是说我的性格又软又甜吗？""是说，你真黏人。"

- "在我心里，你就像是带刺儿的嫩黄瓜。""哈哈，是说我嫩吗？""是说，你欠拍。"

- "在我心里，你就像只风筝。""嘻嘻，是说我轻盈高挑吗？""是说，我要放了你。分手吧……"

- "在我心里，你就像是沸腾的开水。""嘿嘿，是说我热情奔放吗？""是说，滚！"

（推荐者：郭旺启）

人 与 人

热闹不过人看人，着急不过人等人，
难受不过人想人，温暖不过人帮人，
感动不过人疼人，残酷不过人害人，
阴险不过人算人，郁闷不过人气人，
耻辱不过人戏人，为难不过人求人，
生气不过人比人，成功不过人上人，
舒服不过人赢人，人生就是人与人！

（推荐者：孙训美）

·谈段子·

智慧在民间

- 人的一生，总是离不开"桌"——
最初的25年，拼"课桌"，
中间的25年，拼"酒桌"，
到了最后那25年，拼"牌桌"。

- 人生其实可短了，坐完十辆车就过去了——
出生坐手术车，
长牙坐摇篮车，
会站坐手推车，
会走坐童车，
小学坐自行车，
大学坐火车，
工作坐出租车，
有钱坐私家车，
老了坐轮椅车，
眼睛一闭坐灵车。

（推荐者：陈金锋）

趣味言论

◆ 草根饭局在于饭，精英饭局在于局，名人饭局在于人。

——饭局不同，重点不同

◆ 心是个口袋，什么都不装时叫心灵，装一点儿时叫心眼，装很多时叫心计，装更多时叫心机，装得太多就叫心事。

——装多装少在自己

◆ 一流男人会找二流女人，二流男人会找三流女人，三流男人会找四流女人，被剩下的是一流女人和四流男人。如果你是个剩女，你就是一流女人。

——对"剩女"现象的看法

（推荐者：向东志）

排比释人生

◆ 某些人的言行：
和上司说美话，和下属说丑话；和老婆说谎话，和情人说瞎话；和熟人说笑话，和生人说鬼话。

◆ 做人法则：
娶老婆应是小昭，交朋友应是令狐冲，做男儿最好做乔峰，出来混还得韦小宝。

◆ 某些影视节目：
老年人看了扭脸，中年人看了红脸，青年人看了笑脸，小孩子看了遮脸。

（推荐者：史志鹏）

我为啥不去富人家做客

有一次，我去看一位富婆朋友，她家的女佣走过来，问了我一连串问题：

◆ 您想喝点什么，果汁、苏打水、茶、巧克力热饮，还是咖啡？

◆ 请给我来点茶。

◆ 红茶、绿茶、花草茶、蜜茶，还是冰茶？

◆ 红茶。

◆ 您想要什么样的口味？清茶还是加点什么？

◆ 加点什么好了。

◆ 加糖还是加奶？

◆ 加奶吧。

◆ 奶粉还是鲜奶？

◆ 啊，鲜奶。

◆ 羊奶还是牛奶？

◆ 请加牛奶。

◆ 北美牛还是非洲牛？

◆ 呃，我想，我还是加糖吧！

◆ 甜菜糖还是蔗糖？

◆ 蔗糖。

◆ 白糖、红糖还是黄糖？

◆ 哎呀，算了，不要茶了，你给我来杯水就可以了。

◆ 矿泉水、自来水还是蒸馏水？

◆ 我想我要渴死了！

◆ 先生，您选择哪种死法？

（推荐者：芷彩卓）

（本栏插图：安玉民　梁　丽）

□ 李 建

天下没有白敲的钟

好钟与坏钟

周末，厂里难得休息一天，林朝阳带着儿子去附近的水乡古镇游玩。

古镇上有座千年佛寺，雄伟的大殿前摆放着一口青铜大钟，人们常借敲钟祈祷风调雨顺、国泰民安。

林朝阳刚和儿子一起推动圆木敲响大钟，就听见一位老师父叫道："别敲了，你没看到钟锤上有字吗？"

林朝阳这才注意到，圆木上贴着一张红纸，上面写着："诚心祈福，一次二十。"林朝阳尴尬得不知该如何是好，他在一家工厂打工，收入不高，买完门票后，身上剩下的零钱只

够回去的路费。

老师父慈眉善目，见他掏不出钱，没有为难他，说："这次就不收你钱了，记得下次来敲时要先付钱。"

林朝阳如释重负，连说对不起。他心想，哪还会有下次，门票这么贵，进来敲钟还要钱，以后再也不来了。

寺庙很大，林朝阳带着儿子转悠到一座偏殿前，只见里面有好多人在烧香磕头。林朝阳不信这些，就在里面闲逛，逛了一圈后，他突然发现，墙角放着一口残破的坏钟，看样子比外面的大钟还要古老，布满了灰尘和铜锈。林朝阳掏出刚刚花五块钱在古镇上买的按摩锤，轻轻地敲了几下，

・新传说・

几乎没有响声。

这时，刚才的老师父突然从后面冒了出来，朝他吼道："住手！谁叫你乱敲钟的？"刚才慈眉善目的老师父，现在变得凶神恶煞。

林朝阳被吓了一跳，结巴着说："敲这个坏钟不会也要钱吧？上面没写字啊！"

老师父说："这不是钱的问题，敲好钟祈祷会发生好的事情，敲坏钟则反了过来，祈祷变成了诅咒，会发生坏的事情。"

林朝阳不信，笑着说："这怎么可能？敲好钟也没见能敲出好事，敲坏钟还能敲出坏事来？你是想骗人都去敲那个好钟赚钱吧！我再敲几下坏钟试试，看你说的是不是真的。"说完，他又敲了起来。

老师父急忙拽住他的手，说："别敲了，你想诅咒谁？"

林朝阳随即向老师父诉苦，他打工的那家工厂老板特别抠门，经常强迫工人无偿加班，有工人生病了，就一脚踢出去不管不问，工友们都恨透了他，所以林朝阳想惩罚一下老板，让他生一场大病接不到生意，也尝尝吃苦的滋味。

老师父听了很同情他，说："这样的老板，你们应该去告他，而不是在背后诅咒他。"

林朝阳说："谁敢去告啊？告了饭碗就砸了，现在工作难找，工友们

都敢怒不敢言，你就让我再敲几下坏钟出出气吧！"老师父掐指一算，松开手说："敲吧！或许他命中该有此劫，但是，你别后悔。"

好人与坏人

后悔？我怎么会后悔！林朝阳使劲地敲起了坏钟，那钟居然还被他敲掉了一小块锈蚀的铜片。

敲完钟后，林朝阳心中畅快许多。他没想到，几天后，坏钟还真的灵验了。

那天上午，工厂里迟迟没有开工，工友们说，老板昨晚出车祸了，虽然只受了一点轻伤，但一直昏迷不醒，医生也搞不懂是咋回事。

当天是发工资的日子，老板醒不过来，没有他的同意，连工资也发不成。

林朝阳起初听到老板出车祸，还有点幸灾乐祸，心想坏钟还真灵，可一听到发不出工资，他就急了，马上要付房租、充煤气，还要给孩子交学费，哪一样不要钱啊！老板再不醒过来，他就要流落街头要饭了！

解铃还须系铃人，林朝阳赶紧坐车去寺庙。

找到老师父后，林朝阳质问他，敲坏钟诅咒的是老板，为什么现在连带工友们一起倒霉。

老师父笑着说："你们跟老板本就是一体，一荣俱荣，一损俱损，早

18

知如此，何必当初？"

林朝阳气急败坏地叫道："我们怎么会跟他一体？他是个坏人，榨取我们的血汗，拖欠我们的工资，我们可都是好人，好人不应该受到惩罚！"

老师父反问他道："好人？好人会诅咒别人吗？"

林朝阳无言以对，只好跟老师父赊账，跑出大殿去敲好钟，祈祷老板早日康复。老师父慢腾腾地走过来，对他说："别敲了，你再使劲敲也没用，就像人干了一件坏事，要用十件，甚至百件好事才能弥补犯下的罪过。"

"那该怎么办？"林朝阳懵了。

老师父给他想了一个办法，叫他带上工友们，一起来寺庙为老板敲钟祈福，人多力量大，或许还有转机，至于老板能不能醒过来，就要看工友们心诚不诚了。

林朝阳回到工厂后，立马开始做工友们的思想工作，大家起初都还不信。但老板醒不过来，工资就领不到，他们没有更好的办法，只好跟林朝阳一起去寺庙。

在林朝阳他们敲响第一声钟时，老板就在医院里醒过来

了。昏迷的这段时间，他做了一个噩梦，梦见工厂里的机器设备和货物都被工人们一抢而光，车间内一片狼藉。

老板醒后，不顾医生的劝阻，要回厂里稳定局面。可老板到工厂一看，一个工人的影子也没有，问了保安，说工人都在林朝阳的带领下去古镇寺庙了。

老板一听这话就怒了，心想这帮工人肯定是看我出车祸了，高兴地去古镇玩乐庆祝，一定要看看是哪些人去的，回来后全部开除。老板气冲冲地叫秘书带上花名册，开车直奔古镇而去。

好心与坏心

赶到古镇寺庙后，老板看到工人们正排着长长的队伍，轮流地使劲敲钟。老板躲在角落里，叫秘书记下那些工人的姓名，却偶然听到几个卖

香烛的大妈在议论说:"这是哪家公司的老板啊?听说他出车祸了,这么多工人来给他敲钟祈福,祈祷他早点醒来。"

还有人说:"这个老板一定是个大善人,不然工人怎么会诚心为他祈福?要花不少钱呢!"

听到这儿,老板愧疚不已,心想,我平时待工人刁钻刻薄,他们居然还来为我敲钟祈福,而我却误会了,还要开除他们,真是不应该啊!

没过多久,钟声结束了,只见林朝阳跟老师父吵了起来:"不是一次二十块钱吗?一百个人,你怎么收我们五千?"

老师父说:"上次你诅咒老板生病,把坏钟敲掉了一块,多收的三千块钱是修钟的费用。每个人心中都有两口钟,好钟和坏钟,敲好钟还是坏钟,做好人还是坏人,都是你们自己选的。不把坏钟修回原样,你跟老板的心也别想修好,这钟修不修随你。"

林朝阳支吾道:"修,一定要修,可我们现在没钱啊,老板没醒过来,工资还没发!"

老师父不相信,说:"你们一百个人,还凑不出五千块钱?"

一个工友起哄道:"我们老板的心肠早就坏了,每个月只给我们发基本生活费,工资到年底才结清,平时钱哪里够用。"另一个工友也说:"朝阳,别修了,要想把老板的心修好,

除非太阳从西边出来。"

老板被说得无地自容,这才知道在工人面前,他早已失去人心,是个十恶不赦的坏人。他叫秘书过去把钱付了,自己偷偷地钻上车离开了。

林朝阳恰巧看到了老板离去的背影,心一下子就凉透了,心想这下可完蛋了,再怎么敲钟也没用了,老板是个有仇必报的人。

回到工厂后,林朝阳向人事部提交了辞职报告,刚想走,老板打来电话,让他去一趟办公室。

林朝阳心想,事到如今也没什么好谈的了,便走出了工厂大门。没想到,老板追了出来,拦住林朝阳,说:"朝阳,我想聘请你做我的助手。那天你们敲完钟离开后,我又去了寺庙,老师父把敲钟的钱全还给了我,还对我说,他只会修钟,修不了人心,工厂里的人心要靠我自己去努力修补,你能留下来帮我这个忙吗?"

林朝阳从农村出来打工这么久,经历了各种艰辛困苦,听老板这么一说,鼻子突然一酸,落下两行热泪。

在寺庙里,老师父用快干金属胶水将碎铜片粘了回去。虽然林朝阳敲钟和老板出车祸是巧合,但老师父已借着这口坏钟,敲打了无数人的心灵。或许有一天,你我也会犯糊涂想敲响那口坏钟,可千万要忍住,别去敲它啊……

(题图、插图:张恩卫)

□ 曾宪涛

啼笑皆非

夏铭是家小公司的总经理，路子广人缘好，经常有人求他帮些大忙小忙。这不，周六一大早，又有人上门求助来了。

来者名叫孙志高，是夏经理的小舅子。孙志高的儿子明年就要上高中了，想读当地最好的高中——市一中。可孙志高知道，凭儿子的成绩，要想上一中，非找关系不可。有人告诉他，一中校长手里每年都有照顾名额，能认识他就好了。一中校长叫孙志宏，跟孙志高只差一个字，孙志高只能叹气道："志高、志宏一字之差，可我俩就是不相识啊！"他想到找关系要趁早，就来找夏经理了。

夏经理听完小舅子的来意，摊开手说："我认识的都是做企业的朋友，还真没有教育界的熟人。"夏经理的老婆一听，不高兴了，吼道："你就不能托托人，看有没有认识孙志宏的？"

夏经理惧内，平时就对老婆百依百顺，只好满口答应了。

接连几天，夏经理问了很多朋友，都说不认识一中校长，可小舅子心急如焚，一直来催他，这事儿就这么天天说着，新年到了。

蛇年除夕，夏经理收了一晚上的拜年短信，也回了一晚上的短信，第二天，老婆起床了，夏经理还在睡觉。老婆见他摆在床头柜上的手

机，心想昨晚那么多人给他发短信，得看看都是些什么人。

老婆就这样翻看着，一个短信突然引起了她的注意，短信是这样写的："祝酒一杯庆团圆，福临九州炮竹喧，蛇舍灵珠缠绕你，年年吉祥伴身边，万里春风贺新岁，事事顺意享悠闲，如鱼得水心情爽，意藏句首日子甜！孙志宏携全家给你拜年！"引起她注意的，不是短信中有意思的藏头祝福语，而是短信后面的署名。她看着那个名字，心想弟弟整天念叨要找的那个孙志宏，会不会就是这个发短信的人？

老婆推醒夏经理，问他："这个孙志宏是谁？咋跟一中校长同名？"夏经理睡眼惺忪地说："哪个孙志宏？不认识。"老婆说："不认识他咋给你发短信拜年？"夏经理接过手机，又仔细看了看短信，笑了，说："你没把短信看完，你再往下翻翻看是谁发的，这是大彭那小子发的，他把别人发给他的短信原封不动转给我了。"

大彭是夏经理的发小，老婆拿过手机一看，还真是

他发的，不由骂了句："这家伙糊弄人！"不过转念一想，又说，"那就是大彭认识这个孙志宏了。"夏经理说："这好办，我问问他。"

夏经理便把电话打了过去，责备大彭不够意思，把别人的短信原样转给他。大彭在那边嘻嘻笑道："夏哥别生气，短信太多，也没细看。"夏经理问："这个孙志宏是不是一中校长，跟你啥关系？"大彭说："哪个孙志宏？我朋友里没叫这个名字的。"夏经理说："短信里明明写着孙志宏三个字，怎么没有？"大彭说："我查下短信看看。"说着挂了电话。

等了好大一会儿，大彭才打电话过来："查到了，这个短信不是孙志宏发的，是我一个朋友转发的。"夏经理说："那就问问你那个朋友，孙志宏是不是那个一中校长，他们关系如何？我有很重要的事。"大彭

说："我现在就找他，你等我回话。"

夏经理就跟老婆等着大彭回话。老婆说："大彭那个朋友要是真跟一中校长认识就好了。"夏经理说："听大彭口气好像没问题，到时候叫他朋友带着，登门拜访一下。"

两口子正说着，大彭电话打过来了，他没说话先是笑，笑了好长时间才开口说："我那朋友跟我一样，也不认识孙志宏，那个短信也是别人转发给他的，看来一个个都是不够意思的人。"说完又笑。两口子满心的希望又落空了，夏经理打断大彭的笑，说："你再叫你的朋友给问问，看那边认不认识一中校长。"大彭说："我已经跟他说了，他打了两回电话都没打通，你等着吧，有消息我就告诉你。"

这么几个来回，两口子都垂头丧气的，但也只能这样等着。

当天是大年初一，夏经理跟着老婆去岳母家拜年。来到岳母家，小舅子孙志高也在，知道后，竟也抱了一丝希望："说不定有戏！"

一家人正吃着饭，大彭来电话了，说那边电话打通了，不过短信还是别人转发的，都看着这拜年的话好，没细看署名就转发了。大彭叫他们别急，那边继续打电话追问，非找到短信的源头孙志宏不可。

事情到了这份儿上，夏经理已经不抱希望了，对家人说："再想别的办法吧！"孙志高还不死心，正想说话，他的手机响了，是一个同事打来的，那同事问他："志高，你认识孙志宏？他是不是一中校长？"孙志高莫名其妙，说："我哪里认识孙志宏？我正想找他呢！"同事说："那你给我的拜年短信是怎么回事？我念给你听听。"同事把那个拜年短信念了出来，"……孙志宏携全家给你拜年！"他念完后又说："你要是认识一中校长，想请你给我朋友帮个忙，朋友有事找他。"

孙志高呆在那里，当听到那句"孙志宏携全家给你拜年"时，他就明白了，这个短信的源头就是自己。昨天晚上，他收到朋友的一个短信，看着内容有趣，就把署名改成自己的转发出去，谁知改名的时候，错把自己的"孙志高"写成了"孙志宏"，因为这段时间，他满脑子想的都是一中校长孙志宏……

这时，孙志高听到姐姐对夏经理说："你再打个电话给大彭，问问有没有进展……"孙志高哭笑不得，说了句："甭问了，那个短信的源头就是我。"

（题图、插图：张恩卫）

延伸阅读

您想阅读这位作者的其他精选作品和创作感言吗？请扫描右边的二维码。更多精彩，立刻体验。

·新传说·

硬功夫

□ 李景香

冯笑燕是一档综艺节目的编导，别看他长得身材矮小，却是个人精，印证了"浓缩的都是精华"，常有好点子，做出来的节目好看有噱头。

这天，冯编导路过一条小街，看到很多人黑压压地围在一起，就也上前去瞧热闹。

人群围着一个残疾男人，他只有一条腿，右手也没了。男人在表演"硬功夫"，只见他拿过一块砖来，扬在空中，喊了一声"呀"，砖头拍向脑门，"啪"的一下，砖头断成两截，人群里满是喝彩。

冯编导走南闯北，见识得多了，觉得男人的功夫很一般，不过，考虑到对方是残疾人，有点"励志"的味道，他便耐着性子往下看。

男人没有右手，只有一个"胳膊头"，他把一块砖放在石头上，胳膊头朝下，猛地一使劲，只听一声闷响，"砰"，砖头应声断为两截。

冯编导看得目瞪口呆，这男人用的是胳膊头啊，看着都疼！更让他想不到的是，男人又抓过一块砖头，在那条断腿上，使劲一拍，"啪"，砖头又断为两截，冯编导看得鸡皮疙瘩都起来了。

男人表演完了，人们都上前递钱，冯编导给了他一张老人头，男人千恩万谢，咧着嘴憨厚地笑了。

冯编导搭讪着问道："老哥，你

功夫不错啊，从小就练的吧？"男人摇了摇头，说："不是，我残废后才练的。"冯编导倒吸一口冷气：真是太励志了！他继续问："练了多久学会的？"男人说："一个来月吧，自己瞎练的。"

三句话不离本行，冯编导瞎扯了几句，就说："我是个综艺节目编导，你有兴趣到电视台录节目吗？"

男人一咧嘴，一口大黄牙："不去，俺胆子小。"

冯编导耐心地劝他："去录节目劳务费很高，而且容易出名，到时候，你再摆摊赚钱更容易。"男人仍旧不同意，低头把碎的砖头扔到小推车上，拄着拐，拉着小推车想往前走。

冯编导不死心，心想，男人练了个把月就把硬气功练成了，说不定有啥诀窍，自己可以打探打探。想到这儿，他一把拦住男人："老哥，不参加节目就算了，不过，你可以教我硬气功啊，我给你学费，500块钱怎么样？"

男人觉得500块钱不是小数目，一咬牙，点了点头："你学会了，也别去电视台参加节目。"冯编导笑了，这男人还真有意思哟！

男人把劈砖的要领说了，说要力量与意念结合，要气运丹田。练了几次，冯编导的手掌都劈得红肿了，终于劈断一块砖头，他很兴奋——自己也是硬汉子了。

冯编导怀揣一身"武艺"回到办公室，嚷嚷着让同事们知道自己有多爷们儿，结果劈了几次砖，手掌都快断了，也没劈开，狠狠地丢了一把人。冯编导很懊恼，决定去找残疾男人算账。

过了几天，冯编导在一个路口又看到了那个男人，他冲上去嚷嚷着要退"学费"。男人满脸憔悴，一副病怏怏的样子，说话有气无力："钱让我看病花了，还不了你了。"

冯编导板着脸说："学费我不要了，你跟我去电视台录节目吧，录好了，不但不要学费，还给你工钱。"男人没办法，只好重重地点了点头。

男人还想拄着拐推小车，冯编导说："别要这车砖了，电视台可以给你准备。"男人说："别浪费了。"冯编导没办法，叫了拖车公司，把砖头拉到电视台。

冯编导看着男人有气无力的样子，巴不得赶紧录节目，因为他这副样子更能让观众心生怜悯，更可以突出"励志"的主题。冯编导可是个老油子，知道怎样骗取观众的眼泪，他叫化妆师把男人化得更"苍老"一些。准备停当，开始录节目。

节目录得特别顺利，男人的硬气功表演得比平时还要好，"噼里啪啦"，舞台上到处是碎砖头，现场效果好极了。节目一播出，好评不断，很多热心观众打来电话，说想

更深一步了解身残志坚的男人，还说要捐助他。

冯编导想，男人身上还可以挖掘更多的东西，他联系了一家网站，说要直播采访男人，让网友"零距离"了解他。开始男人不同意，但因急用钱看病，也只能勉强答应了。

网站视频直播很热闹，冯编导提前告诉男人，说越是有分量的东西、越是隐晦的东西，就越要讲出来，因为节目宗旨就是"说出你的秘密"。

直播期间，男人先表演了一段劈砖，然后说起了自己的身世。原来，男人是个打工仔，和妻子辛苦了十几年，赚下钱在老家盖了栋二层小楼，可是一天夜里，小楼突然坍了，妻子被当场砸死，自己残疾了，一个美好的家庭就这样完了。

主持人听得快哭了，原来男人身上有太多的不幸。为了更深地挖掘有价值的东西，主持人问男人："听说，最初你并不想上节目，这是为什么呢？是因为腼腆不好意思吗？"

男人脸红了，说："确实有些不好意思，不过，更重要的是……是我不想骗大家。"主持人一愣："骗大家？难道你说的不是事实？"

男人说："我说的都是事实，我确实是被楼房砸残疾的，但我的硬气功是假的。"主持人呆住了："不会吧，我在现场检查过的，是真的砖头，不是道具砖头。"

男人说："是真砖头不假，但是这些砖头比一般的砖要薄一些，而且更脆，能承受的压力也小。"

主持人一时没回过神来，半天才说："那是特意为表演做的砖头？"

男人摇了摇头："不是，这些砖头是从我倒塌的房屋里弄出来的。"

主持人听了，身子猛地一震，她很兴奋：又挖掘出更大的新闻价值了！她想，不如去房屋倒塌现场看看，获取一手资料。

节目组来到倒塌现场，看到一片狼藉，到处是劣质砖头。男人既愤慨又无奈："就是因为这些质量不好的砖头，我的好日子才毁了。"

主持人拿起一块砖头，让镜头给了个特写，义愤填膺地说："观众朋友们，这位老哥就是因为这些黑心砖才被砸成这样，他拿这些砖头去表演硬气功也是被逼无奈，我们不应责怪他，应该谴责那个卖黑心砖的奸商！"她问男人："你还记得那个黑心砖厂的名字？或许我们可以帮你去追查他们的责任！"

男人说："笑燕砖厂。"

一句话惊得冯编导两腿发软：冯笑燕冯编导之所以现在每天吃香的喝辣的，就是因为他家有钱，他父母开着家"笑燕砖厂"，昧着良心卖黑心砖，赚了大钱。

这可是现场直播啊……

（题图：佐　夫）

□ 金十三

死有葬身之地

恶贯满盈

郑冲是个孤儿，从小由乡亲们一起养大，他长大后为人老实、善良，村里人提起他，都是赞不绝口。

这天，郑冲急火火地来到村长三爷家，一进屋就嚷嚷道："三爷，怎么办？县政府要开发五龙山了！"

三爷看到他那着急的样子，笑了："要开发的是五龙山，跟咱郑家洼一个城东一个城西，你急个啥？"

郑冲说："我爹的坟咋办啊？"

这下三爷明白了。原来，郑冲的爹叫郑冰岩，一直好吃懒做，坑蒙拐骗，曾因一件小事，把几个长辈都打了。后来，他到城里去混，竟然绑架了当时县城首富的儿子，收到赎款还撕了票，被法院判处了死刑。当时执行死刑的地点就在五龙山脚下，郑家的族人没脸去收尸，县民政局就将他埋葬在五龙山。

三爷示意郑冲坐下，问："你想给你爹移坟，是吧？"见郑冲点头，三爷建议说："你给他移到县里的公墓不就得了。"

"我问过了，收费太高，我负担不起。"郑冲商量着说，"三爷，我爹死前还是郑家洼的户口，按规定可以有一块坟地，你看……"

三爷考虑良久，同意他移坟进村。三爷还嘱咐郑冲，挖地垒坟要在晚上进行，免得被人看到。

当天晚上，郑冲就带着几个人，先是去五龙山收拾了他爹的骨灰，又回到郑家洼后山，待到夜深人静，

开始挖地。正在挖呢，不料山上的火光被村民看见了，于是立即报告了老太爷。

这老太爷，地位相当于"族长"，他的一条左腿，当年还是被郑冰岩给打残的。老太爷派人叫来三爷和郑冲，把他们骂了个狗血淋头。

骂完他们，老太爷又把郑冲死去的爹骂了一通，郑冲听不下去了，说："臭虫也有二钱肉，我爹是坏，可我不信他没做过一件好事……"

老太爷冷笑一声，说："你爹死的时候你还小，不知道你爹是如何的恶贯满盈。那好，我就给你一个月的时间，你只要找出你爹做的一件善事，我就允许你给他移坟进村。"

郑冲答应了，他寻思道，爹就是再坏，也必定有些怜悯之心，就算见到小孩摔倒后抱起来，也是善事嘛！于是，郑冲忙乎起来，先是挨家挨户去问村里的人，又跑到城里打听，可大家众口一词：郑冰岩就是个地痞，没做过一件善事！

没办法，郑冲就写了个启事，标明：若是有人知道郑冰岩生前做的好事，自己愿意奉上两千块酬劳。然后，他复印了几百份，趁着夜色，到城里四下给贴上了……

希望破灭

启事贴出去没几天，真有人找上门来。来人自称姓颜，是郑冰岩曾经的铁哥们。姓颜的说："岩哥人很好的，就说他对我们这些兄弟吧，那是肝胆相照、义薄云天，有好多次，他都奋不顾身，救了我们的命……"

郑冲心中欢喜不已，说："好，你跟我去老太爷那儿，和他这么说。"姓颜的有些犹豫，但还是去了。

正巧那会儿，老太爷的一个学生来看望他，那学生姓吴，曾经做过警察。老吴听姓颜的这么一说，他皱起了眉头："你姓颜？你的绰号是不是叫山核桃？"

"你怎么知道的？"

"哼，当年郑冰岩撕票之后躲进了大青山，有个叫山核桃的人报警说，郑冰岩想独吞赎款，还拿刀想杀他。既然郑冰岩不仁，也就别怪他山核桃不义，于是他带着警方抓住了郑冰岩。是不是这样，山核桃？"

"我、我……"姓颜的吞吞吐吐起来，趁人不注意，拔腿跑了。郑冲很失望：原来是来骗钱的。

老太爷叹了口气，说："郑冲，现在你相信我了吧？"

"我——"郑冲不知该怎么回答，他没想到自己的爹竟然如此之坏，不孝、不仁、不义，完全就是一本反面教材。老太爷和村民们不愿意让他移坟进村，看来确是有道理的。

第二天，郑冲收拾了行李，带着他爹的骨灰准备出村。老太爷和大伙儿看到了，就问他去哪儿。郑冲给大伙儿磕了三个响头，眼泪汪汪地说："我代我爹给乡亲们赔罪……虽然他坏，可他还是我爹。他不能入土为安，死无葬身之地，我就背着他一起闯江湖，走哪儿算哪儿。"

大伙儿一听，心都软了，郑冲是郑家后辈里面最听话的，大伙儿都喜欢他，现在他要走，大伙儿真有点舍不得。可老太爷铁石心肠，面无表情，大伙儿也不敢挽留郑冲……

陈年往事

郑冲拿着行李向村外走去，走到水库口，猛然想起住在水库半山腰的魏大爷。魏大爷是五保户，无儿无女，因为不是姓郑的，在村里也没什么话语权，所以，早早就自告奋勇来看水库，这一看，就是三十多年。平时，郑冲隔三差五就来魏大爷家，帮他挑水犁地。如今自己这一走，不知什么时候再回来，魏大爷吃水怎么办呢？唉，临走之前，就给他挑满最后一缸水吧。想到这里，郑冲就来到魏大爷家。魏大爷正好不在，郑冲挑起水桶，来到山下的水库挑水。

刚注满水缸，魏大爷回来了，他看到郑冲拿着行李，问怎么回事，郑冲就如实说了。魏大爷听后，说："你先别走，跟我回村，我有一件事想问清楚。"于是，他俩回到村里。

此刻，大伙儿因为郑冲走了，心里正难过着呢，还没有散去，看到郑冲回来，就是老太爷也不禁欢喜起来。魏大爷走到老太爷面前，说："我想问件事，你知道以前管咱村水利维修的刘乡长的电话吗？"

"他已经退休了，你问他干吗？"

"我有点事想向他打听。"

老太爷一头雾水，便让村长三爷去查，很快就找到了。魏大爷让郑冲拨电话，电话很快接通，魏大爷就问："刘乡长，你还记得郑冰岩吗？二十六年前，郑家洼维修水库

·新传说·

之前，他找过你吗？"

刘乡长略略沉默了片刻，说："我还记得，他来找我要拨款，我说这事儿书记做主，他便去找书记。听说书记不理他，他就摆出一副'我是流氓我怕谁'的架势，像狗皮膏药似的粘着书记……"

老太爷和村民们听完电话，一时发呆：想不到还有这事？魏大爷见大家疑惑，就细细地说了起来——

石破天惊

郑冰岩那时候爱到水库里洗澡，水库不仅用来灌溉，还是村民们的饮用水，是没人敢去洗澡的，可郑冰岩天皇老子都不怕，天天去。

有一次，郑冰岩去洗澡，心情还可以，看到魏大爷，他就嚷嚷："老东西，平日里你叨叨咕咕地不让我洗，今天怎么不说话了？"

魏大爷瞪了他一眼，说："你就赶紧洗吧，再过几天就没得洗了。"

"老不死的，你咒我呀？"

"我哪里敢，只是这水库快垮了，没了蓄水你咋洗？"

"水库要垮？为什么不维修呀？是不是那老鬼把维修的钱放进了自己的腰包？看我回去不打断他另一条腿！"

郑冰岩说的"老鬼"，就是当时当村长的老太爷，魏大爷忙说："你别胡说，村里这几年都在打报告，可乡里说没钱，一直没批。"

"娘的，他们天天大鱼大肉，说没钱，鬼才相信，看老子去要！"说完，郑冰岩光着膀子就去了乡政府。俗话说，不要命的怕不要脸的，那书记还真纠缠不过郑冰岩，无奈之下，就签了报告，拨了款。

魏大爷长长地叹了口气，深情地说了起来："那一年秋天，五十年不遇的洪水在乡里肆虐。有几个村因为水库年久失修，都崩塌了，冲坏无数房屋，死了好几十人。我们郑家洼加固及时，逃过一劫。要说郑冰岩没做过好事，我真的不信！"

"难怪当时我奇怪，乡里怎么那么豪爽就签了报告，原来还有这么一段故事。"老太爷听了，感慨不已。

"其实，那时候的郑冰岩只是脾气暴躁，爱表现自己，还没坏到不可救药，只是大家打心眼里把他看成了坏人，处处看死了他，他才越来越坏，最终走上了那条绝路。唉，人哪，总要让他往大道上走啊……"魏大爷说完，回水库去了。

这时，郑冲抹了抹眼窝里的泪，问："老太爷，我爹移坟的事……"

老太爷说："我一个人说了不算，你让大伙儿表决吧！"

村民们听完这曲折的故事，纷纷举起了手，郑冲回头看看老太爷，老太爷也缓缓举起了手……

(题图、插图：谢 颖)

30

古老的秦晋大地上，曾流传过这样一段歌谣：袖里吞金妙如仙，灵指一动数目全，无价之宝学到手，不遇知音不相传……

袖里吞金

□ 吴治江

上世纪20年代末的一天，川南一大镇逢集，牲口贩子孙三忙碌其间，买进卖出，帮人算账，忙得不亦乐乎。

突然，有人在他肩上拍了一下，孙三一看，是个陌生中年人，一身富商打扮，身后有两个年轻跟班儿。

这人问："你是孙三？"

孙三点头。

"请你帮我算一笔账。"中年人没等孙三同意便说，"小猪中猪大猪各三头，小猪每斤一角八分，一头二十三斤四两……牛十七头，每斤一角九分……"中年人一口气说完一大堆，问："一共多少——"

"二百一十七块八角四分。"中年人话刚说完，孙三便报出了答案。中年人一把抓住孙三抱在小腹前、笼在袖里的手，问："袖里吞金？"孙三微微一笑："雕虫小技，见笑。"中年人抱拳施礼："佩服！"他说罢一挥手，三人走出了牲口集市。

孙三大惑不解，那是什么人？想干什么？有人说："孙三，这年头，你这'袖里吞金'，不知是福是祸哟！"是啊，这年月，大小军阀你打我我打你，孙三真不知道这"袖里吞金"会给自己带来什么。

原来，"袖里吞金"是一种很特

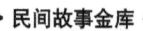
别的手心算法，不用真正的算盘，只把自己左手当作一架五档小算盘，用右手五指点按这小算盘进行计算，其速度远远超过用一般算盘。这还是数百年前，秦晋商人发明的算法，精通者少之又少。孙三的祖上是从山西迁来的商人，他从小就学会了这种算技。

三天后，孙三家突然来了两个军人，正是那中年人的跟班。两人说，刘师长要请孙三到军中任军需官。

孙三不肯，说自己三代单传，上有老母，下有妻儿，都丢不下。来人掏出手枪往桌上一放，大声说："去也得去，不去也得去。"

"这——"孙三知道小老百姓谁也得罪不起，只好答应。

到了军中，刘师长立即召见了他。刘师长就是那位考他的中年人，他说："你放心，我不会让你上前线打仗，你家人我也会妥善安排。"

得到这话，孙三才放宽了心，笨拙地敬了个军礼，说："愿为师长效犬马之劳。"

孙三在军中任会计，除了处理军中物资进出的账目，还负责防区内的税收事务，他尽忠尽职，精明能干，深得刘师长信任。

一晃十年过去，刘师长已成刘军长，要率军出川抗战，临行前，他履行承诺，没带孙三上前线，而是推荐他到省政府财政厅当了科长，专门负责川南地区的军粮征集、统计。

孙三上任几个月后，接到一项特殊任务，带三个科员到一县城调查该县陈县长涉贪之事。

到了该县，陈县长叫会计抱来一大堆乱七八糟的账本。换作一般会计，这堆乱账本没个十天八天是清算不完的，可孙三用他的"袖里吞金"绝技，三天不到便理了个一清二楚。他找出了其中的漏洞，陈县长确实有严重的贪污问题。

这天晚上，孙三把账本和查出的问题写成材料装箱，准备第二天一早启程回省府报告。这时，陈县长来了，穿着一套旧式长衫。寒暄之后，陈县长问："本县账目没大问题吧？"

孙三说："没——没小问题。"

陈县长一愣，说："听说您'袖里吞金'算法了得，本县想切磋切磋。"

"哦？愿领教。"孙三微笑着向陈县长伸出手，陈县长也微笑着伸过手来，他的长衫袖口宽大，两人的手笼在里面。

捏了几下手，孙三发现陈县长的"袖里吞金"不过是半罐水。突然，孙三见陈县长胳膊一伸，感觉有两条硬硬的东西落到了自己手里，他知道这是两根金条，陈县长显然是要收买他。孙三把金条向对方一推，摇头说："陈县长打错了算盘。"

陈县长说："这只动了算盘上的一颗小珠子，其他珠子还没动呢。"

孙三说："不！陈县长算盘口诀念错了，动多少珠子也枉然。"陈县长脸色一沉，说："那你看这个如何？"他胳膊再次一抖，一样东西落下来，孙三惊得浑身一颤，这次落在他手里的，是一把小手枪。陈县长阴狠地笑着说："这架算盘怎样？贩卖牲口时，通常用它。"孙三很快镇静下来，冷冷地哼了一声："对牲口才用这架算盘，这对人没用！"他说完猛抽回手。

"告辞，祝你睡个好觉！"陈县长一甩手走了。

当晚半夜时分，孙三感觉屋内有动静，他刚要起身查看，嘴里猛被人塞进一团破布，同时两只手也被捆住了。一个蒙面人手持明晃晃的钢刀，用膝盖扼住孙三胸口把他压在床上，恶狠狠地说："把钱交出来！"

孙三只能摇头。

"不给钱老子就要你这个！"蒙面人挥刀砍去，孙三一声惨叫，昏死过去。

孙三醒来时，发现自己在医院里，两手钻心地痛。他的下属科员正陪着他。他们住在孙三隔壁，听见动静进来时，发现孙三满手是血，十根手指全被砍去，忙把他送进医院。下属见他醒来，告诉他，装账本和材料的箱子不见了。

孙三痛不欲生，失去了双手，他还怎么生活？还怎么"袖里吞金"？他突然想到陈县长威胁他的那把小手枪，还有被抢走的账本，难说这事跟陈县长没关系。

孙三立即叫下属给上级拍电报，汇报这里发生的一切，说一定要查个水落石出。三天后，上级派了一个警卫排来到县里，听从孙三调遣。

孙三带着警卫排来到县府，找到陈县长，说要查账。

陈县长假惺惺地慰问了孙三的伤情，说正在全力破案，然后胜券在握地说："孙科长，账本不都被强盗抢走了吗？我哪里去找账本？"孙三说："抢走的是县府的总账，我现在请陈县长安排各乡镇、各税务所交来他们各自的分账，再跟贵县已上交省府的各项物资及税款账目一比对，不就一清二楚了吗？"陈县长一下傻了眼。

没多久，陈县长带人抱来一大堆账本，很是零散错乱，而且在陈县长的悄悄安排下，账本有些被改了，有些被毁了。陈县长看看孙三缠着纱布的双手，说："孙科长，你看你的手这么不方便，干脆我陪你喝酒去，账让你的下属查不就得了？"孙三微微一笑，说："恶狗咬去了我的手，可咬不去我的心。"陈县长惋惜地说："可惜了你'袖里吞金'的绝技。"孙三说："袖里自有乾坤，无手也能吞金。何止吞金，还可能吞条人命呢，你说是不是？"

陈县长铁青了脸，转身就要离开，孙三拦住他，说："陈县长，请你不要离开，我们要当面算账，免得冤枉好人！"

孙三叫人把所有账本堆放在桌上，当着陈县长的面，叫一个科员念账目，另一个科员打算盘，还有一个科员作记录。他坐在椅子上闭着眼睛，两只缠着厚厚纱布的手叠放在大腿上。念的科员刚念完账上一个科目，他就说出了计算结果，算盘打出来的结果跟他说的分毫不差。一个时辰不到，他就算了五本账，同时指出这账何处有漏洞，何处在作假。

一个上午算下来，算得陈县长满头冷汗；如此三天算下来，陈县长已被算瘫在地上。

孙三叫人把上百条贪污证据呈在陈县长面前，问："你看有没有算

错的地方？"

陈县长绝望地说："没——没错，只是我不明白，你没了双手，为什么还算得那么准那么快？"

"哈哈哈——"孙三大笑道，"你只知道'袖里吞金'是用手指算数，却不明白为什么手指藏在袖里，眼睛看不见也能算。因为十指连心，是心在指挥手，手只是一个道具。'袖里吞金'的最高境界，是把手放在心里，是心把无形的数字在无形的手上运算，此时完全不用有形的手指。所以，心正则数正，就不会算错；心要是不正，不但数字要算错，就是命也要算错。明白了吗，陈大县长？"

陈县长只有点头的份，孙三使个眼色，警卫排长掏出一张纸给陈县长看，上面是省政府的命令，说如查实证据，命孙三立即将陈县长带回省府受审……

一个月后，陈县长以贪污和勾结绺子两条罪状被枪决。

抗日战争胜利后，内战爆发，孙三以身体原因请辞，带着家人回老家居住，闲暇时以教乡邻儿童学习"袖里吞金"为乐，直到九十高龄而终。

（题图、插图：刘为民）

阿

种树

□ 李大勇

保安来了

这天，阿P刚下班回家，儿子小虎一下扑到他怀里，哽咽着说："爸爸，我种的花被同学拔了！"

原来，儿子班里组织了一个"亲近自然、拥抱自然"的课外主题活动，要求每个学生种一盆花，阿P特意从花市买了盆"仙客来"，让儿子送到班里，想不到让同学给拔了……阿P看着小虎悲戚戚的一张小脸，虽然怒从心头起，也只好按捺住，难不成陪着儿子去学校打架？他得哄着儿子，把局面控制住。

不一会儿，阿P有了主意，他站起来，激情洋溢地对小虎说："小虎，种花不算什么，爸爸带你去种树，树比花大多了。"

小虎一听爸爸带自己去种树，立即多云转晴，一把抱住阿P的腰说："爸爸，什么时候带我种树？"

本来是哄孩子的一句话，没想到儿子竟然当真了，阿P只好继续哄下去："周末放假，爸爸就带你去种树。"

阿P话音才落，小兰就从厨房里冲了出来，嚷嚷道："阿P，咱们家住的可是城里居民小区，楼房，没院子，你到哪里种树？"

"当前大局是'维稳'，懂不懂？"阿P把食指往嘴前一放，一个劲地对小兰使眼色，又回过头来，"小虎，走，跟爸爸到地下室拿铁锹，到小区绿地里挖树坑去。"阿P已经想好，先把儿子安抚了，该吃饭吃饭，该念书念书，先挖个坑做做样子，种树的事，明天再说了。

小虎高兴地跟在阿P的屁股后面，拿上铁锨和尖镐，来到了他们家窗户下面的绿地里。

阿P四下看看，有块草坪退化严重，几乎都是杂草。阿P用铁锨画了个小圆圈，用尖镐刨了十几下，又操起了铁锨……就在这时候，忽然听见有人大喊："拿铁锨的，干什么呢？"

阿P抬头一看，是穿着制服的小区王保安。阿P笑嘻嘻地说："现在不是春天了吗？我想种棵树。"这时，王保安已经走了过来，他看了看阿P父子俩挖的地，训斥说："小区门口贴着告示，公共绿地禁止种菜！"

阿P赔着笑说："种菜？我们哪会这么小市民？我们种的是树，那是高尚的公益劳动！"

王保安皮笑肉不笑地说："去年有个业主也刨地，说是种花，种花是给大家看的，我们就没管。后来长大了，有业主投诉，我们就去看了，人家种的是菜花，领导当时就把我们训得跟孙子似的。你今天又说种树，等长大了一看，是红薯——红的'树'！我是打工的，就知道按规章制度办事，小区公共绿地什么都不能种！"

到处碰壁

两人垂头丧气地回了家，阿P对小虎说："明天爸爸找地方，功在当代，利在千秋，不信就没地方能种树了！"

经过一晚上的深思熟虑，第二天一上班，阿P从网上查到园林局的电话，拨通后问："园林局吗？我想问一下，有没有什么地方可以种树呢？"

园林局的人沉思半晌说："现在公共绿地归园林部门管理，新建绿地归建设局和园林部门共同管理，再建小区绿地归开发商组织施工，几乎没有没人管的地方。"

阿P不满意他的回答，说："我

就是一普通老百姓，想种棵树，但不知道什么地方能让种。"

你一个平头老百姓，吃饱了撑的，没事种什么树呀？可这话不能说，现在好多大官都时兴微服私访呢，园林局的人不知道阿P的真实身份，只好委婉地推脱说："新建小区都有绿化规划，你到那里打听一下吧。"

对呀，现在新建小区遍地都是，自己家旁边正好有个新建的小区，去年年底封的顶，对，在那个小区种树，还可以随时带儿子去浇水施肥呢！

中午下了班，阿P就来到自家旁边的小区售楼处，通过售楼处联系到一个管事的。一会儿，管事的人来了，阿P上去就问："你们小区什么时候种树呀？"

管事的上下打量了一下阿P，说："你想种树？"

阿P连连点头说："对对对。"

管事的说："身体虽然瘦小了点，但岁数不大，行，明天就来上班，一天工作10小时，每天150元，月底开工资。"

阿P当时就懵了，我阿P清秀俊朗、气质高雅，你怎么把我当成上工地干活的呢？阿P连连摆手，说："先生，你搞错了，我不是来打零工的，我就想自己挖坑种棵树。"

管事的鼻子差点给气歪了，他恼怒地说："我们现在招人换土、下管、挖坑、种树、铺草坪，搞的是绿化工程。工程，你懂吗？我们是要按图纸进行施工的，你见过大厨做菜，给随便加盐的吗？你见过歌星唱歌，给随便敲架子鼓的吗？你见过领导讲话，给随便打岔的吗？"

阿P本来伶牙俐齿的，现在发现这个个子不高、其貌不扬的人，有着惊人的语速，一分钟达到300字，真应做卖冷饮的广告去！

阿P蔫头耷脑地出了售楼处，郁闷极了，难道在城里种棵树就这么难吗？他脑袋瓜好使，很快又想出个主意：上网查一下卖树苗的地方，他们都是业内人士，哪里能种树，他们准知道！

无处可种

阿P在网上查到南郊不远处有个苗圃，负责人姓王，他马上拨通了电话，接电话的正是王老板，王老板十分热情："我们这里苗木品种齐全，质优价廉，数量充足，保证质量。我们坚持'以信誉求发展，以质量求生存'……"

阿P连忙打住对方的广告播出，强行插话说："王老板，我想问一下，咱们市区或市郊，什么地方可以随便种树呀？"

王老板一听，什么？"市区或

市郊"、"随便种树"，那得种多少树啊？那得花多少钱啊？那是什么人都敢想的事吗？凭自己闯荡江湖二十年的经验，看来这位来头不小，是个大大的款爷！王老板更加热情了："有的是地方，山岭坡地、河旁滩涂，都能种呀！"

阿P恍然大悟，对呀，城市周围荒山有的是，为什么不能种呢？

周日上午吃过早饭，阿P开着借来的奥拓，带上汽水饮料、零食小吃、铁锨尖镐、水桶马扎、媳妇小兰、儿子小虎，朝南郊苗圃进发。

到了苗圃，阿P电话联系到王老板，王老板亲自开车到苗圃外迎接阿P。等阿P说自己只买一棵树苗的时候，真应了那句老话——"希望越大，失望越大"，王老板气得眼睛都绿了，和底下人说话时身子都哆嗦："送，送，白送这位老板一棵树苗！"

小虎在一旁看不出火候，听了这话，很有礼貌地微笑说："谢谢叔叔。"

旁边的底下人低声嘀咕："到底是个屁孩子，看不出我们老板这是送客的意思。"

小虎奇怪地问阿P："爸爸，他咋知道我是你阿P的孩子啊？"

由于阿P开的是奥拓，他从苗圃挑了棵一米来高的丁香树。阿P是个厚道人，人家说白送，他也真

不客气，把树放到后备箱，就朝已经选定的一处坡地开去。

到了那地方，阿P他们刚挖好坑，丁香树还没放下去，就有个中年人跑了过来，说："这山坡是我们家承包的，七十年呢，我们准备种经济林，你们这是干什么呢？"

阿P奇怪地问："你们把山给承包了？"

中年人说："能承包的都承包了，目前没承包的，也快了；还有承包不了的，就是要开矿、修路、占道，再就是毫无利用价值的石砬子山了，种不能种，采没法采的。"

阿P头晕得厉害，市区里没地方种，按照这个中年人的说法，连山坡都不能随便种了，阿P长长地叹了口气，说："我们到河边找地方。"

小兰说："算了吧，河套有水务管理局管，就是现在栽上了，不被拔了，也被夏天发大水给冲了！"

这儿不能种，那儿也不能种，阿P一家乘兴而去败兴而归。回到家吃过午饭，小虎说："爸爸，那叔叔送的丁香树还没种呢……"

曲线种树

看着儿子还在惦记种树的事儿，阿P说："小虎，走，爸爸带你出去找地方。"阿P开车刚要出小区，就被一个姓李的保安给拦住了，李保安说："你车后箱拉的是什么？"

阿P说："丁香树呀！"

李保安说："你等等。"说完，他对值班室里另外一个保安说："你去小区看看，有没有绿地被挖的地方。"

不一会儿，那保安回来说："14号楼3单元南边绿地有个树坑，有刚被挖出的新土。"

李保安非常客气地对阿P说："先生，刚才他说的话你也听见了，我们也没说你什么，你现在赶紧回去把树给种上，这事就算结了。"

什……什么？这是说我阿P把小区里的树挖了，准备"偷"出去啊？阿P差点哭了出来，百感交集呀，14号楼3单元南边绿地那个树坑，不正是自己之前挖了一半的树

坑吗？"起点就是原点"，这话是谁说的呀，简直就是真理呀！

阿P握住李保安的手，激动万分地说："我一定把树给种回去！"

李保安懵了，得罪业主，业主从来就一句话——"物业费就别想收了"，但今天，李保安真的很懵，就没见过认错态度这么好的业主，文明小区，和谐啊！

这回，阿P终于可以放下心来，明目张胆、大摇大摆地带着小虎种树。小虎看着种好的丁香树，问："爸爸，之前那个保安不让种，今天这个保安怎么又让种了？"

阿P当时就晕菜了，心里嘀咕着：虽然你爸爸阿P我思维敏捷、才华横溢，可是我说了，你能明白吗？不管怎么说，终于带儿子把树给种上了，至于儿子提的那个问题，也就不算问题了，阿P便吹嘘说："只要你爸爸想干的事情，就没有办不成的，因为我是想什么就一定要做成的阿P，不是想什么都做不成的阿Q！"说完这话，阿P满脸灿烂地笑开了……

（题图、插图：顾子易）

失踪者的结局

□ 温 荣

洛克医生已经失踪三个星期了，警方到处搜寻他的线索，却没有丝毫结果。没有人能料到，此时的洛克医生，正悠闲地坐在商业大厦里看着报纸。不过他现在的身份已经不是洛克医生了，而是藏书店老板威廉·德勒。

实际上，早在杀死妻子之前，他就预先以威廉·德勒的身份在商业大厦里租下了这间小店。商业大厦是一座城中城：餐馆、洗衣店、杂货店等应有尽有。所以三个星期以来，他一直没有离开这里。慢慢地，这里的人们也习惯了他的存在。

三个星期以来，虽然他也在这里遇到过几个熟人，但是他巧妙的化装技术骗过了所有人的眼睛。被自己谋杀的妻子已被安葬，人们已不再关注这桩谋杀案了，报纸上甚至说警方猜测洛克医生可能也被谋杀了。看到这里，他得意地把这份可笑的报纸扔到一边，起身去玛丽小姐的店里喝咖啡。

玛丽小姐在这层楼上开了家古玩店，她是个漂亮的女人。看到洛克医生的到来，玛丽小姐热情地打招呼："嘿，我正想着你该来了呢！"

洛克医生回应道："是你和咖啡的香味把我吸引来的。"他的目光扫了一遍这个熟悉的房间，落在了拐角处的那套盔甲和一个西班牙风格的大箱子上，这两件古董是玛丽小姐的最爱。玛丽小姐说："唉，可惜没有人能买得起它们！"洛克医生笑着说："如果哪一天我发了，一定买下你这两件宝贝。"

玛丽小姐一边泡咖啡，一边说："最近报纸上关于那个医生的报道越来越少了，我开始觉得他也被害了。"

和所有人一样，他们也经常讨论失踪了的洛克医生。开始的时候，玛丽小姐相信洛克医生是与某个漂亮女人勾搭上了，然后杀了自己的妻子，此刻正在世界上的某个地方偷欢。

而洛克医生则坚持己见："你别太浪漫了，我的美人！我认为医生的尸体正由河里漂向墨西哥湾的某个地方。听说警方在河岸上找到了他的丝巾呢！"

玛丽小姐递给他一杯咖啡："不管怎么说，警方似乎停止搜寻了。"

洛克医生喝了一口，赞不绝口："你的咖啡味道可真不错！玛丽小姐，这个月，你还打算外出吗？"

玛丽小姐点点头，深情地望着他说："马上！明天我就去纽约，我还想参加伦敦的展览会，然后去巴黎、罗马、瑞士。威廉，一想到你会在这里帮我照看这些东西，我就可以放心地走了。我把店门钥匙留给你，怎么样？"

洛克医生痛快地点点头，说："没问题，一直到你回来。"说完，他起身离开了。

洛克医生轻松地哼着小调，朝自己的书店走去。突然，他注意到，书店对面的一间办公室走出来一个人，正快步向他走来。那人正是劳伦斯警官——洛克医生的亲姐夫。

洛克医生的第一反应是立刻转身回到玛丽小姐的古玩店去，最后他还是决定直面这个人。他的乔装改扮已经骗过了许多人，现在自己是书店老板威廉先生，原来的洛克医生早已剃去了小胡子，褐色的隐形眼镜改变了原来的蓝色眼睛。

稍作迟疑后，洛克医生从口袋里掏出一支雪茄，他反复了好几次才点燃雪茄。他们彼此离对方越来越近了，互相盯着对方。劳伦斯快步向电梯走去，而洛克医生却慌慌张张地朝书店走去。他假装轻松地走着，却忍不住偷偷地瞟了一眼走廊，此刻劳伦斯也正回头看呢！

洛克医生费了好大劲儿打开书店的门，正要关上，却看见对面的办公室门上写着一行字：杰克逊律师事务所。下面还有更为重要的字眼——调查。

洛克医生一夜都没睡好，直到第二天早晨，他才恢复平静。然而，几个小时后，他在大厅里买烟时，意想不到的事情发生了。

一位穿着考究的女人牵着一条狗，向宠物理发店走来。天哪，她不就是自己的老病号海德太太吗？一点也没错，还有她的那条卷毛狗！洛克医生的心脏简直要停止跳动。

那条卷毛狗认出他来了，欢快地叫了一声，冲向洛克医生。洛克医生下意识地躲开了卷毛狗，假惺惺地拉了拉它的耳朵，换了一种声音说："可爱的小家伙，一定是认错人了。"海德太太抱歉地点了点头，拉着它走开了。

连海德太太和自己的亲姐夫都没能认出自己来，那还有什么可担心的呢？但他很清楚，这种猫捉老鼠的游戏不能继续进行下去，他必须尽快离开这个国家。

过了几天，杰克逊律师突然到访，这令洛克医生始料不及。杰克逊律师彬彬有礼地说："我叫杰克逊，就住您对门。我对藏书有特别的兴趣，不介意我四处看看吧？"

洛克医生慌乱地从椅子上站起来，蹭掉了桌上的书，他热情地握住杰克逊律师的手："很高兴认识您。"杰克逊律师说："我只是想和您认识一下，等有空的时候，我再来拜访您。"说完，他便向门口走去。

又是虚惊一场，洛克医生想，再这样下去，自己将无法镇静，必然会引起怀疑。正当他打算立刻逃离这里的时候，玛丽小姐从巴黎发来电报："已到巴黎，周五晚电话。"今天是周四，无论如何，洛克医生都得等她的电话，不能立刻逃走。

读完电报，洛克医生来到玛丽小姐的古玩店，转了一圈，他又像往常一样，把目光停留在那两件古董上。他看着那只巨大的西班牙箱子，一个念头在心中闪动起来——紧急时刻，这倒是个藏身的好地方。

当天傍晚，洛克医生惊讶地发现，自己的照片又被登在了报上，仍旧是洛克医生那张熟悉的脸，留着漂亮的小胡子——谋杀案发生前，他就是这个样子。这篇报道竟然说，洛克医生已经被西雅图的一个巡警

抓住了。洛克医生长长地松了口气，把一切担心都抛到了脑后。

但好景不长，那个讨厌的杰克逊律师又来了，他热情地说："我带来几个朋友，他们想认识您一下。"

洛克医生暗自嘀咕：自己的预感是对的，看来该死的姐夫和律师就是冲着自己来的，来就来吧！他知道自己该怎么做！洛克医生真诚地说："我可以为你们效劳吗？"

杰克逊律师面带微笑："这是劳伦斯和里普警官，我的朋友，从总部来的。希望您不会感到突然。"

洛克医生勉强地笑了笑，说："欢迎，先生们。请坐！"他自己坐在办公桌旁，顺手把桌上的一个信封写上地址，起身说："我有一封重要的信要寄，去去就来！"里普警官礼貌地说："请便，我们等您回来。"

洛克医生急急地跑到玛丽小姐的古玩店，走廊里空无一人，他马上关上古玩店的门，这才松了口气，心想：他们一定会搜寻这幢大厦的每一个房间。他的目光再次停在了那只西班牙风格的大箱子上，他对自己说："躲进去！"

这箱子敞开着，洛克医生蜷着身子钻了进去。他把重重的箱盖慢慢地放下来，只留了一条小小的缝隙来透气。这时，他听到走廊里有隐隐约约的脚步声，急忙关上了箱盖。只听"咔哒"一声，箱子里顿时一片漆黑，安静得令人窒息。

二十分钟后，洛克医生听见了里普警官的声音："那家伙干吗去了？咱们还有六十张球票要卖呢！"

接着是杰克逊律师的声音："哦，把票交给我。我保证你们能拿到钱，威廉先生可是个大好人，他一定会买的。"随后，他们便离开了。

原来，警官们正急于脱手一场义赛的球票，看来他们是想向洛克医生推销球票。又是虚惊一场！洛克医生松了口气，他这才发现，无论自己怎样试图打开箱盖，都无济于事。完了，箱子已经被牢牢地锁住了！他绝望地闭上了眼睛……

商业大厦的书店老板——威廉·德勒——失踪了。一时间，这件事在大厦里引起了一场不小的骚动，但是几天以后，便没人再关注这件事了。

一个月以后，玛丽小姐从欧洲回来了，看到自己的古玩店被威廉先生照顾得好好的，玛丽小姐很是欣慰。但是听说威廉先生失踪了，玛丽小姐有点失落。突然，她注意到，那个巨大的西班牙古董箱被某个笨蛋在关箱盖的时候，不小心给自动锁上了。于是，她翻出钥匙……

当玛丽小姐掀起箱盖时，一声惊恐的尖叫响彻了整座大厦。

（题图、插图：佐　夫）

这个小孩不简单

□ 李坤学

阿狼的歌声风靡大江南北，他是无数人心中的偶像。这天晚上，阿狼的个人演唱会在体育馆举行，十五岁的张勇早早来到体育馆，希望能够淘到一张票。

体育馆前人山人海，像张勇一样碰运气的人不少，可他没淘到票，时间一点点过去，演唱会马上就要开始了，没有票，就要与自己的偶像失之交臂。张勇失望极了，就在这时，他听到一阵手机铃声，从身边一个二十多岁的小伙子口袋里传出，可能是现场太嘈杂的缘故，小伙子没听到铃声，还跟着人群往前走。张勇急忙提醒他：“大哥，你手机响了。”

小伙子冲他点头道谢，掏出手机看看号码，接起来听了一会儿，惊讶地喊道：“什么？今晚就到？我说老妈，你怎么突然袭击呀？我正准备看阿狼的演唱会呢……”

张勇精神一振，赶紧竖起耳朵细听，原来，小伙子的妈妈千里迢迢赶来看他，让他去火车站接站。小伙子抱怨了几句，垂头丧气地说他会准时去接站。他刚放下电话，张勇就凑上前去，说：“大哥，你一会儿去接阿姨啊？”

小伙子苦笑着说：“是啊，我费了好大劲才买到演唱会的门票，这下可好，最多能看半场，整场演出好几个小时呢！我妈也真是的，早不来晚不来，怎么偏偏赶到这节骨眼来啊？"

"可不是嘛，这样一来，还浪费了半张票。"张勇装模作样地叹了口气，然后话风一转，说，"大哥，我倒有个主意，等你出来时，把票给我，我按半价付你钱，这样你省了一半的钱，我也能看一半的演唱会，你看这样好不好？"

小伙子看了张勇半天，忍不住笑了："你人不大，心眼倒还不少，那就听你的，我这张票花了八百，你现在给我四百，等我出来的时候就把票给你。"

"现在不行，还是等你出来的时候吧，咱俩一手交钱一手交票。"

小伙子犹豫了一下，说："那也行，不过，你至少得付个定金吧？万一到时你又买到了别人的票，我出来时这票再找不到买主，我岂不是亏了？"

张勇觉得他说得有道理，于是付了一百块定金，小伙子问了他的手机号，拨了一下，说："我叫彭文胜，你手机上有我的号码了，到时候咱就电话联系。"说完，他急匆匆地入场了。

虽然看不到整场演出，不过总算弄到了半张票，自己也算是够幸运了。张勇兴高采烈地挤出人群，找了个地方坐下，准备拿出手机听听歌曲，没想到一摸口袋，手机居然不见了。

张勇又惊又气，直想跳脚大骂，可他随即告诉自己要冷静，手机丢就丢了，别连看演唱会也给耽误了。可糟糕的是，彭文胜的号码在自己手机里，因为是未接电话，即使查通话记录也查不出来，所以要想拿到那个号码，只有抓到那个贼，找回手机才行。

张勇定了定神，想到叔叔家就在体育馆旁边，赶忙跑去叔叔家，借了电话给自己的手机打，可是响了半天，没人接，看来，小偷故意不想接他的电话。于是张勇发了条短信："我不管你是谁，我只想要回我的手机，它对我很重要，我愿意出一千块，行吗？"

偷走张勇手机的人叫包子，也是阿狼的歌迷，本想着在入场前偷张门票，可没想到天不遂人愿，他偷了一个钱包、一部手机，偏偏最想要的门票没有着落。包子正沮丧时，接到张勇发来的短信，当时精神一振，他偷的这部手机看上去根本不值钱，机主怎么会愿意出一千块钱来赎？莫非里面有什么见不得人的东西不成？

包子记得机主看上去像个学生，按理说不可能有这些东西。果然，他检查手机后发现，无论照片还是视频，都没什么不妥，于是他明白了，不屑地回了条短信："想骗我去跟

你交易，然后叫警察来抓我？这都是我玩剩下的，你还是省省吧，乳臭未干的小毛孩子。"

不一会儿，包子收到回复："我知道我怎么说你也不会相信，那我就不白费力气了，只求你帮个忙，手机上有个十几分钟前的未接来电，那个号码对我很重要，请你发给我好吗？拜托，千万帮忙啊！"

包子疑惑地翻了翻手机，看到了彭文胜拨打的那个电话，他当然不知道当时的情况，但他想，既然这个小毛孩子这么在意这个号码，说明这个号码很重要，说不定能给自己带来些意外收获。

包子立刻动起了歪脑筋，恰好他随身带着个匿名卡，于是他把匿名卡的手机号码发给了张勇，再把卡装进自己的手机里。

没过一会儿，匿名卡的手机响了起来，包子决定先不接，看看情况再说，于是几分钟后，他等来了这样一条短信："彭大哥，我手机刚被人偷了。等到演完半场时，你来西门找我，一手交钱一手交票，不见不散。我都付过一百块定金了，千万别放我鸽子啊，我可记得你的样子。还有，你快点出来啊，别忘了阿姨还在车站等着你。"

包子反复读了几遍，忍不住哈哈大笑起来，只凭推断，他便把事

情猜出了个大概：这个所谓的彭大哥，要去车站接他妈妈，所以只能看半场演唱会，而这个小毛孩子预订了这张票的下半场，两人约定用手机联系。

这才是踏破铁鞋无觅处，得来全不费工夫，让小毛孩子到西门等着去吧，我跟姓彭的约在南门相见。包子用张勇的手机，以张勇的口吻给彭文胜发了条短信："彭大哥，我有急事，演唱会看不了了，不过我帮你联系了个买家，价钱照旧，一会儿他会在南门等你。"短信里，包子还告诉了彭大哥自己的手机号码。

为了稳住张勇，他又用匿名卡给张勇回了条短信："好，西门，不见不散。"

包子得意洋洋地去了南门，等了很久，看看时间差不多了，就往

彭文胜的手机里打电话，手机接通后，他大声问："我是准备买你票的那人，你出来了吗？"

"我正出来，你在哪儿？"

这时，包子已经看到，一个人急匆匆地出来了，包子赶紧迎上去，招呼说："你真守信用，我还担心不知道要等你多久呢！对了，我该再付你多少钱？"

"三百。"彭文胜一边把票递过来，一边说。

包子数出三百块钱交给他，然后迫不及待地冲进体育场，可没想到，门边的两个男人突然出手将他按住："我们是警察，别动。"

只见张勇从警察身后走出来，气愤地说："警察叔叔，你们翻翻他的口袋，我的手机肯定还在他兜里。"

有了这部手机，包子盗窃的罪名是跑不了了，只是包子无论如何也弄不明白，自己哪里露出了马脚。他不服气地问："小毛孩子，这个时候，你应该在西门等票，怎么会带着警察在这儿等我啊？"

"动动你的脑子嘛！"张勇得意地说，"我故意把买票的事透露给你，是想利用你也想看演唱会的心理趁机抓你。"

包子沮丧地问："这么说，你早就猜到我发给你那个号码是假的？所以用那条短信来引诱我？"张勇笑嘻嘻地说："我只是瞎猜吧，那条

短信也就是碰碰运气，谁想到还真蒙对了。"

包子气愤地想了半天，不解地继续问道："可还是不对呀，我没给你那姓彭的号码，你就没法跟他联系，那你咋知道我在南门交易呢？"

"说你笨你还真笨。"张勇不耐烦地说，"如果你想买那半张票，当然要用我的手机号码跟彭大哥约定交易地点。幸好这场演唱会时间很长，给了我足够的时间，我想尽各种办法去查自己手机的通话记录和短信详单，很幸运，我找到了彭大哥的号码，然后我再跟他联系，问明你们的交易地点，这不是很简单的事情嘛！"

包子沮丧极了，是他倒霉，遇到这么个不简单的小孩……

（题图、插图：佐 夫）

本期主题：民间称呼

处处留心皆学问，最寻常处有故事。故事无处不在，只要你悉心留意，会发现世间万事万物背后都有着动人传说。你知道吗？就连咱们张口即来的称呼，背后也有着妙趣横生的故事呢……

老公 老婆

有个叫麦爱新的读书人，在考中功名后，觉得妻子年老色衰，便有了再纳新欢的想法。

于是，他写了一副上联放在案头："荷败莲残，落叶归根成老藕。"

恰巧，这上联被妻子看到，妻子从联意中觉察到，丈夫有了弃老纳新的念头，便提笔续写了下联："禾黄稻熟，吹糠见米现新粮。"

以"禾、稻"对"荷、莲"，以"新粮"对"老藕"，不仅对得十分工整贴切，

而且，"新粮"与"新娘"谐音，饶有风趣。

麦爱新读了下联，被妻子的才思打动，放弃了弃老纳新的念头。

妻子见丈夫回心转意，不忘旧情，挥笔写道："老公十分公道。"

麦爱新见了，也挥笔续写了下联："老婆一片婆心。"

此后，夫妻间便有了"老公"与"老婆"的称呼。

两口子

乾隆年间，有个叫张继贤的才子，偶然间与一恶少的妻子曾素箴相识，二人一见钟情。

不久，恶少因饮酒过度身亡，恶少家人怀疑他是被曾素箴害死的，于是告到县衙，说曾素箴因通奸杀死亲夫。县官接状后，把张继贤和曾素箴打入大牢，判为死罪，从县府押到京城。

一次，乾隆皇帝阅案，看到张继贤的供状，见其文笔不凡，十分惊讶。于是，乾隆皇帝亲自到牢中去看望张继贤，在交谈中，乾隆皇帝确信张继贤是个才子，便有心

救他。

后来，乾隆皇帝下江南私访，途经微山湖时，停留了几天。乾隆熟悉这里的山山水水后，便御批：将张继贤发配到卧虎口，将曾素箴发配到黑风口。

张继贤、曾素箴二人获皇帝恩准发配到"两口"后，时常互往来，甚是自由。他们这样来往于卧虎口与黑风口，被人们称为"两口子"。

慢慢地，"两口子"就成为夫妻的称呼了。

千金小姐

相传伍子胥常向楚平王犯颜直谏，一次，邻国向楚平王进献美女，被伍子胥挡了回去，楚平王很愤怒，决心要除掉他。

伍子胥只得只身逃跑，楚平王派士兵紧紧追赶。伍子胥跑到樊城街上一个水井旁，饥困交加，见一位浣纱姑娘竹筐里有饭，就上前求乞。姑娘慨然相赠。

伍子胥饱餐之后，刚要离开，又怕姑娘走漏消息，就上前给她深深施了一礼，说："望你不要说出我的下落。"姑娘说："将军放心，请快快逃命。"

伍子胥刚走几步，还是放心不下，又转回来，说："昏王已处死我全家人，姑娘如果告诉追兵我的下落，我就性命难保。"姑娘说："您是楚国的功臣，我怎会加害于您？"

伍子胥谢过姑娘，正要上路，总是放不下心，第三次转回，嘱咐姑娘不要泄漏他的消息。姑娘说："您总是不放心，我只有一死，以身明志。"她随即抱起一块石头，跳进水井里自尽。

伍子胥十分懊悔，他咬破手指，在石上写了血书："尔浣纱，我行乞；我腹饱，尔身溺。十年之后，千金报德！"写完后，他将石头埋了起来。

后来，伍子胥消灭了楚平王及那些乱臣贼子，又想起浣纱姑娘的救命之恩。他挖出大石，上面的血字历历在目。为了纪念这位姑娘，伍子胥盖了座金人庙，并把一千两金子投入姑娘跳的那口井中。

就这样，"千金小姐"成了姑娘的尊称。

狗腿子

很早以前，有个精通医学的人，名叫鬼谷子。

有一年，有个知县腿上生了个大疮，痛得吃不进饭，睡不着觉。他听人说鬼谷子有本事，就命差役去找鬼谷子。

鬼谷子不愿给这个骑在百姓头上的知县出诊，这让差役火冒三丈，

将鬼谷子痛打了一顿，连推带拖地拉他上了路。

到了县衙，知县伸出他那条烂了个大洞的腿，对鬼谷子说："如能治好我的腿，必有重赏。"

鬼谷子被打得遍体伤痕，气正没处出，便说："要治好老爷的腿并不难，不过要把腿锯下来才行啊！"随后，他凑到知县耳边，如此这般地说了一通。

知县听了，高声笑道："我这就让差役去监牢里砍一条腿来！"

鬼谷子忙说："大人，随便砍一条哪能合得上呢？"

知县不高兴了，问："那你说谁的腿合适呀？"

鬼谷子指了指捉他来的那个差役，说："我看他的腿最合适。"

差役知道鬼谷子是有意报复，但在知县面前不敢强辩，只好跪下来求饶。但是求饶也没用，知县哪肯答应，就这样，眼看着鬼谷子拿出一把利刀，先砍下知县的烂腿，再砍下差役的腿一接，知县立即行走自如了。

这时，差役却痛得满地打滚，鬼谷子随即砍了一条狗腿，往差役腿上一接，差役也不感到痛了，能行走了，只是一条是人腿，一条是狗腿。

后来，人们就用"狗腿子"来称呼那些为恶人充当帮凶的人。

回头浪子

有个叫天宝的富家子弟，父母去世后，他花天酒地，把家产花了个精光。天宝觉得后悔，开始刻苦读书。

一天，天宝到邻村借书，又饿又累，昏倒在路旁。正巧邻村的王员外路过，将天宝救至家中，把他留下来教女儿腊梅读书。

谁知不久，天宝旧病复发，见腊梅长得美貌，不禁想入非非，有时甚至动手动脚。王员外得知此事后，把天宝叫来，说："我有一件急事要你帮忙。"天宝说："员外对我恩重如山，无论什么事，我决不推辞！"王员外说："我有一个表兄，住在苏州一孔桥边，请你到苏州把这封信送给他。"说完，他给了天宝二十两银子作为盘缠。

天宝到了苏州，发现到处都是孔桥，找了很久，也没找到王员外的表兄。眼看盘缠快花完了，他打开信一瞧，不禁羞惭万分，只见信上写着——"当年路旁一冻丐，今日竟敢戏腊梅；一孔桥边无表兄，花尽银钱不用回！"

天宝羞愧难当，本想投河自尽，但转念一想：我辜负了王员外一片苦心，一定要报答他的救命之恩。于是，天宝振作精神，白天帮人家干活，晚上挑灯夜读。

三年后，天宝中了举人。他回到王员外家，"扑通"一声跪倒，手捧一封信和二十两银子。王员外接过书信，看到上面写着四句话——"三年表兄未找成，恩人堂前还白银；浪子回头金不换，衣锦还乡做贤人。"王员外惊喜交加，扶起天宝，又把腊梅许配给他。

从此，对于那些曾经不务正业后来改过自新的人，人们称其为"回头浪子"。

很久以前，有两个人，一个叫吝，一个叫啬。一天，吝先生遇到啬先生，二人聊得非常投机。分手时，他们相约，中秋节晚上到乌有山的子

虚亭饮酒赏月，并约定吝先生携酒，啬先生备菜。

中秋节转眼就到了，当天晚上二人如约而至，对视之下，竟发现彼此都是两手空空，大笑之后入座石桌旁。

吝先生首先打破了尴尬的局面，用手做酒杯状，遥指高空，朗声说道："月光如水，水如酒，请啬兄开怀畅饮！"啬先生也毫不示弱，伸出两个手指做筷子，指着荷塘深情地说："池中游鱼，鱼是菜，请吝弟大饱口福！"他俩互敬互让，好不高兴。

吝先生边喝边夸道："好酒，酒香，胜过杜康美酒！"啬先生也咂着嘴夸赞："好菜，菜好，堪比山珍海味！"

过往的游人看到这两个人荒唐可笑的举动，无不捧腹大笑。其中一位游人认识吝、啬二人，挖苦道："二位赏月真叫美，吃的是吝啬鱼，喝的是月光水，活着是吝啬人，死了是吝啬鬼。"

自此，人们把那些极其小气、视财如命的人称为"吝啬鬼"。

（搜集整理：常嗣新、杨云等）

（本栏插图：陆小弟）

吝啬鬼

有人说，婚姻如鞋，患难与共的婚姻是旅游鞋，外观不美却耐用合脚；浪漫型的婚姻是舞鞋，灵巧雅致却不太实用；红杏出墙的婚姻是拖鞋，好穿方便却走不远路……那么，你的婚姻是什么鞋？

婚姻如鞋

□ 张维超

有这样一个说法，夫妻相处久了，就像"左手牵右手"，没感觉了。这不，结婚十年，王小宝也想牵别人的手了，他和一个叫阿珂的姑娘交往起来。

七夕这天，王小宝来到阿珂的住处，却见阿珂一脸冰霜，丢给他一份离婚协议书。王小宝怔了一下，皱着眉头说："你这是跟我玩哪一出呢？咱俩又没结婚，离哪门子婚？"

阿珂瞟了他一眼，把离婚协议书翻了一页。这下，王小宝立马明白了，离婚协议书的最下面是个签名，那两个字是——"黎菲"。

黎菲是王小宝的老婆。

半年前，黎菲对王小宝的婚外情忍无可忍，就写了这份离婚协议书。可王小宝拒绝签字，因为他觉得，黎菲虽然不够温柔，但很会持家；而且，王小宝疼爱女儿，不想女儿得到的爱是残缺的。但王小宝发现，黎菲开出的离婚条件很诱人，就想，如果真到了非离婚不可的地步，这份协议书对自己可是好处大大的，他就把协议书悄悄藏了起来。

谁承想，这东西居然被阿珂翻了出来，只听阿珂说道："这协议书的日期是半年前的，为什么你到现在还不签字？"王小宝忙动用他的三寸不烂之舌："亲爱的，你听我解释，我绝对不会和她离婚的——"

阿珂听烦了这套说辞，不耐烦地摆摆手，说："我不想听你解释，现在，我只想和你打个赌。我给黎菲发条短信，让她知道你在我这里，我们就赌黎菲会不会来，好不好？"

王小宝撇了撇嘴角，似笑非笑地说："发什么短信？"

阿珂说："就发——今天七夕，你知道你老公现在在哪儿吗？你觉得，他是想和现在的老婆一起过七夕呢，还是想和将来的老婆一起过？"

王小宝说："那你赌黎菲来，还是不来？"

阿珂痛快地说："你都这样对她了，她那么想离婚，肯定不会来阻止我们，我赌她不来；如果她来了，我永远不会再和你提结婚的事儿。"

王小宝答应了："好，如果她不来，我立马在离婚协议书上签字。"

阿珂笑了，她把短信写好，让王小宝看了看，发了出去。

王小宝瞅了瞅墙上的挂钟，10点15分。他想，如果没什么特殊情况，此时黎菲应该在家中，她收到短信骑电动车前来，至多也就是五分钟，即便是步行，十五分钟也够了。

阿珂注意到了王小宝看表这个动作，问："十五分钟够吗？"

王小宝露出一副胜利在望的微笑，问道："我不明白，你为何要打这样一个赌？你也知道，之前几次，黎菲发现咱俩在一起，都来你家吵吵闹闹的。现在，虽说我和她早已没什么感情了，但以我对她的了解，她肯定会来大闹一场。这么说，你是觉得黎菲对此早已不在乎了，连捉奸的劲头也没了，还是故意输给我？"

"故意输给你？"阿珂扭转头，盯着王小宝，"我为啥要这样做？"

王小宝没有回答，他脑子里有点乱。时间一分一秒地流逝着，王小宝看了一下表，已经过去十分钟了，黎菲怎么还没来？他猛地悟出了什么，质问阿珂道："你是不是没有把短信发给黎菲？"

阿珂叹了口气，把手机递给王小宝。王小宝看了一下，短信的确是发了，他又仔细检查了一遍，不错，一个字、一个号码都不错。

阿珂看到王小宝这些举动，很伤心，说："其实，我这样做，就是想让你看清自己在黎菲心中的分量。我知道，你不想离婚，主要是为孩子考虑，所以，即便你们的婚姻已经名存实亡，你还在坚守阵地。"

王小宝低头不语，仿佛一摊烂泥，瘫在了沙发里。

钟表"滴答滴答"地走着，时间已经过去二十分钟了。王小宝突然大声说："我知道了，你肯定是先给黎菲发过几次这样的短信，让她

一次次地上当，所以这次她就不会再来了。你、你在玩'狼来了'的游戏？"

阿珂的脸色变得煞白，指着王小宝，说："你、你——"

就在这时，门铃响了，王小宝忽地站起来，奔向防盗门，迅速打开，站在门外的正是黎菲。

王小宝质问黎菲："你咋才来？"

"你怎么知道我要来？"没等王小宝回答，黎菲就说，"知道前面路边有个修鞋摊吧？我收到短信时，就在那里。"

修鞋摊离这里很近，走过来只需两三分钟，可为什么黎菲过了这么久才到？只见黎菲盯着王小宝，说："王小宝，你还记得我三年前买的那双绿色皮鞋吗？我就是提着它去的修鞋摊，哪知鞋匠看了以后，说鞋都这么破了，根本没有修的必要，不如扔了算了。听了鞋匠的话，我一下愣住了，想了很久想通了，是呀，破鞋有啥值得珍惜呢？于是我毫不犹豫地把鞋扔进了垃圾桶。"

关于这双绿色皮鞋，王小宝当然记得，三年前的那一天，两人还为此吵了一架，导火索是王小宝抱怨黎菲乱花钱。但就在当天，黎菲得知王小宝花一千多元给阿珂买了一双皮鞋，而黎菲的这双绿色皮鞋是处理货，仅仅一百二十元。

王小宝一句话也没说，他在离婚协议书上签了字，对黎菲说："下午去办离婚手续吧。"黎菲转身走了。

阿珂突然笑了，笑声很瘆人，说："她来了，你赢了，你怎么还签？"

王小宝大怒道："她还不如不来呢！她是在和鞋匠讨论完破鞋该不该扔之后才来的，在她眼里，分明是——我，还有我们的婚姻，还不如一双破鞋！既然破鞋该扔，那我们的婚姻也该结束了。"

当天下午，王小宝和黎菲办理了离婚手续。分别前，王小宝突然问："这个主意是不是阿珂教给你的？"

黎菲说："别胡思乱想了。我收到短信时，的确在修鞋，鞋匠也的确说了那样的话，这都是巧合，或许还是天意。还有，孩子那边，我希望你以后能多抽出时间陪陪她。"说完，黎菲头也不回地走了。

王小宝回到阿珂的住处，一进客厅，就见茶几上放着一张字条，上面写着："王小宝，我走了。那个鞋匠说得不错，没有修补价值的破鞋该扔，就像你和黎菲的婚姻。那我们呢？上午的打赌已经告诉我们答案，我们的鞋子不合脚，而穿着不合脚的鞋子是走不远的。"

一天之内，先后两个女人都离开了自己，王小宝拿着字条，扫视着空荡荡的房间，心里飘过一阵阵从未有过的失落。

（题图：佐　夫）

口头承诺也担责

□ 汪 志

赵老板开了家房地产开发公司，赚得盆满钵满。

这天，赵老板正在忙碌，办公室门被人猛地推开了，闯进来十几个老人，其中一个说道："我们是金苑小区的住户，今天是来讨说法的。你们售楼时说，小区内绿地面积要达到45%，都快两年了，这承诺咋还没有兑现？"

赵老板的脑子立即跟放电影似的闪过，的确有这么回事。那是前年，他在市郊建了个金苑小区，可由于离市区较远，房子造好后卖得不好。有个售楼人员出了个主意，说眼下人们买房，很关注居住环境，宣传时就说这里安静、环境好，更重要的是，这小区一年内绿地面积要达

到45%以上，有了这样的宣传，保证有人买。赵老板采纳了这个建议，又将房价下调了一些，果然，这批房子很快就全卖掉了。

想到这儿，赵老板装出莫名其妙的样子，对老人们说："我啥时候跟你们承诺过绿地面积的事儿？"

老人们气愤极了，说他们当初买这里的房子，就是冲着绿地承诺才买的，现在既然不修绿地了，就是违约，违反合同，必须承担责任。

赵老板笑了："我违约？我违反合同？你们看看手里的售房合同，上面有关于绿地的条款吗？"

大家愣了，翻遍手中合同的全部条款，真没找到这些内容。有人急了："你们宣传促销时，在一个宣

 ·法律知识故事·

传板上写过这些承诺，现在怎么说话不算数？"

赵老板心知肚明，当年促销时宣传板上是这么写的，都几年过去了，宣传板的内容早换了。他拒绝承认有这回事，边说边往外走，说有项大业务要去谈。就这样，十几个老人被打发走了。

转眼几个星期过去了，赵老板忽然接到通知，说金苑小区的住户将他告下了。赵老板暗想："我奉陪到底，白纸黑字的合同，看你们怎么赢这官司！"

官司开庭了，法官问赵老板，当时售金苑小区楼房时，有没有跟住户宣传承诺过这些条件？赵老板说没有这回事，他将售楼合同递给法官："如果有这个承诺，签订售房合同时，一定会有这项条款。"

法官提醒赵老板："听说贵公司售楼人员在宣传促销时，不仅口头上说过，还在宣传板上写过这些承诺，有这回事吗？"赵老板忙说没有。

"你撒谎，有证据在此！"这时，原告席上有人拿出一部手机，说，"当初有人将你们宣传板上的承诺用手机拍下来了。"

赵老板耷拉下了脑袋，忽然，他又抬起了头："法官同志，由于时间久，我也许忘了宣传板上的内容，但我认为，不管承诺不承诺，一切应按合同办事，合同上没有注明的

条款怎么能算数呢？"

就是呀，原告们也担心了，当初咋就不好好看看条款呢？

考虑到这起案件的特殊性和第一次审理此类案件，法庭没有当庭宣判，他们要查阅近期国家出台的一些法律法规和其他条款解释，择日再宣判。

想不到仅仅过了一个星期，这案子就判了下来，赵老板败诉。赵老板愣了，这是为什么？

律师点评：

《口头承诺也担责》故事涉及了一个法律问题，即要约。根据合同法有关规定："要约就是一方当事人以缔结合同为目的，向对方当事人所作的意思表示。"

开发商在商品房销售中的广告和宣传资料，就商品房开发范围内的房屋及相应设施作了说明和明确的允诺，这对买卖合同的订立和房屋价格有重大影响，应视为要约。当事人违反了要约，应当承担违约责任。

本故事中开发商赵老板的广告宣传当属要约性质，其一切均是为了达到出售楼盘的目的；且由于他的宣传才导致了购房者的签约，之间因果关系显然，故其应当对自己的"口头承诺"埋单。

（题图：丁德武）

安全设备怎样卖

□ 王　锐

王丰大学毕业后，进了一家煤矿安全设备公司做销售员。可是干了两个多月，他连一台设备都没卖出，眼看试用期就要过去，自己再没销售额，就得卷铺盖走人了，为此，王丰急得像热锅上的蚂蚁。

这天，他打听到附近有个县新开了家煤矿，就去问经理，有没有人去这家煤矿跑业务？经理一脸惊奇："伙计，你想去那家煤矿？不瞒你说，公司已经派过好几班得力干将去了，全都铩羽而归，你就不怕去碰一鼻子灰？"

"我就是那个县的人，对那里的情况更加了解，您就让我去试试吧！"王丰硬起头皮，装出一副自信的样子，反正都这田地了，权当去碰碰运气吧！

那家煤矿开在一个偏僻的山沟沟里，王丰转了两趟车，还得打摩的才能到。他看到一辆摩托车远远驶了过来，忙伸开手臂拦车。

一个黑脸瘦子把车停了下来，得知王丰的目的地，上下打量了他一番，问："你去那煤矿干什么？瞧你这模样，不像是去挖煤啊！"

王丰随口说道："我去找矿长。"

黑脸瘦子愣了一下，笑了笑："好，刚好顺路，我带你去吧！"

王丰连声道谢，上了车。

摩托车飞驰起来，过了十多分

钟，进入一个集市，在一家饭店门口停下来了。黑脸瘦子开口说道："兄弟，请下车，里面坐坐吧！"王丰脑子一转，试探地问："大哥，是在这里吃午饭？"黑脸瘦子点点头，王丰只好下了摩托车进入饭店。

黑脸瘦子一坐下，就点了好几道菜。王丰暗暗叫苦，难不成这家伙想宰自己一把？看到王丰满脸的疑虑，黑脸瘦子笑了："兄弟，别担心，这顿饭我请你，算是为你接风洗尘。"

王丰更奇怪了，他和这人素不相识，这人为啥要请自己吃饭？黑脸瘦子不等他发问，又接着说："兄弟，真人面前就不说假话了，你是来卖安全设备的吧？"

王丰睁大眼睛："你怎么知道？"

"瞧你这身行头……"

王丰看看身上笔挺的西服，只好苦笑着说："不错，我就是来卖设备的。"

黑脸瘦子叹了口气："兄弟，你还是请回吧！像你这样的人，我不知接待过多少拨儿，要不是我听你口音是老乡，我还真懒得理你。"

王丰心中一动："你是……"

"我就是你要去的煤矿的矿长。"

王丰呆住了，黑脸瘦子接着说："其实，我也巴望我们的老板早点把煤矿的安全设备整到位，可是老板不干啊！你想嘛，矿下面通风的、排水的、检测瓦斯的，这些设备都没整全，人走在里面，不就跟走在鬼门关似的？"

王丰被矿长说得一愣一愣的："那——你们这儿岂不是个黑矿？"

"黑矿？才不是，我们有照的。这矿以前死过人，停了七八年，现在刚换了老板。最可气的是，这老板一接手，还没把安全措施整好，就急着招人挖煤，把工资开得老高了。这年头，工资高，工人就不怕冒险了。"

"那上面不查啊？"

"查什么查，老板上面有人呢！"这矿长竹筒倒豆子似的，道出个中玄机，把王丰听得目瞪口呆。

那家煤矿的幕后老板姓张，你道是何人？他是县长的女婿，通过岳父大人上上下下地活动，终于把这个煤矿弄到手，还没开挖，消息一传出去，卖煤矿安全设备的就一拨接一拨地来。张老板也想过把煤矿一步一步踏踏实实，可是不划算啊！据岳父大人透露，全县的小煤矿一年之后都得取缔，由大的煤炭集团来整合开发，所以他只有一年的时间经营，当然，外人是不知道这消息的。如果在这一年的时间里，再花这么大一笔钱、这么长一段时间去搞安全工程，他还怎么赚钱啊！

那家煤矿以前的那些设备都还在，虽说很落后，但基本能用，就凑合着用吧！只要让工人小心点，应该没事，全国那么多煤矿，出事的毕竟很少嘛！想到此，张老板的胆子更大了，反正出了事儿，有岳父大人顶着呢！

王丰听得心里拔凉拔凉的，同时他也纳闷儿，自己和这矿长萍水相逢，他为啥要对自己说这么多？王丰正琢磨着，矿长问："听我说了这么多，你还有信心去找我们老板卖设备吗？"

王丰垂下头，沮丧地说："大哥，我这就打道回府。"没想到矿长哈哈

大笑起来："年轻人啊，这么快就知难而退啦？"王丰一怔："遇到你们这种老板，还有什么好办法吗？"

矿长附耳过来，压低声音说："你想卖设备，也不是没办法，我就有个好主意，当然管不管用，还得靠你。不过，如果事成了，你得给我回扣。"

王丰恍然大悟，原来矿长打的这个算盘啊！

经过一番讨价还价，两人达成了回扣协议。随后，矿长吐露了他的奇妙办法。王丰尖着耳朵一听，差点一跳三尺高，真是个好方法，真是绝到姥姥家去了！

半个月后，王丰来到那家煤矿，在矿长的带领下，敲开了张老板的办公室大门。一见面，王丰就热情地说："张老板，我叫王丰，是来给你送安全设备的。"

张老板的眉头皱成一团，说："我们不需要购买安全设备。"

王丰满脸堆笑道："张老板，你误会我的意思了，我不是来卖设备的，我是给你送设备来了。"

张老板大吃一惊："送设备？我没订啊！"

王丰说："有人给你订了，不要你出一分钱，现在的问题是，设备给你送来了，你安装不安装？"

张老板愣住了，好半天才回过神来，指着王丰对矿长说："这小子

有病，你怎么把一精神病给我领来了？"

王丰笑了："张老板，你看我像是有病的人吗？"说着，他拿出一沓资料，"这些是设备说明书，只要你一点头，我们马上把设备运来，给你安装得妥妥帖帖的。"

张老板像坠入了云里雾里，这些设备全加起来得多少万啊！他的语气好转了："你说，这是谁出钱订的设备？"

"你猜猜。"

"我脑袋想破也猜不出。"

王丰把嘴巴凑到张老板耳边，低声说："这是全县几十家煤矿帮你埋的单！"

张老板连连问道："啊？为什么？"

王丰坏笑着说："为什么？很简单，你不能出事啊！你这煤矿一出事，全县几十家煤矿都得停。给你买个设备，每家只出两万，这对他们来说，只是九牛一毛；可要是你安全没弄好，一出事，大家齐刷刷都得停掉，到那时，他们损失的，可就是十个两万、百个两万啊！"

张老板还是不明白："他们干吗要这样？去上面举报我，让我关停不就得了？"

王丰笑了："当时他们也这样问我，我说，你以为没人举报过吗？可是上面查他了吗？上面才懒得管

他，巴不得他出事呢！只要他一出事，全县煤矿都得停，然后，这些煤矿想重启，上面的财路又打开了，上面的胃口可大得很……"

听了这一切，张老板紧握住王丰的手："兄弟，太感谢你了，真不知如何报答你！"

王丰叹了口气，说："张老板啊，我不要你什么报答，好好待你的工人吧，珍惜每一个生命。"

事情办妥，王丰走出了办公室。

矿长送王丰走出老远后，这才回过头，迫不及待地回到办公室，张老板早在那里笑得弯下了腰，矿长也跟着大笑："张老板，你真是天才，竟然能想出这种方法，还真就成了！"

张老板一脸得意："这法子实在有些荒诞，也难为王丰那小子了，真不知他是如何说动那么多人的。我看回扣你就别要他的了，我来给你。"

王丰做成这么大一单生意，让全公司的人刮目相看。大家都问他是怎么做到的，王丰当然没说真话。

只是没过多久，王丰从电视上看到一则新闻，说有个县的一家煤矿由于安全设施没到位，死了很多工人，导致全市的煤矿全部停业整顿。而这个县，就是张老板那家煤矿的邻县，两县同处一市啊！

王丰的心里，真是五味杂陈……

（题图、插图：谭海彦）

助人虽是好事，行善也需智慧。你不但要去想，能让别人得到多少；还要考虑，不能让对方失去些什么……

一块石头的尊严

尊严

□ 方冠晴

1.天灾

这年头，人人都在努力致富，但也有这么一种人，在极力保贫。茶坳村的刘升，就是这样的人。

刘升是受了他叔叔刘有康的影响。刘有康是个瘸子，娶了个老婆又是傻子，所以家里日子很是艰难。村里将他列为特困户，不但有低保拿，每年还可以领到救济衣物，最主要的是，县里有个李老板，开着一家房产公司，他心肠好，每年都跟着电视台的记者到村里来慰问特困户，每次都给刘有康捐一万元。

一万元啊，刘升在外打工，一年也就挣这么多，叔叔只保了个特困户的帽子，坐在家里就有人给送来一万元，刘升特羡慕。

大前年，刘升死了父母，自己爬山时又不小心掉下山涧，摔伤了腰，干不得活，村里那一年便也将他这个光棍当特困户照顾，李老板来村里慰问，便也给他捐了一万元。

人其实是有惰性的，刘升白得了一万元，尝到了甜头，第二年他索性懒得出外打工，以腰痛为名在家窝着，就这样，连续三年，李老板都来给他捐款了。

但到今年，已经入冬了，还没

见到李老板的人影。刘升有些吃不住劲了，他这几年过的是"计划经济"的日子，指着捐款生活，捐款没到，他日子过不下去了，只得去找村长。

村长告诉他，李老板其实已经来过了，只是那天他不在家，他叔刘有康帮他做了主，拒绝了捐款。

"什么？"刘升一跳三尺高，"他帮我拒绝了？他自己拿了却帮我拒绝了，有这样的吗？"

"不，你叔也没要那捐款。"村长说，"我觉得你叔做得对，你一个大小伙子，没病没灾的，哪能指着捐款过日子？多丢人！还是正正经经地外出打工挣钱吧！"

"咋叫没病没灾？我腰痛没好呢。"话虽这样说，终究理不直气不壮。要捐款不像讨债，人家不欠你的，人家不给，你也没地方要去。刘升只得回来，这一路上，那个气呀！

他叔现在是真的可以不要捐款，刘有康这几年在山上种油茶，今年光卖茶籽就得了好几千块，对付日子没问题。可刘升不行呀，他没有收入，叔叔不是断了他的活路吗？他真想去找刘有康理论一番，但快走到刘有康门前时，还是忍下了。这几年叔叔为了捐款的事没少教训他，他这要上门去，无疑又是讨骂。

到傍晚，天就下起雨来，而且越下越大，像瓢泼似的。凄风苦雨，越发让刘升觉得日子难熬，心里的怒火也就越来越旺，叔叔坏了他的好事，他不能就这样不声不响地算了。

刘升琢磨来琢磨去，到汇聚的雨水快漫到他家的门坎时，他有主意了。他叔叔家是一座老宅子，那还是他爷爷在世时建的土砖房，这么多年下来，早已颓败不堪、摇摇欲坠，特别是那堵后墙早已倾斜，豁开了口子。如果这雨水漫过叔叔家的墙脚，浸到土砖上，那些土砖还不成了被水泡过的松糕，不消一夜的工夫，那墙非塌不可。

一想到这，刘升就扛起锄头，冒雨趁着夜色摸向了叔叔家，他刨土将叔叔屋后的排水沟给堵了，筑起一条高过墙脚的小土坝，看着屋檐淌下的水落在排水沟里，无处可去，排水沟里的水位慢慢往上涨，很快就漫过石头垒成的墙脚，浸上了墙脚上面的土砖，他这才满意地回家了。可以想象，当那土砖整晚浸泡在水里，一旦松软，会是什么结果。

只要叔叔家的房子一塌，这不就成了村长说的天灾了吗？自然有人来捐款。只要捐款的人来了，自己就有机会。

2.人祸

刘升为自己的主意很得意，他几乎一夜没睡，窝在床上竖起耳朵，就等听那一声"轰隆"的房子倒塌声。一直等到天快亮时，那一声"轰隆"声总算姗姗而来，连他的床板都震动了。接着，他就听到叔叔拼了老命喊："来人啊，救救我婆娘，我婆娘被砸着了。"

刘升脑子里"嗡"的一下，人呆住了。他敢于使这个主意，是他料到，这主意伤不了人。叔叔家的后墙是向外倾斜的，要塌，那堵墙也是向外倒，而后墙不是承重墙，倒了不会影响整个房子的结构，叔叔和婶婶待在屋内，墙往外倒，砸不着人啊，可现在怎么伤着婶婶了呢？

刘升吓得跳起来，跌跌撞撞往外跑。奔到叔叔家的后墙处一看，不错，墙真的是往外倒，其他三面墙还好好地立着，屋内的床铺被褥、锅碗瓢勺，一应家什都好好的，独独不见了叔叔和婶婶。

·社会长廊 生活广角·

刘升正在慌着，听到了叔叔的声音："是升儿吗？我们在这。"刘升循声用手电筒照过去，果然看到了叔叔和婶婶，婶婶倒在地上，一把破雨伞被风刮出去老远，两个人都被雨水淋得透湿。

原来，叔叔家的厕所建在房子后面，婶婶早起上厕所，刚走到厕所边上，墙塌了，那堵墙像一扇门似的扑过来，一下子将婶婶扑倒了。叔叔闻声去救，可他年纪大了，腿脚又不方便，哪里救得了？

刘升搬开砖，将婶婶从砖堆里抠出来，婶婶的一双腿像蚯蚓一样耷拉着，无疑骨头已经断了，得立即送医院。刘有康对刘升说："我记得你家有个空的竹床。"还没等刘升反应过来，他立即往刘升家跑去。

一会儿，刘有康扛着刘升家的竹床一瘸一拐地回来了，叔侄俩将受伤的婶婶抬上竹床，这时村长也闻讯赶到了，村长和刘升一起抬起竹床，冒雨就往山外的医院赶。

医院要他们预付一万元的医疗费，刘有康哪里拿得出钱来？好在刘有康参加了农村医保，又有村长作担保，医院才勉强将伤者收留了下来。大家在医院里安顿好，村长就跑去县里找李老板了。刘有康付不起医药费，这时候只有去求人。

快中午的时候，李老板来了，身后跟着县电视台的摄像师和记者。李老板还没进病房，记者手持着话筒先进来了，站在病床前面对着镜头说话："风雨无情人有情……"记者才开了个头，坐在病床前的刘有康站起来，一把将记者拨拉到一边，然后张开五指，一巴掌按在摄像机的镜头上："你们干什么？别拍了！"

村长赶紧过来解释："李老板知道了你的遭遇，特地来看望你们，打算献爱心给你老婆捐款。"刘有康脖子一拧，叫起来："谁要捐款？我不要。你们给我出去！"他将一行人给轰了出来。

这弄得李老板有些下不来台。李老板多年来一直给刘有康捐钱，总得有点感恩之心吧？刘有康这样对待一个来帮助他的人，也太不识礼数了。李老板拿出钱来，还想解释几句，刘有康一句也不听，没接钱，硬是将人家给推了出来。李老板脸上有些挂不住，揣上钱走了。

这一下村长来火了，骂刘有康："你都这么大年纪的人了，怎么这样做人？你这不是忘恩负义吗？"刘升更是气不打一处来，叔叔就这样将人家打发走了，他连上前叫穷讨要捐

款的机会都没有，这不是白忙活一场吗？所以他也跟着责备起叔叔来："你这样太不地道了！人家好心来帮你，你咋能这样？"

刘有康有火不敢朝村长发，只得冲刘升来了，便骂起来："你懂个屁！他是真心来帮我的吗？他要是真心来帮我，就别让人扛着个机器来。用机器照了，拿到电视上去放，全县的人都看着呢，这不是寒碜我这张老脸、来给他的脸上贴金吗？这样的事我不干。"

3.宝物

刘有康还真是个犟脾气，他硬是没要捐款，四处筹借，凑了一笔钱交给了医院，为了省钱，他老婆的腿才打好石膏，他就将老婆弄回家了，安顿在敞着半边的房子里。

刘升那个气呀，叔叔将李老板轰走后，李老板就再没来过，他也就没机会要到捐款了，这饥寒交迫的日子怎么过？他思来想去，还只有自己去找李老板了。

刘升赶到李老板的公司，李老板认识他，见了面没好脸色，皱着眉问他："你找我有什么事？"

刘升可不傻，不能一开口就要捐款，人家不欠他的，所以他说："我是为我叔的事来向您赔个不是。您好心帮助他，他却有些不知好歹。"

李老板是真有气，说："这不叫不知好歹，这叫忘恩负义！我帮了他这么多年，他居然……算了，这些话不说了，我不是钱多得没地方花，今后我才不管你们茶坳村的破事呢！"

"别——"刘升赶紧求情，"我叔忘恩负义，我可不是那样的人，我一直感激您。"刘升满嘴的好话，哪知道李老板根本没兴趣听，摆摆手，让他出去。

哪能就这样离开呢？刘升只能硬着头皮诉起了苦，那言下之意就是想请李老板给他捐点钱。李老板不耐烦了，说："我说过，今后不再管你们茶坳村的破事。你走吧！"他喊来保安，让保安将刘升给带出去。到这时，刘升是真急了，在门外喊："你怎么能这样？你年年捐款，今年却不

捐，我日子怎么过？你这不是坑人吗？"弄得李老板公司的那些员工都像看耍猴似的看他。

回家的路上，刘升越走越丧气，丢人现眼一场，却没要到钱，这日子今后怎么过？正心灰意冷呢，一辆越野车从身后开过来，在他身边停住了，一个小伙子从驾驶室里探出头来，问他："请问去附近的村庄怎么走？"

附近的村庄？那要看去哪个村庄呀！小伙子说："去哪个村都行。我是收旧东西的，就是到各个村庄转转，看看有没有东西可收。"

刘升明白了，这所谓收旧东西的，就是淘古董的，以前村里来过这样的生意人。也是病急乱投医，刘升有了主意，自己正缺钱呢，兴许能变卖点家里的什么东西，所以他说："去我们村吧，兴许你能淘到点什么。"

小伙子让他上了车，一直开到茶坳村背后的山梁上，停了车，小伙子便随刘升一起进了村子。刘升首先将他领到了自己家，小伙子满屋子瞅了一遍，倒还真发现了一件要买的东西—— 一只破了边的旧碗。刘升也不知道这碗是什么年代的，人家愿买就行。两个人讨价还价了好长一段时间，最终以800元成交。

一只破碗卖了800元，刘升高兴，这一下，他的生活有着落了。刘有康听说了，一瘸一拐地上门来了，邀请

小伙子也去他家看看。刘有康比刘升更缺钱啊！

小伙子去了。房子整整缺了一面墙呢，屋内亮堂，什么都看得清楚。小伙子在屋内转了两圈，遗憾地摇了摇头，他没找到能看得中的东西，只得离开。他穿屋而过，想从塌了的后墙处出来，刚抬起腿要跨过那道一尺来高的石头墙脚，他的腿僵在半空中好半天没落下来，眼睛紧紧地盯着底下的墙脚，然后，他慢慢地缩回腿，弯下腰来，小心翼翼地从墙脚上扒拉下来一块石头。

小伙子的举动一下子吸引了刘有康的注意，他赶紧走了过去。

墙脚上的石头都是刘有康的父亲当年盖房子时从山上捡来的，都是一些麻石，并没有什么特色。不过，小伙子扒拉下的这块石头却与别的石头有些不同，它没有棱角，表面很光滑，抹去表面的灰泥，可以看出，它的颜色比别的石头深些。

小伙子拿着石头仔细端详了一番，然后说："我给你一千元，你将这石头卖给我怎样？"

一千？刘有康吓了一跳。一个买古董的要花一千元买一块普通的石头，那么这石头就绝对不普通了。刘有康虽说没见过什么世面，但电视上的什么赌石啦鉴宝啦之类的节目他都看过，人家愿出这样的高价买这块石头，这石头会不会是什么玉？刘

有康当即就摇头，不卖。

刘有康不卖，小伙子就加价，最后，价钱一直开到了一万元。小伙子说："一万是我出价的上限，超过一万，我就不要了。你自己掂量。"话说到这地步，刘有康只得同意了。

4.尊严

成交的时候，刘升来了。看到叔叔一块石头卖了一万元，刘升傻眼了。等他回过神来时，买石头的人已经走了。

刘升赶紧对刘有康说："叔叔，这石头咱不能卖！"

"为什么？"刘有康正蘸着唾沫数手中那一大沓钱，头都没抬。

"道理很简单。人家愿出一万元买一块石头，说明那石头是宝贝，远不只值那么点钱。我们要是拿到别的地方去卖，说不定能卖个十万八万。"

其实，刘升说出的道理刘有康也想过，但哪里能找得到出更高价的买主呢？再说，他现在急需用钱，老婆住院借的债要还，墙倒了重砌也要花钱，所以他顾不得了。

刘升说："我不管你顾得顾不得，反正这石头我不同意卖！"

刘有康心里说，你同不同意有什么关系，这石头是我的，但刘升一席话让他呆住了："这石头可不是你一个人的，我也有份。石头是墙脚上

的石头，这墙脚是哪儿来的？是我爷爷当年垒的。这么说，这石头是爷爷留下来的财产，你有继承权，我也有继承权，这石头应该是咱俩一人一半。我不同意卖我那一半。"

刘有康一下子傻了，他还真没想到这一层。他正发愣呢，刘升一把夺过他手里的钱，就往山上跑，去追那个小伙子去了。

赶到山梁上的盘山公路时，那小伙子刚上车，正在发动车子。刘升一下子跳到车前，张开双臂拦住了车："那石头咱不卖。"

小伙子说："我跟你叔叔做的交易，跟你有什么关系？"

刘升急红了眼："当然有关系！房子是我爷爷的，所以那石头，一半得归我。"

小伙子不得不重视了："这么说，我给你叔叔的一万元，你也得分一半？"见刘升点头，小伙子下了车，"如果是这样，那石头我倒还不买了。你把钱还给我，我去买他家别的东西。"

刘升将钱给了他，但小伙子却拿不出石头，说是石头被他扔在山上了。这不是哄小孩子吗？花一万元买的宝贝，扔了？搁谁都不会相信啊！刘升断定小伙子在骗他，上车去搜，不但没搜到石头，连他卖的破碗都不见了。这一下，刘升不答应了，两个人吵了起来。

吵闹声惊动了村长，村长赶了来。刘有康这时也一瘸一拐地赶来了。

村长一见到那小伙子，赶紧上前去握手，口口声声叫人家"李总"，又冲刘升吼道："你他妈的别吵了，这不大水冲了龙王庙吗？你知道这位是谁？这就是一直给你捐款的李老板的儿子，人家现在是房产公司的总经理。"

刘升也非常意外，但还是说："就是李总，也不能骗走我的宝贝呀！"村长问："宝贝？什么宝贝？"李总笑了笑："就一石头。他硬是不相信我将那石头给扔了。"

不要说刘升不相信，就连刘有康也不会相信，那可是人家花一万元买的，舍得扔？于是，一行人在李总的带领下，去山上找，在一处草丛里，刘升看到了一只破碗，这碗倒真像他卖给李总的那只，只是现在已经摔成两半了。李总捡起破碗，交给了刘升，说："这就是你的碗。"接着，他又在离碗不远的地方找到了石头，也递过来："这就是你的宝贝石头。"

刘有康接过石头，抹了抹，上面有泥灰呢，错不了，山上的石头不会有泥灰，这就是从他的墙脚上扒拉下来的那块石头。这一下他不懂了："李总，你可得给我一个解释。这么说这石头一文不值，可你花一万元从我这里买走它，就为了扔掉？这总有

个原因吧？"

李总不断地挠头，事到如今，他不能不说了——

李总一直很反感他父亲做慈善的方式，每一次捐款都让电视台的记者跟着，大肆宣传，说白了，那不是在做慈善，而是在为自己的公司做宣传。这一次刘有康在医院里拒绝接受捐款，让他意识到，父亲的捐款方式可能伤害了受捐人的自尊心。特别是今天刘升去找他父亲讨要捐款未果时说的那句话，给他的震动很大，刘升说，是李老板坑了他。李总也听到了这句话，刘升走后，他越想越觉得刘升说得对。父亲为了达到宣传的目的，根本没有用心做过慈善，这样不但伤害了别人的自尊心，还有可能助长一些人的惰性，反正是相互利用呗，就会有一种人指着捐款过日子，不思长进，这不就坑了人家吗？刘升指着捐款过了几年日子，现在突然将捐款给断了，人家一下子没了经济来源，怎么生活？所以他决定，在不伤害受捐人自尊心、也不助长受捐人惰性的前提下，来给刘有康和刘升一点实际的帮助。所以他花800元买了刘

升一只碗，有这800元，刘升可以将眼前的生活对付过去；他到刘有康家，也是想以这种方式提供帮助的，但刘有康家太穷了，真没东西可买，连吃饭用的碗都只有两只，买走一只人家就没碗吃饭了，他没舍得买别的东西，只好从墙脚上扒下一块石头……

说到这里，李总将那一万元重新塞到了刘有康的手里，真诚地说："请相信我，我是真的想帮助你，我不会像我父亲那样去大肆宣传，请你还是将这钱收下，将房子重新砌上。"

刘有康动容了，他说："其实，我也不是反对你父亲那样做。他花了钱需要一点好名声，也是应该的。我这张老脸怎么样都没什么，我拒绝，是因为得为我侄儿着想。他爸去世时拉着我的手，再三叮嘱我，要给升儿成个家。这几年我到处央人说媒，可

人家一听说是刘升找媳妇，谁都不干。他像我一样，成'名人'了，每年电视上都播着呢，特困户，谁还愿意给他当媳妇啊！可这小子，当特困户还当上瘾了，这次捐款没拿到吧，连我那房子他都……"刘有康说不下去了。

刘升吓了一跳："叔，你、你知道？"

"傻孩子，我有什么不知道？我房子后的排水沟无缘无故多了一道土坝，我去你家扛竹床时，又看到你家锄头上沾有新鲜的泥土，我就什么都明白了。我不怨你，是叔对不起你，叔给你做了坏榜样，我年年接受捐款，让你也学成现在这样了。"

刘升惭愧地低下了头。

刘有康最终还是接受了那一万元钱，不过，他从村长那儿要来纸笔，坚持给李总写了一张借条，他说："我接受你的帮助，不过，这钱算我借的，我明年一定还。你不是说要给我尊严吗？只有这样，我才算有尊严地接受了帮助啊！"

刘升见此，将口袋里的800元钱掏了出来，还给了李总，他低着头不好意思地说："我明天就出去打工，所以，这碗不用卖了。"他抚摸着那两块破碗的碎片，说，"我得将它带在身边，兴许……它能提醒我一些什么……"

(题图、插图：杨宏富)

·本刊信息传真·

故事会 ■ **新浪** 微故事大赛

10月征集主题：痒

篇幅最短、含"金"量最高的故事，等待你的挑战！

《故事会》杂志和**新浪微博**（weibo.com）联合主办微故事大赛继续进行，邀请各路故事名家、草根英雄和世外高人展开较量！

本次大赛所有作品通过新浪微博平台征集（@故事会微故事大赛），每月一个主题，当月设金奖1名，奖金1300元；银奖2名，奖金650元；优秀奖11名，奖金150元。另设年度奖项。优秀作品将在每月《故事会》上刊登，并结集出版。8月对手主题结果已经揭晓，详情请登录故事中国网（www.storychina.cn）查看。

10月微故事征集主题：痒。痒是一种身体感觉，也是一种心理：手痒、心痒、技痒，还有七年之痒……本月请你讲述一个关于痒的故事。正文字数在130以下，力求情节出人意表，立意隽永深远，文字鲜明生动。本月的微故事达人或许就是你！截稿日期：10月21日。（本期刊物特别选登8月微故事大赛优秀作品，详见p13）

傻人也会有傻福，聪明反被聪明误。有时候，"太聪明"会成为一种缺点，如果你总是自以为是、自作聪明，说不定会落个弄巧成拙、自食苦果……

伙计打哪儿来

□ 韩 冬

1.喜欢狗的小伙计

民国初年的一个冬天，大年初三的早晨，夜里刚下完一场大雪，天气嘎巴嘎巴的冷。东北乃林镇一户姓毕的府邸外，忽然响起了叩门声，院里狗"汪汪"一叫，仆人王三以为又来讨饭的叫花子了，就随手拿了个窝窝头去应付。

让王三没想到的是，门外不是衣衫破烂的乞丐，而是一个十六七岁的少年。那少年小脸冻得通红，一见王三，赶紧搓了搓冻木了的手，哈了哈气，说："大叔，俺叫德子，家住离这儿不远的四道湾子村，想到府上找个活干，不要工钱，管吃饭就中，行不？"

王三愣了一下，问道："大过年的，你怎么跑出来找活儿干？你家里人呢？"

少年看上去一脸憨厚，恳求道："俺家里就剩个老娘，实在是穷得连饭都吃不上了。"

王三心软了，说："这我可做不了主，老爷不在家。这样吧，你先等一下，我进去通报一声管家……"

毕府的管家叫周林，是个四十多岁的中年人，待人和气，心地善良，一听王三说那孩子挺可怜，立刻动了

70

恻隐之心，点点头说："你把他叫进来试用几天吧，咱府里正缺个劈柴担水干杂活的，原来干这些活的老赵年前就病了，到现在还没上工呢。"

那个叫德子的少年一听说用他了，乐得好像平地里捡了个金元宝，满脸都是喜色。要说这德子，别看年纪不大，可真是个勤快人，他每天除了干完自己该干的活儿，还要拿起大扫帚，把大院里里外外打扫得干干净净，几乎不见一根草刺儿。这还不算，德子还把本该王三干的喂狗的活儿也包了下来，最让府上人不解的是，德子好像对那条看家护院的大黄狗出奇地喜欢，喂完狗，他还要为狗挠痒痒。常养狗的人都知道，猫狗这些动物最喜欢人给它挠脖子下边的地方，狗会很享受地伸着脖子让你挠。

毕府的丫环、仆人都觉得这个新来的伙计挺有趣，王三嘀咕道，这德子，伺候狗简直像是伺候他爹一般。他把德子叫到身边，试探着问："德子啊，你喜欢养狗？"

德子"嘿嘿"笑了："俺家以前也有条这样的狗，俺从小跟它一起长大的。俺看到这条狗，就想起了俺娘，就不想家了。"王三听他说得有理，也就不再多问。

没几天，这事儿传到了管家周林耳朵里，他想，德子一个小孩子，喜欢猫狗这些动物，这是常理，就没放在心上。毕竟这段时间他忙着呢，

毕府的主人要回来了，很多事儿都得周林提前张罗。

这毕府的主人叫毕忠德，六十出头的年纪，身板儿还很硬朗，常年在外跑买卖，在东北收人参、鹿茸等土特产，运到京城和南方去，再从南方等地购进瓷器和丝绸等物品贩到北方来，这一来一往两边都不落空。几十年下来，毕老爷发了大财，不光在乃林镇，就是在京津商埠要地也都有他的钱庄、店铺，可以说是乃林镇富甲一方的大户。

毕老爷在京城有个二房，他是京城和乃林镇两边各住半年，今年像往年一样，他在京城过了正月十五才

动身，回老家打点生意；平日里他不在乃林老家的时候，家里、生意上的一应事务都交给管家周林负责。

这一天，毕老爷回到了乃林老家……

2. 他到底什么来路

毕老爷在府里休息了半天，管家周林就像往常一样走了进来，向他禀报这半年来的情况。说到最后，周林就说府上新招了一个小伙计，不要工钱，只管吃饭就中了，而且干活挺勤快的。他本以为老爷会夸自己几句，又给府上省钱了，谁知毕老爷听了先是微微点头，随即又慢慢收敛了笑容，皱着眉头说："周林啊，我跟你说过多少次了，凡事要三思而行，连个保人也没有，这个叫德子的伙计你了解底细吗？"周林一听，老爷责怪了，连连点头称是，也觉得自己有点大意了。

周林回去后，立刻唤来那个叫王三的手下，叮嘱一番，让他按德子讲的住址去了解一下。

王三心想，这德子是自己推荐进府的，要出了啥事儿，自己还不得吃不了兜着走啊？他慌忙套上车，立刻就出发了。好在那个四道湾子村离乃林镇不远，村子也不大，王三用了半天时间，就把村子的情况摸透了。

王三心事重重地回到毕府，周林见他一脸的沮丧，心里"咯噔"一下，张口就问："咋？弄清楚了吗？"王三都快哭出来了，说自己把四道湾子村每家每户都问了个遍，根本没有叫德子的！

一听这话，周林好似当头挨了一棒，心里凉嗖嗖的，他赶紧一溜小跑去禀报老爷。

毕老爷正在客厅品茶，听周林一说，并没有像管家那样慌张得乱了分寸，他显得很镇定，手捋胡须，陷入了沉思。一旁的周林忙自责地说："唉，这都怪我，慈心生祸害，要不，把这个德子撵走算了……"

"不可。"毕老爷摆手止住了他，压低声音一字一顿地开了口，"请神

容易送神难，看来这事没那么简单。我问你，这德子平日里有什么奇怪举止没有？"

周林凝神一想，说德子对大黄狗照顾得出奇好，毕老爷听罢，把桌子一拍说："这就对了，这个德子十有八九是山上绺子派来的探子，打入咱家，先把狗哄好了，等待时机来个里应外合一窝端，好歹毒啊！"毕老爷这么一说，可把一旁的周林吓坏了，头上冷汗都冒了出来，心想：这下自己可闯祸了，好在这个德子还未动手就让老爷识破了，就是不知老爷下一步要怎么办。

此时，毕老爷双目微闭，手捋胡须，又陷入了沉思。毕府家大业大，这年月兵荒马乱，无论是官府还是山上的绺子，逢年过节都要一一打点好了，稍有差错，麻烦就会找上门来。他把该打点的各山头绺子在脑海里细细过筛一般捋了一遍，没发现有什么疏漏的，难道是新立山头的绺子？或是三五个人组成的小团伙？毕老爷知道，时下绺子也是这帮落了那帮兴起来，犹如雨后的蘑菇，眼睛一眨就冒出许多，防不胜防，来去无踪，下手阴毒，后患无穷。想到这里，毕老爷感到不寒而栗。

毕老爷左思右想，当机立断，他一面让周林安排两个伙计暗中监视德子，无论是他上厕所、干活，还是喂狗，都要盯着他；一面亲自包好

五百块大洋，坐马车直奔当地驻军营部。干啥？当然是找管事的人了。

当地驻军有一个营，营长姓米，老百姓都叫他"米司令"，别看是个营长，他可是当地的最高军事长官，有生杀大权。毕老爷把这事一五一十跟米司令一说，再奉上五百块大洋，说了自己的意思：明枪易躲暗箭难防，他不愿和绺子结下仇怨，只想让米司令用秘捕的办法把德子抓了。米司令是个大老粗，一口答应了。

毕老爷回府后，吩咐了周林几句。第二天早上，周林叫来德子，给他几个大钱，让他上杂粮铺去买个水舀子。德子前脚一走，就让早已候着的两个大兵抓走，这事算是办妥了。

3.他只有一个条件

谁都以为这下麻烦解决了，可天下的事就是让人摸不着头脑，就在德子被秘密抓走的第三天傍晚，毕府的大门又被叩响了。王三去开门，一看竟是德子，瘸着一条腿，脸上、身上伤痕累累，一瘸一拐地就往府里走，一边走一边说："倒霉，那天让两个兵把俺逮了去，打得俺半死，要俺承认俺是山上的绺子……唉，大黄狗喂了没有？可别饿着……"王三哼哼哈哈地答应着，心想：这小子还活着，还惦记大黄狗，真是个狗痴！他

胡乱应付了几句，忙火急火燎地去禀告了管家。

一听德子回来了，把管家周林也吓了一跳，他赶紧跑出去看，只见德子搂着大黄狗依偎在狗窝旁，不停地抚摸大黄狗的脊背和脖子……

毕老爷也很快听说了这事，他再也镇定不下去了，花了五百块大洋，托米司令把德子弄走，本以为这事可以了结，谁承想德子一身伤又回来了！毕老爷也不管外面天已黑了下来，让王三套了马车，直奔军营。

米司令见了毕老爷，叹了口气，说："抓了这小子，我就命人用刑，没想到他哭爹喊娘的就是不招，最后连'老虎凳'都用上了，也不管用。他又没犯死罪，杀又不能杀，实在没办法了，我命人把他弄到荒郊野外放了，没想到他又回到府上了……"毕老爷一听，心里凉了半截，心想，连米司令都没办法了，这五百块大洋算是打水漂了……

米司令看出了他的心事，说："这小子是个滚刀肉，软硬不吃，依我看不如这样，干脆你跟他和解吧，给他几个钱，打发他走得了。"

毕老爷窝了一肚子火，回到家，气得饭都没吃，思来想去一夜没睡。第二天，他早早起来，叫来管家周林，让他上大馆子备了一桌丰盛的酒席，去请德子，由毕老爷和管家作陪。

德子长这么大，还是头一次进这大馆子享受这种待遇，有点不知所措，手脚都不知道怎么放了。毕老爷努力装出一副和蔼可亲的样子，又是劝酒又是夹菜，就像款待贵宾一样。德子这几天挨打受饿的，眼下一见美食摆了一大桌，哈喇子都快流下来了，也不客气啦，抓起鸡腿就啃，夹起肥肉就往嘴里塞。一会儿工夫，风卷残云一般，满桌的美食被德子扫进肚子一半有余，旁边作陪的毕老爷和管家周林几乎没动筷，一来有心事，二来都看傻眼了，哪还吃得下去？

等德子吃得打了饱嗝，再也吃不下去了，毕老爷一看，是摊牌的时候了，他清了清嗓子，从兜里掏出个包，推到德子面前说："德子啊，咱

打开天窗说亮话吧，我也不知你是哪路'神仙'，问你也不说，得，今天咱们就做个了断，这包里有二百块大洋，算我对小老弟吃了苦头的一点补偿，从今儿个起，你就打道回府吧……"这一番话，把德子说得如坠云里雾里，半晌他才明白过来，这是撵他走，他立刻把头摇得像拨浪鼓，一迭声地说："不，我不要钱，我不走……"他又把钱推了回去。

毕老爷有些恼火，以为他嫌少，就说："德子啊，我平日照顾各山头的绺子，顶多给一百五十块大洋，给你二百块大洋不少了，你不要钱想要啥？你说说。"德子想了想，慢吞吞地说："我不要钱，我想要那条大黄狗，给我狗立马就走！"

毕老爷一开始没听明白，愣了。管家周林插话问："你就要条狗？"

"对！"德子也不客气，"给我那条大黄狗，我现在就走！"

毕老爷虽然百思不得其解，但还是答应了，把那包大洋又推到德子面前，说："就听你的，那狗你喜欢就给你，这些大洋算白搭的！"

这回，德子是真的走了，他牵着那条大黄狗，外加毕老爷送的二百块大洋，头也不回地走了。

毕府的人以为这事就算了结了，可毕老爷岂是肯吃亏的人？其实，宴请德子那天，毕老爷就花高价雇了一位镖师，让镖师暗中跟踪德子，弄清这帮绺子山头在哪儿，人员多少，弄明白了，毕老爷再请米司令派兵过去来个连窝端，斩草除根不留后患，他也就不用害怕这帮人报复了。

4. 意想不到的"故事"

这位镖师功夫了得，蹿房越脊，如履平地。他跟上德子后，不出七天工夫就返了回来，见了毕老爷，说他在德子家的房顶上潜伏了三天二夜，把这个德子的底细以及他来毕府的原因弄了个一清二楚，细细一讲，把毕老爷气得差点当场晕倒。

原来，这个德子除了住的地方没说实话，其他说的全是真的：家里就娘儿俩，德子娘平日里靠给人家缝补浆洗衣服度日，德子是打烧饼的，为什么要大老远跑到毕府来当不要工钱的伙计呢？缘由竟是德子娘做的一个怪梦。

这德子娘人老了，梦就多，平日里尽做些乱七八糟的梦。年前的一天，她又做了一个梦，梦见了去世多年的老伴儿，德子爹穿着一身黄衣服，可怜兮兮地站在院中，对德子娘说，他死后错投了狗胎，托生成狗，在乃林镇上一户姓毕的府上当了八年的看门狗了，现如今年老多病，希望家里人能去搭救他，并再三叮嘱，这是天机不可泄露，千万不能让外人知道，否则他就永世不能托生成人了！说完这些，德子爹就地打了个滚儿，变成了一条大黄狗，还"汪汪"地冲老伴儿叫了几声，好像在说："快来救我呀！"

德子娘当时就惊醒了，再也睡不着，早上把怪梦跟儿子说了。德子是个远近闻名的孝子，当即就要去救"爹"，这也难怪，那年月人们都信托梦。过了年，德子就动身了，到了乃林镇一打听，还真有个毕府。他到了门口，从门缝儿往里一瞧，真有条看门的大黄狗，老态龙钟的，身上的毛都脱落得一块块。德子当时激动得真想砸门进去，但他不傻，知道这可是大户人家，贸然提出要人家的狗肯定不行，而且有钱人家也不会卖的，

非把自己当疯子轰出来不可。

怎么办？德子在门外徘徊了几圈后，才想出了不要工钱当伙计这个笨办法。本来他想等熟悉后再想办法把"爹"搭救回家，谁知毕老爷小题大作，把他当成山上绺子派来的探子，庸人自扰地闹出这么一场戏。

毕老爷听镖师一五一十这么一说，整个人就懵了，第二天就病了，在床上躺了一个多月，尽喝苦药汤子了。这一天，毕老爷勉强能起炕了，就把管家周林叫了过来，看了看这个跟了他十多年、和他一样谨小慎微的管家，皱了皱眉头，说："周林呀，这个教训不浅啊，花了近二千块大洋，弄这么个结果。我跟你说过多少次了，凡事要三思而行……"

周林嘴上连连称是，心里却在嘀咕着：你损失二千块大洋，我还搭进去一个闺女呢！原来，这周林还从未见过这么孝顺的孩子，对德子十分称道，正巧他有个年满二十岁的闺女未找到合适的人家，前些日子他已托了媒人上门提亲。"女大三、抱金砖"，周林的闺女正好比德子大三岁，亲事一说就成了……

（题图、插图：谢 颖）

动感地带 "码" 上开始

请用手机或电脑扫描下列二维码，开启全新的视听旅程！（推荐使用"快拍二维码"www.kuaipai.cn）

责任编辑访谈

您对本期故事有什么意见建议？您想了解更多《故事会》的信息吗？本期《故事会》责任编辑将通过新浪微博与读者互动，回答读者提出的问题。本期责任编辑：石莎莎。具体参与方式：在9月26日前扫描右侧二维码登录新浪微博，关注 @故事会 ，并提出问题。

微信有奖竞猜

故事会正式开通微信官方账号！您有2种方法关注我们：1、用微信客户端扫描右侧二维码；2、查找微信号story63。通过微信，您将免费读到我们准备的精彩故事，了解《故事会》活动信息，还能获得动感地带有奖竞猜的特权，答题赢取精美奖品哦！

参与本期竞猜办法：请使用微信发送答案字母（题目见P82）给故事会，我们将从回答正确的读者中抽取3位幸运者，赠送故事会公司出版图书一册。（竞猜只限微信用户哦！）

微故事大赛

故事会·新浪微故事大赛正在如火如荼地进行中，扫描右边的二维码，即可进入本次大赛的新浪官方微博，最新作品、比赛详情，一码搞定！

看视频

扫描右边的二维码，您将看到一组我们精心挑选的幽默视频，定会让您开怀惬意，捧腹不止！本组视频由 sina新浪视频 提供。

回段子

是不是嫌一期《故事会》上的笑话不过瘾？我们为您搜集了网上流传的爆笑段子，每周更新，保证内容新鲜火热，让您看到合不拢嘴哦！

您对于本栏目的设置有任何意见或建议，欢迎登录故事中国网www.storychina.cn 论坛反映。

> **友情提示：** 尽管《故事会》是免费向您提供以上增值服务，不过您如果用手机上网下载音频、视频文件，将产生额外的流量费，且速度较慢，建议您在wifi环境下使用。

 ·动感地带·

湖面上的男尸　　·神探夏洛克·

贝加尔湖是世界上最深的湖泊，就透明度而言，也是世界上首屈一指的，从水面上甚至能看到水下 40 米深。

一个夏天的早晨，贝加尔湖水面上发现了一具男尸，旁边翻扣着一条小船，看上去像是死者划船游览时被浪打翻了船而溺亡的。经辨认，死者是西南岸上某机械厂的制图员，因患有恐高症，5 层高的单身宿舍楼，他住在一楼。

从同事口中，夏洛克得知死者会游泳。那为什么会溺水而亡呢？有人推测是翻船后，死者掉进水里时发生了心脏麻痹死去，因为贝加尔湖的湖水即使是夏季水温也是很低的。

这时，神探夏洛克突然想到了什么，口吻坚定地说："即使是溺水死亡，也不是划船事故，是罪犯伪造翻船事故的杀人案。"请问夏洛克为什么这么说？

思维风暴　神秘的肖像

（此题可加故事会微信参与有奖竞猜，参与方法详见P81）

这面墙上挂着 7 幅男人的肖像，从逻辑的角度来看，其中有 1 幅是另类，你能看出来是哪一幅吗？

超级视觉　你看见了什么

这个T恤的图案很有意思。有人说它是一个女人脸部的剪影，也有人说是一个吹萨克斯风的男人。你看见了什么呢？

疯狂QA

一个人除了指甲、头发之外，身体其他部位从未受过刀伤，你相信吗？

想知道答案吗？方法一，直接扫描二维码。方法二，登录http://t.cn/zQDqt1J查询"动感地带"答案的同步更新。方法三，购买10月下《故事会》！动感地带，与你不见不散。（上期答案见本期P51）

他要听评书

□ 水常清

早年间，有个叫卫平的年轻人，痴迷评书，只是由于身子骨太弱，竟在一次听书时，突发急病，撒手人寰了。

家里人得知噩耗后如何哭天抢地略去不表，单说卫平出殡这一天，棺夫们刚一起棺，就发现了蹊跷，只觉这副棺材竟然一点重量都没有。

有经验的棺夫心里有数，知道这是死者心里有未了之愿，想让自己快点赶脚，早点儿遂了他的心愿，这样才可了无牵挂地投胎转世。

发丧队伍一路上吹吹打打，来到了王家集，那里有个说书摊，说书先生名叫王晋方，此人是说书世家出身，祖上三代都以说书为生。

王晋方最擅长讲《隋唐演义》，讲得极为精彩，卫平就是在听《隋唐演义》时发病的。发丧队伍刚刚走到说书摊前，棺夫们突然觉得肩膀一沉，棺材好像变成了千斤巨石，重重砸在地上，任他们如何用力，也难以抬起分毫。

一位老者见状，捋了捋胡子道："卫贤侄生平喜好评书，想来是想听上一段才肯上路，顺了他的意吧！"

众人便停止了前进，守着棺材，也跟着听起了评书。

王晋方此刻正在讲虹霓关那一段，说的是王伯当射死了辛文礼，东方玉梅本想替夫报仇，却阴差阳错爱上了王伯当……王晋方眉飞色

舞地说了很长时间，嘴巴不免有些干燥，他顺手抄起茶碗，想要润润嗓子，却发现茶碗竟然剧烈地晃动起来，茶水溅了一地。

王晋方是个见多识广的人，一见这阵势，心里就明白了个八九不离十。他向听众抱了抱拳，朗声道："各位，对不住了，小弟突然身感不适，今天就先说到这儿了，还望各位见谅……"说完，他就一边抖着手，一边作势收摊。

听众们一看王晋方开始收摊了，便散了个干干净净。等他们走得差不多了，王晋方慢慢停止了手上的动作，问那老者："敢问棺材里可是卫平贤弟？"

老者点了点头，王晋方笑了，往茶碗里重新续上水，将茶碗对着棺材高高举起，说道："卫平贤弟，老哥知道你想将还没听完的故事听完，所以才阻我说书。你放心，老哥今天就为你讲个够！如果你同意老哥说的，就让老哥好好润润嗓子，行吗？"说完，王晋方将碗挪向嘴边，碗没有再晃动，他很顺畅地将茶水喝了个干干净净。

王晋方回想了一下，他记得卫平死的那天，自己讲的是"李元霸锤震四平山"那一段，便从那里讲了起来。他讲得很投入，大伙儿很快就听得入了迷。王晋方说得兴起，

突然来了句——"欲知后事如何，且听下回分解"，将醒木往桌上重重一拍，立刻有人叫起好来。

老者被这醒木一震，马上回过神来，抬头看了看天，暗叫一声不好，要是错过出殡时辰罪过可就大了。他连忙招呼发丧队伍赶紧上路，棺夫一抬棺材，发现还是无法抬动分毫。

老者有些无助地瞅了瞅王晋方，王晋方也有些发愁，他原本是这样打算的，卫平之所以不肯下葬，可能因为自己当时没有敲醒木，使得他的魂魄无法从评书中解脱出来。只要现在找个比较好的机会，将醒木敲一下，卫平的魂魄能够得到解脱，此事也就迎刃而解了，却没想到竟是这样的结果。

王晋方毕竟是久经风浪的人，眼珠一转便有了主意，也不知他是怎么想的，竟然提笔在纸上写写画画起来。

众人很奇怪，都不知他葫芦里卖的什么药，过了一会儿，王晋方停下笔，在纸上轻轻吹了吹，等到墨干后，将纸张叠好揣入了怀中。

随后，王晋方胸有成竹地说道："卫老弟，你听好了，老哥我不想误了你的好时辰。这样吧，老哥我跟着大伙儿一块儿走，咱们边走边讲，行不行？"

王晋方冲着棺夫做了个往上起

的手势，棺夫们一用力，发觉还是抬不动，只得无奈地摇了摇头。

王晋方沉吟片刻，猛地一拍脑门，恍然大悟道："卫老弟是不是想知道，到你的下葬之处前，能不能把书说完？那我告诉你，绝对能说完，你放心吧！"

还别说，王晋方讲完话后，棺夫们再起棺时，竟真的抬了起来，只是分量很重，棺夫们抬得很吃力，速度就慢了下来。王晋方暗自好笑，知道这是卫平干的好事，他生怕自己听不完，所以就用这种方式让众人减缓行进速度，这样他就可以有

充足的时间听完评书了。

一行人缓缓向前，王晋方边走边讲，眼瞅着到了卫平下葬的地方，可是王晋方还剩下最后一回没有讲，这下子卫平不干了，硬生生在自己的坟边停了下来，不肯下葬。

老者急了，入土的时辰马上就要到了，如何是好？正在他一筹莫展之际，王晋方不紧不慢地从怀里掏出那张纸，在卫平的棺材前用火折子一点，不多时便化成了灰烬。

王晋方道："抓紧让他入土为安吧！"

棺夫们略一用力，棺材便抬了起来，一番忙活后，总算是将卫平安了葬。

事后，老者好奇地问王晋方："你在卫平棺材前烧的那张纸，上面都写了些什么啊？"

王晋方"呵呵"笑了笑，说："我只是在纸上画了一个人的肖像，写了他的名讳及生平，仅此而已。"

老者一愣，说道："就这些？"

王晋方点了点头："您老知道，我家祖上三代都以说书为生，我爹对说书的热爱程度，一点都不亚于卫平听书的劲头。我在那张纸上画的，就是他老人家！我还告诉卫平，我爹的评书说得比我强多了，剩下的这最后一回，你就去找他老人家给你讲吧！"

妙解

（厦门掌上科技有限公司　编绘）

　　老者听后，不禁哈哈大笑："你拐了这么个弯儿，到底是为何？"

　　王晋方苦笑道："还不是被我爹他老人家逼的！"

　　"怎么回事？"

　　王晋方哭丧着脸说："我爹去世时，刚好说到《隋唐演义》倒数第二回，所以他老是给我托梦，告诉我，因为没能讲完最后一回，他心里一直憋得难受，特别想找个人把最后一回讲完，让我帮他物色物色。这不赶巧了，卫平正好是个听书迷，所以我就故意没来得及讲最后一回，让他赶紧去找我爹。您是不知道啊，我爹说了，要是我不想办法了了他的心事，他就继续天天到我梦里折磨我……"

　　（题图：安玉民　梁　丽）

爱的利息

那天，出租车司机朱师傅五点半交车，看看表已经五点一刻，便把"暂停载客"的牌子竖了起来。正是周末，四十中门口拥出大批的寄宿生。

一个跛足女孩背着书包走过来，急急地说："师傅，我想坐您的车。"

朱师傅说得交车了，他只是停下来歇一会儿。女孩恳切地说："麻烦您了，我只坐一站路，就一站路。"

朱师傅看看女孩身上洗得发白的校服，叹了口气，说："上车吧。"

女孩高兴地上了车，车开到转弯处，她突然嗫嚅道："师傅，我只有三块钱，所以，半站路也可以。"

这个城市的出租车，起步价可是五块啊！但朱师傅还是答应了她，一直开到公交站台，把车停了下来。女孩很高兴："真是谢谢您了！"

从那以后，朱师傅每个周末都看到女孩等在学校门口，还是三块钱，还是一站路，渐渐地成了习惯。

这情形持续了一年，到了第二年夏天，女孩告诉朱师傅："这可能是我最后一次坐您的车，给您添麻烦了。我考上了市一中，半年才会回一次家。"

女孩下车前，朱师傅给了她一只盒子，说："这是送你的礼物。"女孩很诧异，接过礼物，朝朱师傅鞠了一躬，说："谢谢您。"然后一瘸一拐地走了。

一晃过了十年，朱师傅还在开出租车。这天，他听到交通音乐台播出一则"寻人启事"，寻找十年前车牌照为冀ＡＺxxxx的司机。朱师傅愣住了，有人在找他？

拨通电话，朱师傅听到一个年轻女孩的声音，她惊喜地问："是您吗？师傅！"朱师傅记起来了，是他载过的那个跛脚女孩。

两人约在一家咖啡馆见面，女孩讲起了往事。十多年前，女孩的父亲也是一名出租车司机。父亲很疼她，每逢周末都会开车接她回家。那年春节，父亲开着一辆面包车回老家过年，遇到车祸，父亲当场身亡，女孩的脚受了重伤。

安葬了父亲，女孩拼命读书，她很坚强，什么都能忍受，却唯独不能忍受别人的怜悯，所以，她没告诉任何人发生的事故。放学回家，当被同学问起为什么现在坐公交车，她谎称父亲出远门了，直到有一天遇到朱师傅。

女孩只有三块钱坐公交车，可她全拿出来坐出租车，只坐一站路，然后花一个半小时徒步走回家去。"您一定不知道，您的出租车就是我父亲生前开的那辆。车牌号一直印在我的脑海里。"朱师傅听得鼻子一酸，差点儿掉下泪来。

女孩从口袋里拿出一块奖牌，说："这块奖牌，我一直放在身边。我不知道，如果没有它，我会不会走到今天。"奖牌的背面，有一行小字：预祝你的人生也像这块金牌。这块奖牌和女孩那一年所有的车费，

就是十年前朱师傅送给女孩的礼物。

女孩挽着朱师傅的胳膊，走出咖啡馆。看到女孩走远，朱师傅把车停在路边，让眼泪流了个够。那个女孩，和自己十年前因癌症去世的女儿，简直是一个模子印出来的！女儿生前每个周末，朱师傅都去四十中接她。那块奖牌，是女儿在奥赛中得到的金牌，曾是他的全部骄傲和希望。可女儿突然间就走了，让他猝不及防。再到周末，路过四十中，他总忍不住停下车，似乎女儿还能从校门口走出来。就在跛脚女孩坐他车的那段时间，他觉得女儿又回来了，他又重新找回了幸福……

回家路上，朱师傅买了份报纸。一展开报纸，朱师傅就看到了跛脚女孩的照片，大标题是：最年轻的跨国公司副总裁，S市的骄傲……

朱师傅吃惊地张大嘴巴，边读报纸，边习惯地从口袋里掏烟。突然，他的手触到了一个信封，拿出来一看，里面装着厚厚一沓钱。朱师傅愣住了，他想不出，女孩何时把钱放进了自己外套口袋，难道在她挽起自己胳膊的瞬间？

钱中夹着一张纸条：师傅，这是爱的利息，请您务必收下。本金无价，永远都会存在我心里。谢谢您，师傅！

（推荐者：何必加）
（题图：安玉民 梁 丽）

动物要办运动会

□ 李雪涛

等运动会上一决高下了。

这天，猴子通知所有参赛选手开会，它要进行最后一次总动员。没想到的是，有二十几名选手没到场，更为严重的是，事后用各种方式也联系不到它们，它们也不知是何居心，竟然消失得无影无踪！

二十几名参赛选手突然"蒸发"，这可把猴子急坏了，要知道，一旦查不出它们失踪的真相，虎大王岂能给自己好果子吃！

这天早上，猴子正急得抓耳挠腮，突然，所有失踪选手拥了进来，竟神奇地出现在猴子面前！

见到这些失踪选手，按理说猴子应该高兴，可它哪里高兴得起来？你瞧瞧，这些选手都成啥样了：大闸蟹少了两个爪子，野鸡缺了半条腿，大鹅没了一个鹅掌，乌龟呢，脊背被剜去了一块肉……

有只老虎当上了动物王国的首领，它手下的喽啰们时常出些花招讨它的欢心。

一天，猴子向它献言说："大王，咱们动物有着超强的运动能力，为啥不仿照人类举办一次运动会呢？"

虎大王听罢大喜，捋着胡须说："好主意！人类开运动会，只能在地上和水上进行比赛；而我们呢，可以水里游、地上跑、土里钻、空中飞，会更加精彩！"接着，它当场发布指示：由猴子全权筹办运动会。

这消息一公布，众多"海陆空"的动物们摩拳擦掌，纷纷找到猴子报名参赛。经过严格考核，所有项目的参赛选手全部选拔了出来，只

找尴尬

□韩春玲

吴娟抱着宠物狗妮妮刚上公交，就有一个小伙子站起来给她让座。吴娟刚想坐下，可她又实在心疼妮妮，觉得大热天抱在怀里，妮妮吃不消，那座位她没舍得坐，而是小心翼翼地把妮妮放了上面。

让座的小伙子见了，尴尬地说："阿姨，您这是——"

吴娟看了他一眼，说："我说小伙子，你把座位让给了我，我也说了谢谢，现在这个座位怎么处理我说了算，你就不必再操心了吧？"

小伙子嘴笨，支支吾吾半天，说不出一句囫囵话来。可自己让座，却让给狗坐，这算啥事？

这时，坐在妮妮旁边的一个年轻女人站了起来，对吴娟说："我才个轻度残废，就不动筷子了。"

猴子听了，吓得战战兢兢的，它问："那你们是怎么回来的呀？"

海参傻笑着说："嘿嘿，那些食客呀，老牛了！散去时没一个把我们打包带走，我们被服务员统统倒进了下水道里，然后顺着下水道就逃回来啦！"

猴子哭丧着脸，心想：看样子，这次的运动会，它们是参加不了，得参加下次残运会啦！

猴子好一会儿才回过神来，惊叫道："天哪，你们这是怎么搞的？"

乌龟闷声闷气地答道："我们一不小心，被弄进城里一个豪华大酒店，成了那些食客的美味佳肴了。"

猴子疑惑地问："真的吗？可那些食客对你们怎么如此嘴下留情，还放你们回来呢？"

大鹅仍然心有余悸地说："所幸那些食客山珍海味都吃腻了，根本不把我们放在眼里，只把我们弄了认出来，您是黄老师吧？"

吴娟知道对方认错人了，就想不如将错就错，既然对方称自己为"黄老师"，料想那年轻女人应该让个座，于是就答应道："哦，你是——"

年轻女人客气地说："黄老师，您请坐。"

吴娟假意客气了一下，然后一屁股坐到了座位上。

吴娟把座位给狗坐，车内乘客原本就看不下去了，现在居然有人又把座位让给她坐，车内就开始窃窃私语了。可年轻女人听而不闻，继续和吴娟聊天："黄老师，您还在兴明路小学教书吧？"

吴娟既然冒充了黄老师，只能应付到底，说："嗯。"

"那您还教五年级二班的数学？"

"是啊！"

吴娟话一出口，年轻女人"哈

哈"大笑，笑了好一阵，笑够了，才说："我说阿姨，您可真厉害呀，您是孙猴子咋地，怎么摇身一变变成我了？我才是兴明路小学五年级二班教数学的黄老师呢！"

吴娟一时不解，说："你这人有毛病呀！"

年轻女人环顾四周，大声说："车里的各位朋友给评评理，这位阿姨不是黄老师，可她以为我认错人了，就冒充黄老师，目的很明确，就是想让我给她让个座，大家说说，是谁有毛病？"

车里一阵哄笑，就在这时，车到站了，吴娟觉得没脸在车里待下去了，抱起妮妮灰溜溜地下了车。年轻女人见吴娟下了车，就对刚才让座的小伙子说："老公，我已经替你出气了，过来吧，你的座位又腾出来了！"

·本刊信息传真·

法律知识故事征文

本刊推出的"法律知识故事"栏目，通过发生在我们身边的、短小而具体的、在法理上容易混淆的个案，生动、形象地宣传法律知识。这些故事注重现实性、实用性，真正起到解剖一个案例、明白一个道理的作用。

为了把这个栏目办得更好，我刊决定面向全国征文。

来稿方法：1. 从邮局发，请在信封上注明"法律知识故事"字样，本刊地址：上海市绍兴路74号《故事会》杂志社，邮编：200020。2. 从网上传递，可寄以下邮箱：wulun54@126.com，请在主题上注明"法律知识故事"字样。凡已与我刊编辑有联系的作者，稿件可继续投该编辑。

啥招最管用

□ 张 超

最近，黄老汉很窝心。他家门口是条马路，家里有只鸭子到对面池塘觅食时被车撞死了，其他鸡鸭鹅目睹了这一幕，受到惊吓，全都不敢出门，导致产蛋量明显下降。

这些活物可是黄老汉的命根子，一年的烟酒钱全靠它们产的蛋啊！一连几天，黄老汉坐在屋门前，对

呼啸而过的车子怒骂："这帮司机，眼睛都长屁股上了！"骂痛快了，黄老汉开始琢磨：如何解决门前车辆疯跑的问题呢？

黄老汉想出个法子，他在屋前100米处竖了个牌子，写着："前有移动警察测速，限速20公里。"但一天下来，没一辆车减速。有人告诉他，说现在的车子都装有"电子狗"，你的牌子是假信息，人家不怕。

黄老汉一发狠，搬来一块大石头放在路中央。这下好了，司机开车经过，都朝黄老汉的家里瞅着，骂骂咧咧地减速通过。很快，黄老汉的行为引来了路政人员的训斥，叫他把石头撤了，不然拘留或罚款。

没辙了，黄老汉面对门前肆无忌惮高速而过的车辆，无计可施。

过了几天，邻居刘老犟驾鹤西归了，送葬的队伍排成好长一截，把路堵得乱七八糟。黄老汉脑子里灵光一闪，有办法了！

赶紧的，黄老汉买了包东西，放了厚厚一沓在屋前的路边。

果然，一辆小车减速了，停车了。驾驶员下车后，径直去捡路边的东西，看了看，忙扔掉，连呼："晦气！"

一辆、二辆、三辆……黄老汉猫在屋里，数着减速停车的数量。他瞅了瞅手里的仿真人民币冥钞，笑了："嘿嘿！看来还是这招最管用啊！"

菠萝味粥的秘密

□ 刘忠山

何老板开着家大公司，每天中午吃饭，他喜欢喝一碗粥，也只准熬一碗，说是多了浪费。食堂给他熬粥的厨师换了七八个，都不合他口味。

这天，何老板照例喝粥，他端起碗来喝了一口，吧嗒吧嗒嘴，对秘书说："这粥刚喝时，没什么特别，但是咽下之后，嘴里有一种淡淡的菠萝味，回味清新很不错！这粥是谁做的？叫来我问问。"秘书说："新来的马厨师，不巧，他刚给您盛好粥，老家有急事，就请假赶回去了。"

第二天，牛厨师听了秘书的嘱咐，就在粥里加了菠萝片，熬好了端上。何老板闻了一下，说："还没喝呢，就满鼻子菠萝味，没法喝！"秘书急忙把碗撤了，让杨厨师做。

杨厨师吸取教训，就在锅里放了少许菠萝片，熬好了端上。何老板喝了一口，说："味是淡了，可一喝就有菠萝味，不是淡淡的回味！"

马厨师终于回来了，秘书让他赶紧给老板熬粥，还问他有什么奥秘。马厨师红着脸，看了看站在一边的牛厨师和杨厨师，不肯回答。

马厨师买了菠萝，一个人在厨房里熬粥。熬好后端上来，何老板一尝，高兴了："嗨，就是这个味儿！让马厨师做首席大厨！"

牛厨师和杨厨师纳闷了，为啥姓马的能做出那种味道的粥呢？

秘书也好奇，三人就偷偷在厨房安了个摄像头，马厨师再熬粥时，三人悄悄地在监控里看。

只见马厨师盖锅点火后，就把菠萝片放到一只碗里，悠然地吃起来。等粥熬好，碗里的菠萝也就全吃光了，马厨师没洗碗，直接把粥往里面一盛，完事了！

学历证书

□ 贺小波

五年寒窗苦读，张山终于博士毕业了。这天，他去一家公司应聘，因为公司名声很大，前来应聘的人排起了长队。

终于到张山上场了，他努力挺直了背，用手梳了梳稀疏的头发，走上前去。

一番问答后，面试官对张山很满意，说："表现不错，把你的学历证书拿出来，我们查验一下。"张山把手伸进包里，额头开始冒汗了：

"我、我的博士证书忘记带了。"

"还博士呢！不会是冒牌货吧？"队伍里有人说酸溜溜的话了。

张山的脸一下子红了，他把包里的东西全倒在地上，找了半天，的确是没有。这时，一张照片飘落到桌子后，正巧落在面试官的脚边。

面试官捡起照片，看了看，问张山："这是你的照片吗？"张山小声解释说："是我读博前的照片。"

"你烫过发染过发吗？""没有。"

"家里有脱发遗传吗？""没有。"

面试官沉吟了片刻，说："我相信你是博士，公司决定录取你！"话音刚落，人群中爆发出一阵议论声。

面试官不急不恼，扬了扬手中的照片，对人群说道："我有证据！你们看，他读博前，有一头浓密的头发；再看看现在，头发这么稀少……"

大伙儿不知面试官葫芦里卖的什么药，都摇摇头。面试官继续说："你们没看过网上本硕博连读生的证件照吗？读本科时，头发乌黑浓密；读硕士时，脑门微秃；读到博士，'聪明绝顶'……博士毕业难啊，哪个博士不愁得掉头发？"说着，面试官也摸了摸自己的秃脑壳……

人群"哄"的一下笑了，不知谁说了句："知识改变命运，学位改变发型。"

（本栏题图、插图：包丰一 顾子易）

2013

SEMIMONTHLY

下半月刊

545

STORIES

笑话14则 ……………………	赵鸿祥等	4
3分钟典藏故事 ………………………		8
微博故事 ………………………		11
外国文学故事鉴赏		
副作用 ………………………		12
我的故事		
我也很无奈 ………………	李显波	15
新传说		
父亲节的黄玫瑰 …………	黄 胜	17
上帝之手 …………………	陈明强	22
想讹俩钱不容易 …………	滕建军	26
良心关 ……………………	彭启殷	29
欢迎手机到此一游 ………	冯彩霞	32
识坟 ………………………	滕 飞	36
第二个跳楼者 ……………	余新国	39
传闻逸事		
鬼盗 ………………………	黄仁传	45
阿P系列幽默故事		
阿P接美差 ………………	于宪慧	49
16岁故事		
女儿早恋了 ………………	卢树盈	53
经典传递 ………………		56
民间故事金库		
眼力 ………………………	裴文兵	58
法律知识故事		
真的无责不赔吗? ………………	陈伯群	63
中篇故事		
出狱之后 …………………	楚横声	65
谈段子 ………………………		81
动感地带 ………………………		83
幽默世界		
《你有名片吗》等5则 ………	朱道能等	85
漫画故事 ………………………		90
本刊信息传真		
………………………		35、52

故事会

2013年10月
下半月刊·绿版

社 长、主 编:何承伟
副社长:夏一鸣
常务副主编(兼绿版负责人):吴 伦
副主编(兼红版负责人):姚自豪
本期责任编辑:黄美舟
电子邮箱:huangmeizhou@163.com
绿版发稿编辑:
朱 虹 刘迎曦 颜轶超 陶云韫
美术编辑:王怡斐
电脑制作:郭瑾玮
本社办公室电话:021-64375030
上半月刊编辑部电话:021-64310547
下半月刊编辑部电话:021-64336469
(上海市绍兴路74号 邮编:200020)
主管:上海世纪出版集团
主办:上海故事会文化传媒有限公司
出版单位:《故事会》编辑部
发行范围:公开

出版、发行总监:张 凯
电话:021-64313938
广告业务:上海故事会文化传媒有限公司
广告总监:张 淮
广告业务:021-34010383
广告投诉:021-64333738
广告经营许可证
沪工商广字3100320080016号
发行:中国图书进出口上海公司

特别提示:凡本刊采用的作品,视为本刊已获得该作品与《故事会》相关的网上传播、汇编出版、电子和录音录像制品等权利。本刊向作者支付的稿酬,已包含了上述各项权利的报酬,如有特殊要求,请提前说明。

右眼跳灾

儿子放学一回到家里面，便怯生生地问爸爸："您常说'左眼跳财，右眼跳灾'，这是真的吗？我今天右眼皮一直跳，不会有什么祸事吧？"

爸爸"扑哧"一下笑了出来，说："那是爸爸说着玩儿的，是封建迷信，不可信。"

儿子听完如释重负，从书包里拿出一张试卷，说："老师说了，让家长签字。"

爸爸一看，没有及格，正要发作，儿子赶紧说："爸，您不是说封建迷信不可信的吗？"

（赵鸿祥）

（本栏插图：包丰一）

隐　私

妈妈偷看了儿子的日记，然后对儿子说："哟！你还在日记里写情诗呢，看你最近就不对劲，没想到还真有事。"

儿子听了，脸一下子就红了，生气地说："你偷看我日记，侵犯我的隐私。"

妈妈笑着说："隐私？你在我面前有隐私的话，出生的时候咋不穿条裤衩啊？"　　　（陈　申）

装　的

四岁的孙女十分顽皮，晚上不肯睡觉。奶奶花了好大力气才把她哄睡着了。可奶奶刚上了个厕所，回来后，孙女又继续闹。

奶奶实在不耐烦了，就装作很凶的样子训斥道："你有完没完！到底睡不睡？"

孙女估计被吓着了，立马哭哭啼啼地说："我睡了，装醒着的！"

（赵书雍）

4

臭豆腐

大妻俩带三岁的儿子逛小吃街。儿子是第一次吃到了臭豆腐，他咬了一口，说："妈妈，这是谁拉的？这么好吃！"

老公听了后，对着老婆说："这几天好好看着他，别让他拉了屎，自己吃了！"　　　(何　乐)

初次见面

男孩第一次上门去见女友的父母。趁着时间还早，男孩顺便在桥底下买了张黄碟，他跟那个卖黄碟的中年男人砍价砍了好久，最终成交。

晚上，男孩见到了未来的岳父母，一直不敢抬头，女友调侃笑道："怎么了？平时也没见你这么腼腆啊。"

男孩小声嘟囔："我也没想到你爸是卖黄碟的啊！"　　(张大宝)

好好栽培

首相在广场上演讲，突然从听众中扔来一个鸡蛋，正好打中他的脸，警卫发现是个小孩干的。

首相对大家说："这小朋友扔得这么准，证明他是一个人才，我要体育大臣好好栽培他，使他将来成为我国的棒球手。"　　(李　坤)

一个男人来到算命摊大骂："你这个骗子，你不是说我昨晚有血光之灾吗？怎么什么事都没有？"

算命先生疑惑道："不会啊，我算命从来没不准过。你昨晚干啥了？"

男人想了想，说："昨晚我和一个大胸妹吃饭。"

算命先生一拍大腿，说："那就对了，你逢胸(凶)化吉了。"

(贺逍微)

算得不准

搬梯子

暑假的一天，小男孩在村口的旧水塔下看见一把竹梯立在那里，他越看越像自己家的。

于是，小男孩费了九牛二虎之力把梯子放下来，准备扛走。结果放平一看，竹梯上面刻着自己叔叔的名字。小男孩一看梯子不是自己家的，于是，就把梯子一扔，走了。

当天晚上，小男孩的爸爸回家说："今天你叔叔修水塔，不知是谁那么坏心眼把梯子扛走，让他在水塔上晒了一下午。"

（黄荣俊）

血　统

一个欧洲外交官出生在非洲，是喝着黑人奶妈的奶长大的。成年后，他回到祖国，参加省议员的竞选，当时反对派多次诽谤、诋毁他说："你是喝黑人的奶长大的，你身上一定有黑人的血统。"

外交官沉着地回击道："你们是喝牛奶长大的，你们身上一定有奶牛的血统吧？"

（陈昌英）

老婆的恶作剧

丈夫带老婆去爬山。在山顶凉亭休息时，丈夫亲昵地搂着老婆，作强吻状，谁知道老婆突然来一句："姐夫，别这样！"

很多游客都鄙夷地盯着丈夫看。丈夫也想要一下老婆，就说："当初不是你追我的吗？"

（吴梅开）

藏　獒

一个酒鬼醉酒，摇摇晃晃地从饭店走出来。一出饭店门，酒鬼看见不远处一个老同事牵着一条藏獒，又肥又壮。

酒鬼凑上去说："呦，哪里买的藏獒啊？"

老同事听了，气得脸都绿了。酒鬼走近一看，原来是老同事的老婆穿着貂皮袄蹲那儿系鞋带呢

（马燕杰）

· 笑口常开 轻松一刻 ·

女汉子

一对情侣在大雨中打架，被警察带回了派出所。警察一看，女孩的脸都被打得淤青了，满脸泪痕。男的居然还若无其事地托着下巴看手机。

警察对男的说："你一个男人怎么打女人？"

不料女孩先冷笑起来："打我？就凭他？"

警察说："那你的脸怎么了？难道不是他打的？"

女孩满不在乎地说："雨水把姐的妆给冲花了！"

这会儿，那男的抬起头来，拿开托下巴的手说："警察同志，我牙掉了。"

（魏玉燕）

蓝牙惹的祸

有个帅哥，他的女邻居长得非常丑。女邻居为了自嘲，将蓝牙用户名命名为"一头母猪"。女邻居频频向帅哥表达爱意，这让帅哥十分苦恼。

这天，女邻居硬要通过手机蓝牙发自己的艺术照给帅哥看。帅哥执拗不过，就打开蓝牙，结果他后悔至极，因为女邻居发送照片时，系统的提示是：一头母猪要和你配对。

（周　华）

公交车上，一个爸爸在对他儿子说："你都那么大了还打不过你妈妈，我十岁时就能打得过你奶奶了！"

旁边一个老爷爷听不下去了，对着那位爸爸说："有你这么教育孩子的吗？会不会当爹啊！"

那爸爸愣了愣，说："我说的是羽毛球！"

（赵吴燕）

教育孩子

本栏欢迎来稿，读者、作者可将有新鲜感、有精彩细节的笑话佳作投寄给我们。来稿一经采用，最高稿费为一则100元。本期责任编辑电子信箱：huangmeizhou@163.com。

平台的力量

山上的寺院里有一头驴，每天都在磨房里辛苦拉磨。天长日久，驴渐渐厌倦了这种平淡的生活。驴每天都在寻思，要是能出去见见外面的世界，不用拉磨，那该有多好啊！

不久，机会终于来了。有一个僧人带着驴下山去，准备让驴驮点东西回寺庙，这让驴兴奋不已。

来到山下，僧人把东西放在驴背上，然后自己搬东西去了。没想到，路上行人看到驴时，都虔诚地跪在两旁，对它顶礼膜拜。

一开始，驴大惑不解，不知道人们为何要对自己叩头跪拜，慌忙躲闪。可一路上都是如此，驴不禁飘飘然起来，原来人们如此崇拜我。当它再看见有人路过时，就会趾高气扬地停在马路中间，心安理得地接受人们的跪拜。

回到寺院以后，驴认为自己身份十分高贵，过去累死累活，真是不值得，因此，它死活也不肯再拉磨了。

僧人无奈，驴不肯干活，自己又不能杀生吃肉，只好放驴下山。

驴刚下山，就远远看见一伙人敲锣打鼓迎面而来，心想，一定是人们前来欢迎我，于是大摇大摆地站在马路中间。

那是一队迎亲的队伍，如今却被一头驴拦住了去路，人们愤怒不已，棍棒交加　驴仓皇逃回到寺里，此时已经奄奄一息了。临死前，它愤愤地告诉僧人："原来人心险恶啊，第一次下山时，人们对我顶礼膜拜，可是今天他们竟对我狠下毒手。"

僧人叹息一声："果真是一头蠢驴！那天，人们跪拜的，是你背上驮的佛像啊。"

人生最大的不幸，就是一辈子不认识自己。有时，离开平台，自己什么都不是！

（推荐者：周　华）

一种机缘

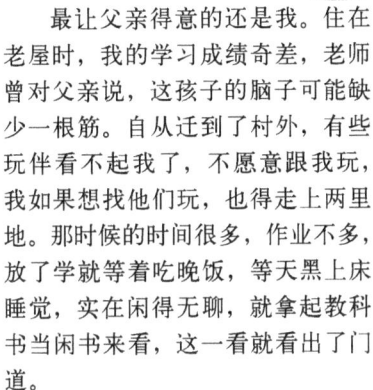

父亲和叔叔因为宅基地产生了矛盾。他们住在同一栋老屋里，口角一直不断。身心疲惫的父亲从老屋里搬了出来，花了两年多时间、欠了一屁股债，终于在离村二里地的山脚下造了一栋土屋。

在口角纷争中，父亲是一位战败者，他一度十分伤感。因为在农村，凡是把房子造在村外的，大都是外姓，而我家搬出了村子，按照老一辈人的说法，算是"破落"了。而且当时建房的地方只有一条泥路，也没有水源，家里用水得到村子里去挑，生活非常不便。一家人生活在那里，很是凄凉。

三十年后，当时偏僻之处成了全村位置最好的地方，背靠山，村里又出资修了条水渠，正好穿过家门口，房子绿荫环抱，不远处就是省道。

前几年，我出了一些钱，拆了土屋，造起了一幢洋房，里面装修一新，居住条件要比城里的房好得多，引得村里人羡慕不已。这样的好地方一度引得大老板的注意，托人来问能否出售，结果被父亲一口回绝。

原因很简单，父亲非常"迷信"地认为，当年搬家可能是一种机缘，是上苍让他得到了这样好的地方，而且自从搬出村子后，家里好事不断。

最让父亲得意的还是我。住在老屋时，我的学习成绩奇差，老师曾对父亲说，这孩子的脑子可能缺少一根筋。自从迁到了村外，有些玩伴看不起我了，不愿意跟我玩，我如果想找他们玩，也得走上两里地。那时候的时间很多，作业不多，放了学就等着吃晚饭，等天黑上床睡觉，实在闲得无聊，就拿起教科书当闲书来看，这一看就看出了门道。

我的成绩也就在几个月里发生了变化，所有老师都不得其解。直到期末考试我的成绩再次名列第一时，他们才信了，这孩子终于开窍了。后来，我是村里十几个同龄人中唯一考上大学的。

在村子里，父亲也成了让人尊敬的人，每逢红白喜事，村人们都会请他去，有了矛盾，也会请他去调解。

生活真的是有机缘的。父亲认为那次伤心的搬家改变了我的命运，也改变了全家人的命运。回首这三十年，真的如此。我也相信机缘，它是那么捉摸不定，有些看起来糟糕的事情，也未必真的会让你糟糕，反而是助你成长，促成你改变的一个契机。

（推荐者：史志鹏）

家中的活菩萨

大款张三郊游时遭遇了车祸。好在事故不大，他只是划破了表皮。将撞坏的车送到修理厂后，他忽然想到，父母的家就在附近，他已经很久没有回家看看了。

于是，张三回了一趟家，住了一夜。第二天走的时候，他接过母亲递过来的衣服，发现衣服上面破损的地方已经被母亲密密的针脚缝好了。他有些感动，又有些不以为然——他有的是钱，这衣服他打算回去就立刻扔掉的。

但张三工作太忙，回去后就把这件事给忘了，穿着那件补丁衣服在各种场所穿梭，还谈成了一笔久拖未决的大业务。一直忙到晚上，他想起身上穿的是件破衣服，就脱了下来，扔进了垃圾桶。

第二天上午，他昨天谈成的那笔业务正式签字，客户问他："你昨天穿的那件打了补丁的衣服今天怎么没穿？"他不好意思地说："换下洗了。"

大客户拍着他的肩膀说："你可能不知道吧，我们能跟你签约，都是因为你身上的补丁——从小小的补丁上我们可以看出来，你是个艰苦朴素的人，而一个艰苦朴素的人，无疑是最好的合作伙伴！"

张三回到家，从垃圾桶里翻出那件补丁衣服。洗了洗，挂在不起眼的衣橱角落，想着可能会啥时候派上用场。

一星期过去了，一天早上刚要去上班，张三家里来了两个警察。原来，上周一个晚上，另一个大款被绑架了，还被撕了票，绑匪当晚就被抓获了。审讯绑匪时，他们供认说，他们原来是想绑架张三的，所以警察今天来提醒张三注意。

张三听了，吃了一惊，连忙问警察："那他们为什么最后没有绑架我呢？"

"因为你那天衣服上有补丁。"警察说，绑匪看到你衣服上的补丁，推想你不像传说中那么有钱，因为有钱人不可能穿打补丁的衣服。

张三一时感慨万千，没想到一个意外的补丁，竟然救了他的命。

警察走后，张三打开衣橱，拿下那件破衣服，抚摸着上面密密的针脚，像个孩子一样哭了。

父母就是家中的活菩萨。

（推荐者：何必加）

（本栏插图：安玉民　梁　丽）

学写作文，从读故事开始

@ **青山簇簇水中生**　那年，有人给我介绍了个邻村的姑娘，我们白天要下地挣工分，晚上却没胆偷偷相会，唯一盼望的就是有村子放电影，这样，我们就可以到那儿见面了。这天傍晚，有消息说，柳村今晚有电影！人们赶到柳村，却没放电影，大家好生失望，而我没有。第二天，我又散布消息说：高塘村今晚有电影！

@ **jlsclxlhw**　我结婚后，母亲一直帮着忙里忙外，直到有一天，母亲突患急症，我到家时她已不能言，勉强指指墙上快到11点的时钟，便撒手人寰。丧事完毕，亲友们坐在一起，有人说：你妈最后是在告诉你做事要一心一意！有人说：那是教你做人要表里如一……只有我知道，母亲只是想说：该接孩子放学了！

@ **吃素的沙漠狼**　小学一年级时家里穷，妈妈每天只给他一元午饭钱。教师节那天，看到同学都给李老师送花，他咬咬牙也用这一元钱给李老师买了一束。中午，正当他发愁午饭时，李老师说请全班同学吃饭。真巧呀！多年后，同学聚会他说起那件幼稚的事。傻瓜！班长说，李老师专门请你，同学们都是作陪……

@ **丫伊昂迕阿**　婶娘解放前是地下党的交通员，前几年，患了老年痴呆症，几次被推销的叫开了门。家人认为被骗钱事小，就担心人身安全，但怎么跟她讲都没用。一天，我堂弟很神秘地对她说："我屋里有党的机密，要守好，莫放外人进来啊！"婶娘偏头望他一眼，没作声。从此，家里再没进来过外人。

@ **5号彼岸无花**　小学第一堂课，班主任让学生说说父母的职业。小朋友们争先恐后地回答，只有小明垂着头一言不发，结果座位被调到最后一排的角落。妈妈知道后问他是不是觉得爸妈卖早点丢人？小明噙着眼泪说："你们每天半夜就起来做包子馒头，我不想她像幼儿园老师一样常来白吃白拿……"

星新一（1926.9.6—1997.12.30），日本现代科幻小说作家，以微型小说著名，作品最大特点是构思巧妙，被尊称为"日本微型小说之父"。

副作用

□ 吴本慧 编译

浩二的隔壁住着一位独居老人，他听说这位老人嗜财如命，积蓄了一大笔钱。有一次，浩二到老人的家中坐了一会儿，发现屋角有一只大型保险箱，比普通的衣柜还要大上一圈。

从这天起，浩二就打定了主意，无论如何也要把保险箱里的钱搞到手。

浩二想了很多种方案，如果强行用匕首逼住对方，进行威胁的话，恐怕很难打开保险箱，因为这位老

@ 一米时光刻刀　"老公，你看那个男人是谁，已经在我们楼下转了几天了，每天晚上都来。"老婆拉开窗帘一角，神秘地说，"我们这可是一楼啊，老公，你说该怎么办啊？"老公想了想，走进了书房，不到五分钟，老婆发现楼下的男人走了。"咦，老公，那个男人走了！""必须的，我把咱家的 WIFI 设了密码了。"

@ 猫猫想去 BNU　"哎，老公，你跟我表白后为什么换了 QQ 号呀？"某晚，躺在床上的老婆突然问我。"和你在一起，是新的开始呀。"我笑着抱紧她，但是仍旧好奇三年前盗我 QQ 的人到底是怎样和老婆说的。那时候我给她的备注是：得不到的女神。

（本栏插图：佐　夫）

人把金钱看得比性命还重要。如果直接把对方杀死的话，那只保险箱就更没法打开了。浩二费尽心机之后，终于想出了一个切实可行的办法来。

浩二从朋友那里搞来了一种叫"坦白药"的白色粉末，这种药能让人迷迷糊糊，受别人的控制。浩二把这种粉末掺了糕点里，然后装着若无其事的样子送到了老人的房间里。

浩二友善地说："这是人家送给我的糕点，您千万别客气，请尝尝味道吧。"

老人很高兴，笑着收了下来，而且立刻拿起一块糕点送进了嘴里，边吃边夸赞浩儿心肠好。浩二在一旁忐忑不安地等待着。过了一会儿，老人果然开始迷迷糊糊，神志不清了。于是浩二开始有计划地向对方提出问题。

浩二问道："您的保险箱一定很牢固吧？"

老人昏昏欲睡地说："是呀，那是一只极其牢固可靠的保险箱，即使发生了火灾，保险箱里的东西也不会被烧毁的。"

浩二追问道："真了不得啊！那怎样才能打开保险箱呢？"

老人竹筒倒豆子般说："首先必须转动拨号盘，密码是　　"

老人刚一说出口，浩二就用笔把密码记录了下来。

老人接着说："把钥匙插进匙孔里，旋转一圈，就打开了。"

浩二又追问："那把钥匙放在什么地方呢？"

老人无力地耷拉着脑袋，说："在那张写字台从上面数起的第二个抽屉里面。"

其实，只要打听出这些来就足够了。可是浩二还不放心，因为老人的保险箱实在太高级了。于是，又问了一下保险箱上有没有装什么特别警铃，直到确定没有什么报警装置才放下心来。

浩二真想立刻动手打开保险箱。可是，他拼命地控制住了这种冲动。他知道，如果立刻就行动，恐怕很容易就被怀疑成犯罪对象。所以，必须先忍着。

第二天，浩二确定老人已经出门之后，便悄悄从后门溜进了老人的家。他首先拨动了拨号盘，一组数字拨完了之后，只听见里面传出了轻轻的一声"咔嚓"。密码是正确的！浩二心中一阵暗喜，这意味着接下来的每个程序都是老人说的那样，不会有错。

接下来，浩二从写字台的抽屉里找到了钥匙。他把钥匙往锁孔里一插，果然严丝合缝。浩二用颤抖着的手把钥匙旋转了一圈。伴随着手中"咔哒"一下轻微的震动感觉，

响起了沉重的金属部件缓慢地移动的声音，一切非常顺利。浩二心里不由地赞叹"坦白药"的药效。

眼看着自己就要发财成富翁了，浩二的心剧烈地跳着，他用颤抖的手拉了一下保险箱的门。可是，门居然纹丝不动。浩二用尽全身的力气拼命地拉着，但门仍然是纹丝不动。

这究竟是怎么一回事？"坦白药"肯定是灵验的呀。号码明明是对上了，并且钥匙也没错。浩二把老人的话，以及开保险箱的整个过程反反复复地回想了好几遍，连最小的细节都没有漏掉。可是，他无论如何也想不起来到底是什么地方出了差错。

突然，浩二的身后传来了老人愤怒的叫骂声。浩二一惊，赶紧回过头看，只见那位老人怒气冲冲地站在门口，并且还带着两名全副武装的警察。

浩二慌了，他不明白事情为什么会搞成这样。

警察严肃地说道："你非法侵入民宅，还撬别人的保险柜，你已经被捕了。"

浩二不敢抗拒，只好束手就擒。可是，他还有一个谜没有解开，因此不死心地问道："请告诉我，为什么密码和钥匙都没问题，我却打不

开？"

老人答道："不知为什么，吃了你的糕点，我就什么都不知道了，清醒过来后，就一直感到昏头昏脑，丢三落四。刚才出门不久，突然想起自己忘记做一件极其重要的事情。因此急匆匆地赶了回来，到门口一看这番情景，赶快又跑去叫来了警察。"

浩二疑惑地问："你是忘记了什么重要的事情呀？"

老人回答说："我忘了把保险箱锁上了"

此时的浩二，心情那真是五味杂陈。原来，刚才保险箱就是开着的，他直接拉开就可以了，而浩二却把保险箱锁上了。

（题图：安玉民 梁 丽）

2013年10月(上)动感地带答案

神探夏洛克：贝加尔湖湖水既深且清，对于恐高症患者而言，乘小船从船舷往水面下看，就如同从高层楼上往下看一样，会感到头晕目眩，两腿发软。所以恐高症患者一般是不会单独到深湖里划船的，背后定有阴谋。

疯狂QA：不信，因为每一个人出生后都会被剪脐带。

思维风暴：G，其余6幅的规律是八字胡配椭圆镜框；络腮胡配矩形镜框。

我也很无奈

□ 李显波

我是一家公园管理处的负责人。这天早上，我到局里开会，结果被市领导狠批了一顿，原因是上周日，市领导微服私访，发现有人在公园里卖唱，这是明令禁止的。

从局里回来，我把门卫老冯叫到办公室，问有无此事？老冯承认自己失职：星期天傍晚，有一个残疾妇女带着个双目失明的小女儿在公园里卖唱。他上前劝阻，那娘俩擦眼抹泪地求他，说娘俩一人只唱一首，唱完就走。他一时心软，就答应了。

我听了，狠狠地把老冯训了一顿，当月奖金扣掉，如果下次再出现这类事，那就下岗回家！

这年头，下岗谁不怕啊。从那天

起，老冯铁面无私，一些想到公园里经营的小商小贩都被他拦在门外，一连多天都平安无事。

可好景不长，半个月后的一天傍晚，我刚到公园门口就见门口围了很多人，人群中有一个残疾男人，坐在一个木制的小滑板上。他手拿麦克，打开滑板上放的一个小音箱就卖起唱来。

老冯跑哪儿去了？难道是存心不管？我正寻思着，只见身穿保安服的老冯急匆匆地跑了过来，走进人群，先是拔下音箱上的麦克，然后劝残疾男人离开到别处唱。

残疾男人可怜兮兮地求老冯，他就唱一个小时，以后再也不来了。

一些围观的人见残疾男人可怜，就帮着说情，让老冯通融一下。残疾男人见有人帮忙，便流着泪说自己生活如何如何困难，被逼无奈才出来卖

·我的故事·

唱乞讨　可老冯态度十分坚决，铁着脸让对方赶紧走。

见老冯不讲情面，残疾男人突然变了脸，十分强硬地说卖唱又没犯法，谁敢抓？接着就把麦克重新插上，卖力地唱起来。

老冯一看残疾男人一副死猪不怕开水烫的样子，很是来气，就想上去抢麦克。

看到这，我心里暗叫不妙，老冯可千万别上去抢呀，一抢事就大了，就不是文明执法了，要是被人拍了照，放到网上去，那就更麻烦了。

还好，老冯半途收手，只是在旁边大喘气。

站在暗处的我也跟着着急生气，好言相劝，人家不听，硬赶又不行，接下来该怎么办？

老冯傻傻地看了一会儿，啥也没说，然后转身走出人群。

见老冯撒手不管了，我刚想冲出去，突然，老冯拿出手机按个号码，讲了没几句，挂上电话，转身又回到人群中，呆呆地看着残疾男人。

我很纳闷，老冯给谁打电话，难道是打110？这也有点小题大做了。

我正寻思着，突然，一个拄着双拐的中年妇女挤进了人群。

这个残疾妇女是谁，是老冯找来的，还是来看热闹的？只见残疾妇女深深地看了一眼老冯，然后走到残疾男人面前，把双拐一放，一下子跪倒

在地，哭求道："大哥，求你别在这里唱了，你要再唱下去，我丈夫就得下岗，我们也不容易啊　　"

残疾妇女的话还没说完，老冯也一下子跪倒在残疾男人面前，一句话也不说。

残疾男人彻底被眼前的一幕打败了，他二话没说，收起麦克，滑动板车，走了！

我没想到老冯的妻子也是残疾人，更没想到他会找妻子来帮忙。

人群散了，我从暗处走了出来，上前拍拍老冯的肩，表扬道："好样的！明天，我就向局领导汇报，让局里褒奖你和你的妻子！"

老冯惊叫道："别，千万别！"

我奇怪地问为什么？

见四下无人，老冯这才小声地对我说："她不是我老婆　　"

这时，那个残疾妇女笑着对老冯说："那天，我把电话留给你，你还不想要，今天派上用场了吧。我以为我可怜，没想到你比我还可怜。"说完，她拄着拐杖走了。

听了残疾妇女的话，我猜出她是谁了。果然，老冯接下来跟我解释说，那天在公园里卖唱的女人就是她，刚才他打电话请她来帮忙。老冯不无埋怨地说："别怪我，我这也是被你们逼得没法子了　　"

我无辜地说："我也很无奈　　"

（题图：谢　颖）

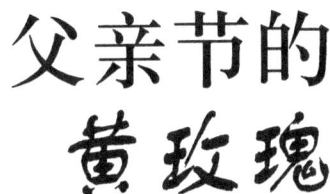

父亲节的黄玫瑰

□ 黄 胜

难得回家

刘涛和爱人小荷结婚多年，可就是生不出孩子。他们打算去庙里拜拜神仙。刘涛当然不信什么鬼神，但他看小荷求子心切，只能跟她一起去。

一路上，他俩看到不少人怀里抱着鲜花，一家花店门口的牌子上写着：父亲节大酬宾。原来今天是父亲节啊，他心中微微有些酸楚：这个节日跟自己无关，自己既不是父亲，而自己的父亲　忍不住一声叹息。

小荷见他叹气，以为他还是不愿意去拜神仙，于是就突然提议，

说要不就不去了，今天是父亲节，咱们去章县看望一下你的养父，好不好？

刘涛一怔，摇头说算了，咱们还是去拜神仙吧。他是宁愿去拜神仙，也不想回去见养父。

其实，章县距省城并不远，开车的话也就一个多小时的路程，但刘涛每年只是在春节的时候回去一趟。他八岁的时候就被养父母收养了，虽说相处多年，可他面对养父、养母，心里总是有一层隔阂，难以消除。前年，养母去世，养父就一个人生活。

因为接触不多，小荷对刘涛的养父自然也没有太深的感情，但今天她却坚持要回去看养父，说："刘

涛，你都多久没回去了？今天可是父亲节啊。"

刘涛说回去也没什么事，怪麻烦的。

小荷又说："其实，去章县主要也不是看他，我听说章县有个老中医，治不孕挺有名的，你养父说不定知道他。"

一说到治病，刘涛心中对小荷愧疚，不好违拗，犹豫了一下，说那就去吧。

两人便调转车头，向章县而去。经过一家花店的时候，小荷提议说空手去不好，总归要有所表示，咱们也买束花吧。

两人便停车进了花店。刘涛问老板，送给父亲一般是什么花。老板介绍说送黄玫瑰、扶郎都可以，这两种花各有说法，黄玫瑰代表歉意，表示平时对父亲关心不够，希望父亲原谅；扶郎花又叫太阳花，是表示对父亲的敬意，寓意父亲像太阳一样伟大。

小荷觉得刘涛平时很少看养父，提议说买黄玫瑰，以表歉意，而刘涛却坚持买了一束扶郎花。

回到车上，刘涛淡淡地说："扶郎花就很好，黄玫瑰不适合，对于养父，我没有什么歉意。当年，我在他们家里，就像是一个临时工，随时都可能被开除，重新回到孤儿院。"

儿时心结

原来，当年被收养时，刘涛已经上学，懂了许多事。能够被收养，刘涛感觉自己很幸运，所以到了养父母家后，刘涛决心一定要做个乖孩子，否则，就很可能像有些被收养的小朋友一样，被重新送回孤儿院。

养父母那时已年过四十，因为不育，才决定收养一个孩子。被收养不久，刘涛就敏锐地感觉到，养父比较喜欢自己，对自己很关心、很亲热，而养母却有些讨厌自己，看自己的眼神里总是充满着怀疑、抗拒。

这种情况一直持续了四年。养父的身体有病，家里总是弥漫着一股草药味。被收养第二年的一个晚上，刘涛半夜被尿憋醒，怕吵醒隔壁的养父母，正想蹑手蹑脚去厕所，却听到养父母还没睡，正在谈论着什么。正值夏天，卧室的门都没有关，所以他听得很清楚。

只听养父说："我看以后就不要再吃药了，没有效果，白花钱，我觉得涛涛这孩子不错。"

养母唉声叹气："不错是不错，但总归不是我们亲生的呀。"

养父说："其实，只要我们在心里把他当成是自己亲生的就行了，亲不亲生无所谓，亲生的也有孽子。"

养母说："我不管，你一定要继

续吃下去，再过两年，要是我们还不能有自己的孩子，那我就认命了，心甘情愿伺候涛涛。"

刘涛听到这里，又是害怕又是伤心：自己不过是这个家庭的临时一员，这里只是自己的暂住地，一旦养母怀孕，自己就得为亲生子腾地方，重新回到孤儿院。

直到两年后，养父不再吃药，养母对自己也明显地亲热起来，刘涛知道他们完全放弃了，这才稍微安下心来，有了归属感。那一年，他十二岁。

其后，尽管养父母视他如己出，对他非常好，但是，他的心里却已经芥蒂难去、隔阂难消。

一束扶郎

到达养父家时，已是晌午。

正在吃中饭的养父打开门，见是儿子儿媳，他喜出望外，说怎么不打个电话突然就回来了？我什么准备都没有，早知道，我就去买些菜等着你们。

刘涛看看餐桌上，只有稀饭、咸菜，微微有些心酸，说您怎么也不做菜？

养父说就我一个人，懒得做，随便对付一下就成，你们等一会儿，我这就出去买菜。说着就要出门，刘涛忙拦住养父，说我们也简单吃点就行了。

小荷把手里的扶郎花交给养父，说今天是父亲节，这是刘涛买给你的。养父一听高兴坏了，脸上笑开了花，眼圈里也有些湿润。

这时候，小荷打开冰箱找出肉、蛋，去厨房炒菜去了。刘涛和养父坐在客厅，也没什么话，刘涛不咸不淡地扯些工作上的事，养父听得有些心不在焉，突然低声问："小荷一直没怀上？"

刘涛淡淡地说："没有，去查过了，是我的问题。"

养父沉默了一会儿，说："你也

·新传说·

到了该做父亲的年龄了，实在不行，可以考虑去领养一个。"

刘涛心里一动，看了养父一眼，说："我也考虑过了，不过现在我们还没有完全准备好，只有等我们肯定不再打算要自己的孩子了，才会去领养。"他顿了一下，话里有话地说，"既然决定领养，就要给孩子一个归属感，一心一意对待他，否则，只能给他造成不必要的伤害，您说呢？"

养父显然听出了话里的意思，嗯了一声，说你说得对，沉默了一会儿，他突然说："我认识一个老中医，姓宋，人很不错，曾治好了许多不育不孕症，你要是愿意的话，

下午可以去找他诊断诊断。"

虽然此行的目的就是去看那个中医，但养父主动提到老中医，刘涛鼻中好像又闻到了当年萦绕在家中的那股浓郁的草药味，忍不住讥刺道："就是当年为您看病的那个老中医吧？我看也是浪得虚名，在您身上根本没有效啊。"

养父认真地说："那是因为我的情况比较特殊。我前几天还在公园遇见过他，他现在岁数太大不再问诊，你说是我让你去的，他肯定会尽心的。"说着，养父找来纸、笔，写下一个地址，交给刘涛。

黄色玫瑰

吃完饭后，刘涛和小荷按照养父写的地址找到了老中医的寓所。

老中医已经九十开外，鹤发童颜，仙风道骨，而且思维依然敏捷。老中医听了刘涛说是别人介绍来的，就问了介绍人是谁。刘涛答完，又说了自己的身世和身体情况。老中医听了一怔，重新打量了一番刘涛，说，孩子，你养父是个难得的好人啊。

刘涛笑笑，点头说是。

老中医看了看刘涛带来的化验单，说你跟你养

父当年的状况差不多，随即就提笔开了一个药方，说你照方抓药，少则半年，多则一年，我不敢保证百分之百有效，但有八成的把握。

刘涛暗暗冷笑，心想西医都解决不了的问题，中医肯定更不成，再说了，既然和养父的状况差不多，难道在养父身上不成，在自己身上就成了？哼，多半是唬人骗钱的江湖骗子，我相信你才怪呢，随口问："多少钱？"

老中医呵呵一笑，说对你我是分文不取。

刘涛大感意外，惊讶地问："那你 我听说你的诊费很高的呀？"

老中医叹了一口气："此话不假，不过，我对你的养母这些年一直有些歉意。"

刘涛更是不解，怎么跟养母还有关系？

老中医继续说："当年，你养父、养母到我这里求医时，他们已经收养了你，但你养母不甘心，仍希望能有自己的亲生子。不过，你的养父非常喜欢你，私下对我说他有了你就很满足了，如果此时怀孕生子，势必会把你再送回孤儿院，他不想这么做，而且，你养母年过四十，怀孕生子有很大风险，你养父不想治疗，但又不愿意违拗你的养母，所以他求我想办法帮他。"

刘涛心里已经意识到了一些什

么，问："你帮了吗？"

老中医点点头，说："我就在药方里减去了一味关键的药材，所以呢，吃了调养身体还成，想怀孕却不太可能。"

刘涛听得呆了，他怎么也没想到，当年养父吃药求子，不过是在演戏，他这么做完全是为了自己啊，而自己，多年来却一直对他心怀不满

刘涛心中一热，想到养父的苦心，眼泪差点夺眶而出。

从老中医那里出来，小荷去药店抓药，刘涛则发疯一样满大街寻找花店，然而，小小县城，花店里花的品种有限，有扶郎花、有百合花，却怎么也找不到一朵代表歉意的黄玫瑰。

后来，两人回到养父的家门前，刘涛让小荷一个人先进去，说自己要开车回省城一趟。

小荷奇怪地问："你回去干什么？"

刘涛说："我要回去买一束黄玫瑰，马上就回来。"

小荷说已经买了扶郎花了，为什么还要买花？

刘涛的眼泪终于流出，他悔恨交加地说："今天是父亲节，我一定要送给养父一束黄玫瑰，来表示我的歉意，希望他能原谅我 "

（题图、插图：陆小弟）

·新传说·

上帝之手

□ 陈明强

回国寻友

于大明是个老兵，战争结束后，就去了新加坡生活，但是这么多年来，他心里一直装着一件事。那还是在战场上，一颗炮弹打来，一个陌生的战友为了保护于大明，自己的手臂却被炸飞了。几十年来，他通过很多渠道寻找战友的下落，最近终于打听到了战友的确切姓名和居住地的大致方位。

于大明决定立刻动身，临行前，他拿出了珍藏多年的沉香木雕，细细地欣赏着，他打算把这珍贵的沉香木雕送给恩人。

下了飞机，于大明就雇了辆车，直奔战友的家乡，哪知在半路，居然出了车祸，司机当时就摔死了。于大明命大，还有口气，进了重症病房。

半个月后，于大明终于醒过来了，他醒来就问护士："你们看见我的沉香木雕没？"

几个护士被问得莫名其妙。于大明断断续续地说了半天，护士也没听明白，只好通知了那天在现场的警察来，警察回忆了一下，说当时于大明就在车里，怀里空空的，没有什么沉香木雕啊！

于大明很伤心，这沉香木雕不仅是珍贵，关键是沉香木雕里有自己精心设计的一个秘密，是对战友的回报和尊重啊！

警察又去现场找了几个小时，什么也没看见。此时，一个上山干活的老农民正好经过。这个老农民叫顾德辉。顾德辉就很热心地上前问警察在做什么。警察说在寻找前段时间车祸时，乘客掉的一截树桩。

顾德辉兴奋地说："你们找的东

22

西，是不是很沉，而且有香味？"

听他这么一说，警察着急地问顾德辉木桩在哪？顾德辉说木桩是他捡到的，本来打算拿回家当柴烧。可是半路上他遇到了村里的刘木匠。刘木匠喜欢根雕之类的，一见这木桩，就央求顾德辉送给自己。于是，顾德辉想都没想，就送给刘木匠了。

刘木匠精于算计，他跟木头打了几十年交道，一眼就认出这是沉香木雕，他拿到沉香木雕，转手就以十万元的价格卖掉了。

警察风尘仆仆地找到刘木匠，哪知他凶巴巴地说："什么沉香木雕啊，我根本就没有拿过顾德辉的沉香木雕，他是不是糊涂了？"

警察想不到刘木匠是这个态度，就找来顾德辉证实。顾德辉看着刘木匠，详细回忆了那天的情形。刘木匠听后，矢口否认，态度恶劣。

警察温和地劝说："这沉香木雕是一个归国华侨的重要东西，你拿去也没用，就拿出来吧！"

刘木匠才不吃警察这套，不理警察的问话，警察提高声音说："刘先生，你不要敬酒不吃吃罚酒，我们会想办法搜出你屋里的沉香木雕的。"

一听"搜"字，刘木匠立马打开各个房间，让警察马上搜。警察也没立即进去搜，看来刘木匠早有准备，不知把沉香木雕藏到了何处。警察回去了，他们要重新想办法侦查此事。

冲动酿祸

晚上刘木匠在家里悠哉地喝茶，就在这时，顾德辉却闯进屋，将一把亮晃晃的菜刀架在刘木匠脖子上，说："你这个王八蛋，我明明是把木桩给你了，你却说没有这回事，今天我就削下你的脑袋喂狗。"

刘木匠一看是顾德辉，毫不在意地说："顾大哥，爽快点，一刀下去我还感谢你，我做了几十年的光棍，活着也没意思，不像你上有老下有小，活得滋润。"

一听上有老下有小，顾德辉拿刀的手软了下来，但是他还是咽不下那口气，他找来绳子，把刘木匠捆在了柱子上，刘木匠倒也不反抗。刘木匠是坐着的，顾德辉学着电视里的情景，拿出一摞砖头，一块一块地垫在刘木匠的脚下，让他尝尝老虎凳的厉害。刘木匠的嘴被顾德辉塞着，吼不出声音，痛得汗水直流。顾德辉一边垫砖头，一边问刘木匠承不承认，刘木匠还是直摇头，突然"吧嗒"一声，刘木匠的一条腿骨折了，痛得顿时晕了过去。

顾德辉害怕了，赶忙松开刘木匠的绳子，他慌得不知所措。就在这时，门外冲进来几个警察，看到眼前的场面，都惊呆了，顾德辉见是警察，吞吞吐吐地说出了事情的缘由。

警察骂顾德辉真是个法盲，说着

把刘木匠抬出屋，迅速送去了医院。

这晚，警察本来是来夜查刘木匠，给他个猝手不及的，哪知遇到顾德辉干这事。顾德辉被拘留了，刘木匠只是断了腿，但是他反咬一口，说是警察指使顾德辉干的，搞得警察也被动了。

于大明的沉香木雕没找到，他非常失望。珍贵的礼物没了，拿什么去见战友呢？于大明办了出院手续，回新加坡了。于大明打算等身体完全康复，再准备新的礼物，然后重新回国寻找战友。

顾德辉伤人致残，赔了一大笔医药费不说，还要等着承担刑事责任。顾德辉的家人很委屈，找警察想办法，

警察从心里也觉得过意不去，可是法律面前又如何是好呢？只有希望刘木匠不起诉，答应私下调解才行。

刘木匠伤好回家后，警察也不来找他要沉香木雕了，还上门替顾德辉说情，要刘木匠不继续上告，顾德辉家愿意再给他些补偿。刘木匠想到自己得了顾德辉的大便宜，就答应了不再上诉。

于大明回新加坡大半年了，每每想起这件事，心里就特别不舒服。这天，于大明看电视，中国嘉德拍卖场展示了一件精美的沉香木雕，起拍价是八十万。

于大明惊呼起来，这不是自己的沉香木雕吗？到底是谁捡去拍卖了？于大明坐不住了，他立马动身来到中国，通过警察联系到沉香木雕的持有者。持有者是一个玩古董的中年人，可是中年人说这沉香木是别人卖给他的，而且他手里还有一张凭据，中年人把凭据递给警察。警察一看，这不是刘木匠的名字吗？有了这张证据，看刘木匠如何抵赖。

水落石出

警察、于大明还有那个沉香木雕的持有者一起赶往刘木匠家。刘木匠看着眼前的证据，十分镇定地说："我在大山里寻到好的木桩，把它卖出去有错吗？"警察怎么也想不到这个无赖居然这样回答，警察拉下脸要带他

去派出所，刘木匠马上要横起来："慢着，我今天要重新起诉顾德辉，他伤人致残，是你们警察帮他推脱了责任，现在，你们又来欺负我，我要伸冤。"

于大明看见刘木匠这样的扯淡，他走上前心平气和地说："刘先生，这沉香木原本就是我的，它对我很重要。"

这个刘木匠一副死猪不怕开水烫的样子，还是不承认。

就在这时，顾德辉听说找到了刘木匠卖沉香木的证据时，他也赶来了，看着那个中年人手里抱着的沉香木雕，他百分之百地肯定，这就是那天他早上捡到的木头，路上送给了刘木匠。

刘木匠见顾德辉来了，他阴阳怪气地说道："顾德辉，你没进监狱应该感谢我，你又来干什么啊？"

于大明一惊，他走到顾德辉的身边，朝他的一只衣袖捏去，衣袖里空空的，于大明问道："你是顾德辉？当年为了保护战友，你的手臂被弹片炸掉了？"

顾德辉看着眼前这人，很奇怪，他怎么知道自己残疾的原因呢？他朝于大明点点头说道："是啊，都是过去的事情了。"

于大明"咚"的一声朝顾德辉跪了下去，哭着说道："德辉兄啊，我于大明终于找到你了，我就是你当年保护的那个战友啊！"

顾德辉赶忙扶起于大明，说当时情况紧急，自己保护战友是出于本能，后来昏过去了，醒来时已经在医院了，想不到被保护的战友还一直惦记这事情。

在场的人看见这么一对战友重逢，他们都深深地被感动了，只是以这样的方式重逢，真是有些尴尬。

于大明站起身，拿过中年人手里的沉香木雕对刘木匠说："刘先生，你说这是你在山里淘到的宝贝，应该很熟悉它，你的宝贝有什么特点啊？"

刘木匠看着于大明手里的沉香木雕，他一本正经地说："我的沉香木雕就是这么一块漂亮，又有香味的工艺品，这就是它的特点啊！"

于大明没继续和刘木匠说话，他看了看警察，指着顾德辉说："这根沉香木是德辉老哥身体的一部分，只有他才配拥有。"

大家搞不明白，一根木头怎么说是顾德辉身体的一部分呢？就在大家疑惑的时候，于大明伸出手指头，朝沉香木的一个小洞里掏了掏，"咔哒"一声，圆圆的沉香木打开成了两半，凹槽里躺着完整的手臂骨。于大明指着骨头说："这是德辉老哥的断臂，我一直保存着，沉香木是上等木料，只有用它才配存放我生命中的上帝之手，刘先生，你还能说这是你的沉香木雕吗？"

（题图、插图：佐　夫）

想讹俩钱不容易

□滕建军

阿贵是一个专业"碰瓷"的二流子，以前靠着出色的演技讹了些钱。不过眼下这活越来越难干。

那天，阿贵成功"碰"上一辆轿车，司机下车一看，当时就被吓傻了，因为阿贵抹了一脸猪血，这会儿又假装不省人事地躺在地上，让谁看到这架式，都肯定觉着不死也得重残。

司机慌慌张张地四下看了看，看到四下无人，突然又钻回车里。阿贵起初以为他想跑，还没等他做出反应呢！忽然发现轿车竟然快速冲他冲了过来。我的妈呀！吓得阿贵腿肚子差点抽了筋，没想到碰上个没人性的家伙！他哪里还敢再装下去，赶紧一轱辘爬起来，在司机惊恐的目光中，连滚带爬地跑没了影。

这次失利，阿贵认为是自己演得有点过了，如果当时别装得那么严重，也许讹个千儿八百的不成问题。

这一次，阿贵又瞅上了一辆面包车，成功碰到以后，他吸取了上次的教训，虽然还是抹了一脸猪血，但却没敢再装作昏迷不醒，而是抱着头坐在地上不停地叫唤。从面包车上下来一个满脸横肉的胖子，一看他这长相，阿贵心里就暗暗叫苦，碰上这号人难对付啊！

谁知道这个胖子面恶心善，他是一个卖猪肉的，刚去上货回来，没成想半路撞到了人。胖子下车一看，人好像伤得不轻，当即二话没说，阴着脸拉开了车门，他想把猪肉往后挪挪，空出点地方好拉阿贵去医院。可阿贵不知道他是咋想的，只看见他阴着脸拉开车门，再一瞅车里有好几把一尺来长的杀猪刀，吓得他浑身汗毛都竖了起来，天啊！我还一句话没说呢！这就要动刀子了？此时阿贵只恨爹娘少生了两条腿，窜得比兔子还快。

连续两次没得手，气得阿贵直骂娘，心想现在世道咋变成这样了呢！想讹俩钱不仅越来越难，弄不好还有生命危险，怎么办呢？白瞎了这身演技，阿贵有点不甘心，他思来想去，最后决定买条狗来代替他，这样既能讹到钱，还能保证自身的安全，应该是一个两全其美的好办法。

说干就干，阿贵来到狗市，转悠了半天后发现，这儿的宠物狗都不便宜，普遍要价在上千块，还有上万的，不用说他没有这么多钱，即便有他也不敢买，万一到时候讹俩钱还不够本钱，那可就亏大了。后来阿贵找来找去，终于发现一些在农村看家护院的那种黄狗，这种狗便宜，才要两百块钱，于是阿贵就买了一只。

接下来就该考虑怎样利用这条狗去"碰瓷"，这狗可不比他傻多少，让它心甘情愿地去送死它当然不干，为此阿贵颇费了一番脑筋才想出让狗听话的办法，他在狗食里掺上安眠药，然后抱着昏睡的狗去"送死"。

一开始阿贵抱着它在市区转悠，转悠了好几个地方也没找着合适的机会，因为市区里人多眼杂不说，车速又不快，万一他把狗扔出去，人家来一个紧急刹车，到时候车连狗毛都没沾上，不用说讹钱，不挨揍就不错了。

后来阿贵抱着狗来到了市郊，只见这里车多人少，车速也挺合适。阿贵就挑了一个合适的位置，借助路边一些建筑的遮挡，耐心地抱着狗等待目标。远远地看到一辆轿车开过来，阿贵目测着距离，估计差不多了，就猛地把狗扔了出去，随着一阵刺耳的刹车声，他偷偷地探头一看，嘿！成功了，只见黄狗已经卷进了车底。

从车上慌慌张张地下来一个胖子，吓得脸都白了，哆哆嗦嗦地往车底下一瞅，这才松了口气，谢天谢地！原来是条狗啊！

突然，胖子听到一声撕心裂肺地嚎叫："我可怜的狗啊！"抬头一看，才发现不知道从哪儿冒出一个人来，哭得跟泪人似的，一边哭一边跟他理论："这条狗是我的心肝宝贝，一直和我相依为命，如今你把它轧死，以后可让我怎么活啊！"

胖子紧张得都冒汗了，阿贵这样子比死了爹还要悲痛呢！看来今天摊上大事了。不过毕竟死的是条土狗，应该不值多少钱吧！于是胖子定了定神，小心翼翼地跟阿贵商

议，问他想不想私了，如果私了想要多少钱？

阿贵虽然哭得鼻涕一把泪一把，却非常通情达理地说："多少钱也换不回我最心爱的狗啊！不过事已经出了，我知道你也不是故意的，再说别的也没用。我也不讹你，你给两千块钱吧！"胖子看他哭得稀里哗啦的，也没敢还价，点头同意了："行！算我倒霉，权当破财免灾吧！"

阿贵一听心里乐开了花，看到胖子掏出钱包开始点钱，他高兴地一边假装抹眼泪，一边紧紧盯着那些花花绿绿的钞票。眼看两千块钱就要到手，谁知就在这时，车底下却突然"砰"地响了一声，把胖子和

阿贵都吓了一跳，再仔细一看，车底下竟然露出一个狗头来，接着一条黄狗慢慢地钻了出来。

天啊！它怎么又活啦！原来，胖子当时车速并不太快，当他突然看到一个黑影窜出来时，又下意识地踩了紧急刹车，所以车轮并没有压过黄狗，只是刚刚碰上它而已，大黄狗已经睡了半天了，加上连摔带碰的，就渐渐地恢复了知觉。

阿贵怎么也没想到黄狗竟然没死，还在关键时刻醒了过来，眼瞅着胖子惊讶地张着大嘴，又慢慢把钱包塞回了兜里，气得他真想上去一脚把狗踢死，可黄狗爬出来一看没有绳子拴着，早就不知道跑哪儿去了。

这次不仅没讹到钱，还白白搭上了一条狗，阿贵心里那个懊恼就别提了！后来他认真想了想，这些年操心费力担惊受怕的，其实也没讹到多少钱，要是把这些时间和心思用在正道上，说不定早发财了。唉！下次"碰瓷"还不定又碰上什么倒霉事呢！还是趁早转行干点正经营生吧！

（题图、插图：包丰一）

延伸阅读

您想阅读这位作者的其他精选作品和创作感言吗？请扫描右边的二维码。更多精彩，立刻体验。

良心关

□ 彭启殷

刘大名是个下岗工人，他好不容易在一家饭店找到了一份工作，试用期三个月。为了能留下来，他工作十分卖力，可饭店老板孙龙对他就是不冷不热的，这让刘大名很失落。

这天，刘大名一早就来到饭店，正准备干活，孙龙把他叫到一旁，说："城西的王老板催货款，你帮我把这一万块送到王老板那里。"孙龙说着拿出一扎钱递给刘大名。

刘大名干活的饭店离城西并不算远，也就十来分钟的路，可他竟磨磨蹭蹭地走了半个小时。原来，他一路都在想是不是把这钱给占了，然后离开饭店不干了。可是，他还是拿不定主意。眼看就到了王老板的店门口，刘大名咬了咬牙转身就走，匆匆赶回了家。这时，老婆阿月不在家。不过，让刘大名意外的是，他那足不出户的老母亲竟然也不在家。

刘大名正要找个地方把钱藏起来，手机忽然响了。刘大名一看愣了一下，电话竟是孙龙打来的。对方问怎么还没把钱送到，说王老板又来催了。刘大名不知如何回答，慌乱中只好说途中有点急事，先回家了，马上就去送钱。

接完电话，刘大名坐在客厅里很是不安，他突然想到要关掉手机。正当刘大名要关机的时候，手机突然又响了起来，刘大名一看，还是孙龙的，依旧询问自己是否把钱送到。

刘大名觉得孙龙信不过自己，下定决心要黑了他这一万块，于是他把手机关了。

关上手机后，刘大名又觉得不妥了。关了机，老板是找不到自己了，可老婆和老母亲也找不到自己了。最后，刘大名决定到街上再买一张卡。于是，刘大名带上几十块就出门去了。没走多远，刘大名似乎觉得后面有人跟着，回头一看，见是一个小光头，小光头连忙行色匆匆地从他身边擦过，还撞了自己一下。买好卡，刘

大名突然发现自己的手机没了，他立刻明白，是那个小光头干的。

刘大名沮丧地走出手机店，突然听到背后有人大声叫自己，回头一看，见老婆阿月满头大汗地站在身后。刘大名忙问发生啥事。阿月大声责备道："你怎么回事？到处找都找不到你，手机也关了，都急死人了！"

原来，刘大名的老母亲突发重病，已经被送到医院了，阿月怎么也联系不上刘大名。刘大名一听老母亲生病了，立刻跟着阿月来到医院。

到了医院，医生告诉刘大名，老母亲需要马上动手术，并叫刘大名到收费处预交一万五千元押金。阿月焦急地说："怎么办，大名？我们一下子哪里找那么多钱？"

刘大名只是安慰阿月，说自己能想到办法。他立刻离开医院，径直往家走，去拿他黑下孙龙的钱。然后，他又从银行里取出了仅有的几千块，总算凑够了押金。钱到位了，刘大名母亲很快就被安排了手术。突然，老婆阿月想起了什么，把刘大名拉到病房外，问刘大名，钱哪来的？

刘大名吞吞吐吐地说："钱？是我 我向我老板借的。"

阿月听完，笑了笑，说："你们老板一看就是个好人。刚才我到了你上班的饭店找你，对了，你老板还说，等有空他也来看看咱妈。"

刘大名紧张极了，他在心里暗

暗地念叨，孙龙可千万不要来啊。然而，越不想发生的事它往往来得就越快。刘大名的话音刚落，他已看见孙龙走过来了。孙龙开口就问："大名，你老母亲怎么样了？"

刘大名不敢正视孙龙的眼睛，他低着头，说："刚做了手术，应该没啥问题的。"

孙龙笑笑，说："大名啊，真对不起，我不知道你家出事了，还一味地催你去办事呢。"

"不，孙老板，我 　　"刘大名差点要把事情说出来。

孙龙打断了刘大名的话，说："别说了，我向王老板解释了，你一会儿再去也不迟，我还有事就先走了，等有空再来看老人家。"

"孙老板，等等。"阿月突然叫住孙老板，把刘大名吓了一跳。

孙龙回过头，笑问："有啥事呢？"

阿月看着孙龙，说："我想谢谢您借钱给我们。"

孙龙愣了一下，说："我没有啊，我啥时借钱给你们了？"阿月也愣了一下，转头望向刘大名。

刘大名低着头，小声地说："孙老板，我用了你早上交给我的货款了。我会尽快凑钱还的 　　"

孙龙一听，笑了起来，说："没事，谁没有急的时候？不过，你事先要跟我说一声。否则，王老板那儿可要失

信了。你好好照顾老人家吧，别想太多。"

几天后，刘大名硬着头皮回到饭店。孙龙一见刘大名很是高兴，叫刘大名先坐一会儿。刘大名不安地坐着，不大工夫，来了一个人。让刘大名惊诧万分的是，来人竟是偷了他手机的那个小光头。小光头一见刘大名便冲他做了个鬼脸，并拿出一部手机塞刘大名手里。刘大名一眼就看出来那正是自己的手机。

这时，孙老板笑着开口说："大名，不瞒你，曾有人拿了货款走人的，可我不信你也会那样！其实，我叫你去交货款只是想考验你，我暗中叫小光头跟着你。没想到这小光头恶作剧，竟然拿走了你的手机。"

接着，孙龙又说："当小光头说你带着钱没去王老板那里，而是回家时，我还是坚信你不会吞了我的钱，我跟他说，你可能是有急事回趟家。后来，发生的事证明了我没看错你大名，你家真出事了。"

最后，老板告诉刘大名，对他的试用通过了，从今天开始，刘大名就是正式员工了。可在刘大名心里面，早就有了一个决定，在饭店好好干，等把老板的钱还清了就辞工。

回到家，刘大名把想法对阿月说了。阿月很是理解，说："是啊，良心关是很难过的 　　"

（题图、插图：谢　颖）

欢迎手机到此一游

□ 冯彩霞

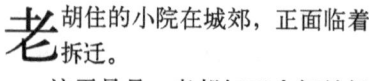

老胡住的小院在城郊，正面临着拆迁。

这天早晨，老胡打开房门就闻到一股刺鼻的尿臊味。老胡围着院子转了三圈，最后在外围墙角处，看到湿汪汪的一片，地上居然还有纸巾。顿时，老胡是气不打一处来。这是哪个龟孙子，跑到我老胡家跟前撒野？老胡怒冲冲地回家，拿了个粉笔头在墙上写上"在这里撒尿，断子绝孙！"写完还不解气，冲着地上的尿窝窝"呸呸呸"连吐三口。

正当老胡余怒未消时，听到脚下轻微的"嗡嗡嗡"声。他低头一看，哇塞，一个手机正在地上打转呢。老胡捡起来一看，不由一阵狂喜。手机背面那个咬了一口的苹果他认识，知道这个手机很值钱，起码得四五千块。他上大学的儿子曾经就跟他要过这种手机，结果被他痛骂了一通"败家子"，结果儿子半年没回家。

回到家，老胡将手机擦干净，关了机，小心地用手绢包起来。然后喜滋滋地给儿子打电话："儿呀，快回来吧，老爹给你弄了个印着苹果的手机。"儿子一听，马上答道："真的？那我周末就回来。"老胡挂了电话，心里骂着："这个没良心的兔崽子，只认手机不认爹。"

老胡神清气爽地在街上转。邻居指着他写在墙上的粉笔字说："老胡,你可真有胆儿,你骂的可都是大官啊!"老胡不解地说:"我骂的是往我墙根撒尿的人,哪来的什么大官,一泡尿能照出大官?"邻居说:"你不知道吗?最近城里的大饭店没人敢去了,都转移地下了。离这儿不远就有一家新改建的食堂,外表看不咋地,里面连厕所也没有,可吃的好东西海了去了。那些官喝完了酒,尿急,就在你这儿方便了。""哦"老胡恍然大悟。怪不得之前没有这种现象。

这时,有一个人在附近转悠,还不时地朝这里看。等人群散尽了,那个人走过来,掏出一包中华烟递给老胡,问:"老哥,你有没有捡到一个手机?"老胡上下打量了那个人一番,估计是当官的秘书,便很冷淡地说:"没捡到。谁会把手机丢在这种地方?"那秘书愣了一下,最后还是耐着性子留下一个手机号码,好言说道:"老哥,如果你听说谁捡了手机,一定要通知我,有重谢的。送同样款式的新手机或者送五千酬金都行。"老胡心里一阵翻腾,终于放缓口气说:"那我给你打听打听吧。"

那人走后,老胡开始盘算,送给儿子新手机岂不更好?要么,就要五千块钱也挺划算。可是,那个人为什么不自己去买新手机呢?为什么偏偏要这个旧的?是不是手机

里有什么秘密?想到这里,老胡心里又翻腾了一下子。

正当老胡胡思乱想的时候,老胡的大舅哥给他打来电话,说他给老胡找了个人,让老胡备好礼等着一块儿去给拆迁办王主任"沟通沟通"。老胡就是想拆迁时能多分些,但苦于没有认识的人。听他大舅哥这么一说,就兴冲冲地去银行取来钱,封了一个大大的红包。

到了那里,老胡才发现,大舅哥与王主任也不熟。王主任正牙疼,一脸的不悦,只说一句:"我知道了,你们走吧。"大舅哥一使眼色,老胡

忙将红包递过去。谁知王主任一把挡了回来，说："如今不兴这个！"老胡两眼一黑，心想这下完了。

这时，王主任接了一个电话，才听几句，就不高兴地训斥："怎么，还没查到？你们是干什么的？"放下电话，王主任更是焦躁不安，示意老胡他们赶快离开。

老胡灰溜溜地回到家，还没进门，那个秘书模样的人又来了。他毕恭毕敬地问："老哥，你打听到了没有？有没有人捡到手机？"

老胡心里又是一翻腾，他似乎

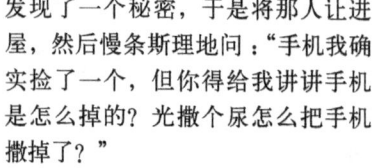

发现了一个秘密，于是将那人让进屋，然后慢条斯理地问："手机我确实捡了一个，但你得给我讲讲手机是怎么掉的？光撒个尿怎么把手机撒掉了？"

那个秘书模样的人知道手机就在老胡手里，但不说实话还真要不回来，于是叹了口气，讲了起来。

原来，那天晚上拆迁办王主任在"食堂"请上面领导吃饭，中途，领导尿急，王主任就陪着领导跑到这儿撒尿。尿完后，王主任讨好地掏纸巾替领导擦手，就在掏纸巾时，手机被带了出来，掉落在地。但当时谁都没发现。

老胡听完，就问了一句："你说这手机是谁的？"

那人说："是我们拆迁办王主任的，我是他的秘书。"

老胡长长地"噢"了一声，又问："你们主任是不是这几天闹牙疼？

秘书大惊，问："老哥你认识王主任？王主任就是为丢手机这事急的。我一天找不回手机，就一天不能去上班。帮帮我的忙吧。"

老胡现在迫切希望知道手机里的秘密，他耍了个心机，问："你让我怎么相信这手机是你们王主任的？"

秘书连忙说："我说几个人名和号码，你在通讯录里找找，如果有就是我们主任的。再不信，你就打电话试试。"

老胡拿出手机朝秘书晃晃，然后打开。秘书说了几个人的号码，果真，通讯录里都有。老胡看到通讯录里有一个"加油站"，便打开免提随手拨过去。还没等老胡说话，只听那边连珠炮似的说上了："哎呀，亲爱的，你急死我了，怎么好几天不开机呀？我以后再也不提要名份的事了，你可不能不理我呀！"老胡匆忙挂掉手机，对秘书说："不好意思呀，你们王主任我认识。我还是亲自送过去吧。"

秘书急得脸一阵红一阵白，哀求道："老哥，你打了电话的事，千万不能让王主任知道。有什么条件你尽管提。"

"我没什么条件。就是那天我去找你们王主任，说我这个院子拆迁的事，王主任正牙疼，没应。我寻思，我带着手机去，王主任就不牙疼了，兴许我能求他照顾一下。"

·大千世界 众生百相·

秘书说："小事一桩，何必惊动王主任呢？我打声招呼就行了。"接着，他拨了一个电话，说，"小董，小胡庄测量时关照一下河北路的老胡家，这是王主任的亲戚……对对对，尽量照顾。"打完电话，秘书松了口气，叮嘱道，"老哥，这事就这么简单，不过此事天知地知，你知我知，烂在你肚里。"

过了几天，测量队来了。不用老胡提醒，老胡家的面积果真多出三十平方。

虽然再过些日子，这堵满是尿臊味的墙就不存在了。但老胡还是兴冲冲地又用红漆在墙上工工整整地刷上了一行大字"欢迎领导到此一游"。

不过以后再没有领导来了，因为那个饭庄被人举报，王主任受到牵连，而老胡多要面积的事也泡汤了。

（题图、插图：刘为民）

·本刊信息传真·

法律知识故事征文

本刊推出的"法律知识故事"，通过发生在我们身边的、短小而具体、在法理上容易混淆的个案，生动、形象地宣传法律知识。为鼓励作者深入生活，写出高质量的法律知识故事，我刊决定面向全国征文。本次征文也欢迎读者和法律界人士提供相关素材、案例，一经录用，即付稿酬。

来稿方法：1.从邮局寄发，请在信封上注明"法律知识故事"字样，本刊地址：上海市绍兴路74号《故事会》杂志社，邮编：200020。2.从网上传递，可寄以下信箱：fabianji@126.com，请在主题上注明"法律知识故事"字样。凡已和我刊编辑有联系的作者，稿件可继续投给原编辑。

识 坟

□ 滕 飞

国庆节要到了，今年跟往年不同，有关部门发起一场"寻找被遗忘烈士"的活动。根据记载，在当地就有这样一位"被遗忘的烈士"。于是学校领导想在国庆节这天，组织学生去祭奠这位烈士。

听说国庆节这天，学生要来村里给烈士扫墓，年轻的村主任顿时慌了。村主任是个大学生村官，来自大城市。来村子之前，他查阅过本村的档案，记忆中好像是有这么个事，可这个墓具体在哪儿呢？于是村主任赶紧去找村文书打听。村文书想了半天才想起来，在村东头的荒岭上是有个烈士坟。

两个人赶紧来到村东头的荒岭上，却一下子傻了眼，只见荒草丛生的土沟里，相隔不远竟然掩埋着两个小坟包。村文书这才想起来，

当年村里还出过一个坏透了的狗汉奸，好像也埋在这儿。那个烈士没有亲属，汉奸也没有后代，两座坟都是年久失修，现在也分不清哪个是烈士的墓，哪个是汉奸的坟了。

眼见村文书分不清楚，村主任只好向村里一个上了岁数的老头打听。据老头说，当时之所以把两个坟埋得那么近，用意是为了让汉奸给烈士低头认罪的，所以当年烈士的坟头大，汉奸的坟头小。

村主任和村文书又回到坟头，去瞅了半天，可经过几十年风沙演变，现在两个小坟包看着大小都差不离，到最后也没敢确定哪个是烈士墓。

这可把村主任难住了，到时候

学生们来扫墓，可他们却连烈士和汉奸的墓都分不出来，这可不是什么光彩事，要是被上边的领导知道了，不骂死他们才怪！

两人又想了半天，后来村文书想出一个主意，说实在不行，咱们在两个坟中间再立个空坟，坟前竖个石碑标注一下，这样既能把给烈士扫墓这事糊弄过去，还不至于把烈士和汉奸的坟给弄混了。反正这两个当中肯定有一个是烈士，隔着这么近，这就等于咱给烈士又起了座新坟，也不算弄虚作假。村主任一听，嗯，这个主意不错，就这么办吧！

很快建好一座空坟，石碑也竖起来，可新的问题又来了，原来根据当地风俗，建坟的时候要在坟后面栽一棵当地特有的小树苗，按照时间推算，现在烈士坟的后面应该有一棵碗口粗的树才对。

村主任看了看另外两个坟包，只见每个坟包后面都有这样一棵树，要想不让人看出破绽，看来也只能从它们当中选一棵移到这儿了。可选哪一棵好呢？村主任和村文书观察了一下，发现其中一棵树明显要粗壮一些，就决定把这棵移过去。

刚要动手移树，村主任却突然接到了乡里领导打来的电话，说烈士墓太分散，领导们到处跑，挺累的，经过研究，决定在国庆节前把这些没有亲属管理的烈士孤坟，都迁进烈士陵园，以后集中祭拜。

这个电话不亚于晴天霹雳，一下子把村主任震蒙了，我的天哪！这可怎么办？到时候让他们迁哪一个好？万一迁错了，把个汉奸迁去烈士陵园接受后人祭奠，那我们可真成了千古罪人！看来还是得把烈士墓和汉奸坟分出来，可到底怎样才能分出来呢？

就在两人一筹莫展的时候，上次那个老头牵着一头牛走过来，问明白情况后，老头走到一座坟包前说："这个应该就是烈士墓，到时候迁这座准没错。"

村主任听了不由得又惊又喜，连忙问他怎么分出来的，只见老头指着那两棵树解释说："从这两棵树很容易看出来，一棵要长得粗壮一些，而另一棵树比较起来要差不少，由此我判断粗的这棵树前面肯定就是汉奸坟。"村主任一听顿时泄了气，这没什么道理嘛！

见他不相信，老头就认真地跟他分析起来：当年村里人人都痛恨狗汉奸，我们那时候虽然年纪小，但经常听大人说坏人是要遗臭万年的，于是我们在这儿放牛的时候，就都争着往汉奸坟上撒尿拉屎，看到畜生要拉屎也都往这儿赶。时间长了，连这儿的草都比别的地方长得茂盛，

所根据这一点我断定，这棵粗一点的树前面肯定就是汉奸坟了。

村主任和村文书听了不由得面面相觑，这话虽然听起来有一定道理，可毕竟影响树生长的因素有很多，单凭这一点来判断，心里还是有些不踏实啊！

老头见他们还是不相信自己，就又想了想，说他还有一个方法，可以证明他的判断没有错。村主任赶紧问他还有什么办法，老头一边四处看一边说："当年我们出来放牛或者放羊，大多都领着家里的狗，看到它们要撒尿拉屎也往这儿赶，狗这东西通人性，次数多了，它们好像都有了条件反射似的，只要是在这附近，一般就会来这个地方解决。"

说到这儿老头叹了口气，又接着说："唉！其实这些畜牲在有些方面比人还强呢！它们是小的跟着老的学，一代传一代，在汉奸坟头拉屎撒尿几乎成了它们的一种习惯，多少年来一直没变。这些牲口都能分得清哪个是烈士墓，哪个是汉奸墓，而领导却分不清了，不管领导是否分得清，咱老百姓心里面一直记着烈士呢。"

正说着，老头突然兴奋地喊起来："快看！快看　"村主任和村文书赶紧抬头一看，只见一条老狗正飞快地向这边跑来，果然跟老头说的那样，径直跑到了那棵粗壮的树前，迫不及待地翘起了一条腿

（题图、插图：谢　颖）

绿版编辑部各编辑邮箱：

吴　伦：wulun54@126.com
朱　虹：zhong98305@sina.com
刘迎曦：liuyingxi1203@163.com
颜轶超：yanyichao1004@sina.com
黄美舟：huangmeizhou@163.com
陶云韫：taoyunyun1101@163.com

第二个跳楼者

□ 余新国

深夜来访

阳光中学地处中原，该校每年毕业的学生，百分之八十以上都升入重点大学，其中，升入清华、北大的学生，竟占全省招生名额的一半以上。

有道是：树大招风。正因为该校的升学率连年攀升，因此每年来该校借读的学生便络绎不绝。所谓借读，就是指学生的户口不在该地，学生也不在该校参加高考，只是到该校学习，聆听该校高水平教师的课程和辅导。

借读生一多，学校的教学资源就跟不上，供需矛盾显得异常突出。可是找上门来的都是得罪不起的主。所以，每年开学前夕，阳光中学的龙校长都不敢回家。

这年秋季，龙校长见学校已正常开学，各项工作已步入正常化轨道，这才躲躲闪闪地回了家。刚到家，椅子还没坐热，就听到有人敲门。龙校长抬头看了看壁钟，时针已指向十二点。这么晚了，谁还来敲门？

龙校长怀着忐忑不安的心情开了门，这时，他看见门口站着一男一女两个中年人，从装束和肤色上看，两人像是农民工。只见两人手里各提着一个塑料袋，从袋口处，隐约可见袋内装着名贵烟酒。

"你们找谁？"龙校长问。

中年男子点头哈腰地说："龙校

长，我们找您有点事，能不能让我们进屋说？"

龙校长对来者的意图已猜了个八九不离十，尽管心里反感，但出于礼貌，他还是把来者让进了屋。刚坐定，两人就做了自我介绍，男人自称叫刘顺，来自西北的农村。他们领着儿子小宝慕名前来借读。夫妻俩打算，就在阳光中学附近租间房子，边打工边照顾小宝上学。

讲完，刘顺哀求道："龙校长，您看我们一家三口在贵县人生地不熟的，您就行行好，给个名额，让俺家小宝进贵校代培班借读吧。"

龙校长心里暗笑：我校的确办了六个代培班，但每班计划招收六十个学生，现在各班已坐了一百二十多人，不仅门边和墙角坐着学生，

就连放在讲台上的那张课桌的两边，也坐着学生，哪里还有空余的地方？龙校长抱歉地说："你们的心情我可以理解，但代培班已没有多余的名额了，你们还是回去吧，或者到别的名校去看看。"

一听这话，夫妻俩的脸立马白了。相互对视了一下后，刘顺哆哆嗦嗦地从怀中掏出两沓钱，从钱的厚度和封条上看，应该是从银行取出不久尚未拆封的。只见他颤抖着手把钱放到桌子上，而后说："龙校长，这是我们夫妻俩的全部收入，一点小意思，不成敬意，请您务必收下。"

"快把钱收起来！"龙校长边说边把钱推了过去，"你把我看成什么样的人了？你应该听说，我最讨厌这种以权谋私、权钱交易的不正之风……"

龙校长的话让夫妻俩面面相觑，不知如何接腔。沉默了半天，夫妻俩突然同时给龙校长跪下："龙校长，我们无权无势，不能给您办什么事，可我们实在想让儿子考上大学，成为人才，不再像我们这样没文化……"

不等夫妻俩说完，龙校长"噌"地站了起来，怒气冲冲地说："快起来！都什么年代了，还这样跪来跪去，

成何体统？"

接下来，龙校长又给夫妻俩解释了半天，话语中充满了歉意和无奈。见实在没什么希望了，夫妻俩只好起身告辞。临走时，夫妻俩坚持要把所带礼品留下，龙校长坚决不要，一直追到楼下，硬是把礼品又还给两人。

次日上午，龙校长刚坐到办公桌旁，桌上的电话就响了。一接电话，龙校长顿感惊讶，原来电话是县公安局的杜局长打来的，杜局长要龙校长赶紧到县农行大厦去一趟，越快越好。

龙校长纳闷：此时让我到农行大厦干啥？还催得这么紧，难道出了什么大事？

楼顶救人

龙校长内心忐忑着来到农行大厦，他一眼就看见大厦四周站满了看热闹的人群，旁边还拉着警戒线，停着几辆警车。询问后才得知，原来有人要跳楼。

抬头望去，果然看见农行大厦的顶部边缘坐着一个中年男子，中年男子正跟一个前去解救他的民警谈话，双方相距不到两米。

这位农民工是谁？他为什么要跳楼？他跟我有什么关系？龙校长在心里不停地嘀咕。

杜局长见龙校长来了，马上上前跟他打招呼。"哎呀，龙校长，可把你盼来了，今天这事你不来，我们还真没法子呢。"

接着，杜局长告诉龙校长，要跳楼的那个农民工叫刘顺，他欲寻短见，不是为讨薪，而是为孩子上学。刘顺说，他的儿子小宝不是亲生的，小宝的生父生母是大学教师，在一次旅途中遭遇车祸。临死时，生父生母把小宝托付给刘顺，并叮嘱刘顺，一定要好好教育小宝。可小宝从小学到中学，学习成绩一直处于中下游，无奈之下，他才千里迢迢来到这里，一心想让小宝到阳光中学借读，但这事没办成，于是他觉得愧对小宝，愧对小宝死去的生父生母。刘顺还说，他要见龙校长一面，要龙校长当面答应给他一个借读的名额，不然，他就

听完杜局长叙述，龙校长皱起了眉："杜局长，这事不好办呀，全校六个代培班已挤满了学生，实在坐不下，你让我咋满足他的要求？"

"那也不能眼睁睁地看着他跳楼呀。"杜局长指了指旁边簇拥着的人群，"你看，上级领导来了，医护人员也来了，媒体记者也来了……龙校长，你还是尽可能想想办法，最好给他一个名额，实在满足不了他的要求，也要先稳住他，等把他解救下来再说……"

杜局长的话让龙校长既焦急又

无奈，声声叹息中，龙校长的额头急出豆粒大的汗珠。最终，龙校长咽了一口唾沫，说："杜局长，我想出一个办法，就是不知能否行得通？"

"啥办法，快说呀。"杜局长催促道。

龙校长似乎是下了决心，说："我们曾留给方县长一个借读的名额，据方县长说，他的外甥女在西藏上学，想到我校借读。可目前这个学生尚未报到，能否　　"

"这事有些难办。"杜局长挠了挠头，"咋开口让方县长让出名额呢？"

"是啊，是啊。"龙校长红着脸说，"我在阳光中学当校长已经四五年了，方县长从没为学生的事跟我打招呼。这次实在撇不开，才给我打了个电话，我真开不了口。"

两个人都不吭声了。

你可以不吭声，但刘顺不耐烦了，准备要跳楼。无奈之下，杜局长掏出手机，给方县长打了电话。

方县长正在省城开会，听说此事，方县长爽快地答应把借读的名额让给刘顺。

事情总算有了转机，杜局长陪着龙校长赶紧来到楼顶。当着众人的面，龙校长当场答应给刘顺一个借读的名额，此时的刘顺激动万分，泪流满面。当然，被解救下来后，他面临的将是行政拘留

终酿悲剧

刘顺从拘留所刚出来，龙校长领着人找上门来："刘顺，想跟你商量个事。"

刘顺很感激地说："龙校长，有啥事尽管说，只要能帮上忙，我刘顺决不推辞。"

"其实也不是什么大事，还

还是孩子上学的事。"龙校长瞟了刘顺一眼，说话开始吞吞吐吐，"事情是这样的，那天我不是答应给你一个借读的名额吗？这事本来已经落实，可近来又出现了新情况。你

可能不知道，这个名额原本是留给方县长的外甥女的，那天你那么一闹，方县长就把它让给了你。可让了名额后，他小姨子和他老婆不依了。这几天，他们家里大乱，已影响到方县长的工作……"

听到这里，刘顺总算听明白了，原来龙校长是想让他再让出名额。稍作思忖，刘顺说："龙校长，那天您可是当众答应我的，怎能轻易变卦，出尔反尔？再说，我的儿子小宝已进学校借读十几天了，咋好意思开口让他再离开教室？"

"也不是不让他借读，只是只是让他换个地方，而把他现在的座位让给方县长的外甥女。"龙校长赶紧解释道。

刘顺松了口气："那行，只要有书读，坐哪都行。"说到这里，又有些疑惑地问，"龙校长，您能不能说具体点？"

"是这样的。"龙校长双手比划着说，"小宝所在的教室吧，学生严重超额，台上台下都是人，现在连教师走动都难。不过，人还是聪明的嘛，有人想到了，教室的地面上是没空闲的地方，但教室可利用的空间还很大，若在教室的后墙角安装一个一人高的铁架子，可以坐一个人。"

刘顺沉默了半天，终于对龙校长说："好，我答应你。"

此时此刻，龙校长激动得满脸通红，他紧紧握住刘顺的手，摇了再摇，说："刘顺，谢谢你，谢谢你，这下你帮我解决了大难题。你可能不知道，为这事我已有几个晚上没睡着觉了。"

就在龙校长起身欲离开时，刘顺却上前拦住了他。刘顺说："龙校长，我想来想去又觉得不对，您想啊，我们交了五万块钱代培费，您就让我儿子小宝坐在铁架上学习？"

龙校长一听，顿时来了气："你这人咋这样，刚应承的事说变卦就变卦，你还是不是男子汉？"

"我不是男子汉！"刘顺也生气了，忍不住高声质问道，"龙校长，我问你，既然坐在铁架上能学习，你们为啥不让方县长的外甥女坐这个地方？"

龙校长不高兴地拍了一下桌子："刘顺，啥事都要讲个先来后到，我问你，是你先跟我说呀，还是方县长先跟我打的招呼？这事就这么定了！"

刘顺也急了："龙校长，你不要逼我，再逼我，我还……还去跳楼！"

龙校长气得直跺脚："简直不可理喻啊！"

出了门，龙校长赶紧朝身旁的人吩咐："你们日夜盯紧刘顺，千万别让他再做傻事，真要跳楼，社会影响太大了……"

龙校长回到家里，还没坐稳，就接到了教育局丁局长的电话，在电话中，丁局长询问方县长外甥女借读的事，龙校长如实做了回答。丁局长听后，马上发了脾气："我说老龙呀，你会不会办事？刘顺不就是个农民工嘛，还是外地的，你就拿他没办法？他要跳楼就让他跳吧，吓谁哩……明天一早无论如何要让方县长的外甥女进班学习，这事不能再拖了……"

刚放下电话，龙校长的手机又响了，是学校的焦副校长打来的。焦副校长焦急地说，明天县审计局、物价局、安监局、卫生局、文化局等单位要到学校检查收费、安全、食品卫生、辅助读物征订等情况，这可咋办？

龙校长一听，霎时气得跳了起来："刚刚开学，很多工作还没有头

绪，这一支支罚款大军就开过来了，到底是为啥呀？"

"还……还不是因为你吗？"焦副校长略带责备地说，"听说这些局的一把手都求过你，想让你给方县长的外甥女调剂一个借读的名额，可你迟迟没给回音，他们怕是找茬来了……"

闻听此言，龙校长顿时瘫坐在地。

电话一直响个不停，临近午夜时，派去监视的学校保安也打来电话，说刘顺这家伙情绪失控，又哭又闹，我们已顶不住了，快派人增援……

龙校长眼前一黑，差点晕倒。

第二天早上，农行大厦又发生了一起跳楼事件，跳楼者当场摔死。前去看热闹的市民边走边议论：这个说："恐怕跳楼的又是那个农民工，嗨，为孩子上学的事就去跳楼，太不值得了。"那个说："可怜天下父母心啊。"

还有一个说："听说借读的名额给了这个农民工，后又让方县长的外甥女给霸占去了，唉，这个可怜的农民工是一时想不开呀。"

不久，报上发布一则讣告：阳光中学的龙校长不幸去世……

（题图、插图：张恩卫）

44

鬼　盗

□ 黄仁传

明 万历年间，江湖上流传着一个很响亮的名字，叫做"鬼盗阿三"。这阿三是个盗墓贼，虽说干着不光彩的营生，可他古道热肠，经常会把盗墓所得换成银两，半夜送到穷人家门口。官府大员的墓，不知被他盗了多少。阿三让权贵们死后不得安宁，权贵们对阿三恨得那是咬牙切齿。于是，各州府纷纷联合，要除掉阿三。

盗墓通常要两人合作，一人带着根长绳进入墓室，盗取宝贝，然后用绳子系住宝贝，另一个人则拉住绳子的另一端，在墓外望风，同时将盗得的宝物拉上来。阿三的搭档叫胡大，是自己的亲哥哥，两人的长相几乎一样。每次下墓的都是阿三，因为阿三有一手开墓绝活儿，更是胆大心细。

一个月黑风高的晚上，阿三和胡大来到了已故赵知府的大墓前。胡大对阿三说："弟弟，官府这次是下决心要拿下你，咱可要小心点啊！"阿三则笑嘻嘻地说："哥，我是那么容易被抓住的吗？"由于事先已经做了详细的打探，阿三毫不费力就找到墓室入口，打开墓室大门。

进去以后，阿三找到了棺椁，但他没有立刻靠近。阿三盗墓多年，知道这种大员的墓葬很多都有机关暗器。他特意趴在地上，匍匐向前，爬到离棺椁三五米处，突然，不知触碰到了什么，几十支箭从四面八方射向棺椁，有好几支就从阿三头顶擦过。棺椁上插满了箭镞，像一只刺猬。阿三此时才放心走到棺椁前，拔下一支箭，观察起箭镞来。这种箭镞是特

制的，只有小拇指甲片那么大，但是上面淬了剧毒，这种毒只要碰到一点伤口，立刻见血封喉。阿三仔细拔下棺椁上的每支箭镞，不然开棺的时候，不小心蹭破点皮就完了。

开完棺，阿三的眼睛都花了，这简直就是金库啊！他一边把宝贝系在绳子上，嘴里一边骂道："狗日的贪官，贪了这么多民脂民膏，死后还想带走！苦了可怜的百姓！"

胡大在外面抓着绳子，一点一点往上拉，他跟随阿三盗墓多年，也见过不少世面，但赵知府的墓，还是让他惊讶不已。他心想，这回发大财了！胡大把拉上来的宝贝装入大布袋，探下头，往墓道里看了一眼，自言自语道："阿三快要上来了。"

阿三看着墓室里堆积如山的财宝，发现一次搬不完，还是等下次吧。于是他拍拍尘土，准备出墓。突然，"轰隆"一声，阿三一惊！作为老手，他明白，墓室口被人弄塌了，自己被封死在这里给赵知府陪葬了。

外面，胡大对着墓口跪下，连磕三个响头，说："弟弟啊，人不为己，天诛地灭。官府的悬赏太诱人，待我找老主顾把这些宝贝换成银子，再去官府领赏，这辈子我就快活似神仙了。"说罢，他扛起大布袋，大步走开。

交易盗墓所得，见不得人，所以，一般都是半夜进行的。胡大交易完宝贝，藏好银两，正好天亮。他跑到官府，对知县说自己大义灭亲，特来领赏。然后，知县和胡大带着兵丁，赶到赵知府的墓前，打开墓道，一行人进去捉拿阿三。兵丁们哪里进得墓室，即使点了火把，里面还是黑漆漆的，一个个吓得直哆嗦。

只听一声闷响，胡大喊道："我找到了，我找到了，来，把他拖出去。"兵丁们把阿三拖出墓外，胡大也跟着出来了。守在外面的知县发号施令，说："阿三只是被胡大打晕了，还没死，快把他的头砍下来，以免夜长梦多。"一个兵丁手起刀落，阿三已成断头之鬼。

胡大跑到知县旁边，说："老爷，您看官府给我的赏银是不是　"知县鄙视地看了一眼胡大，说："你为了银子，连亲弟弟都出卖，你还敢要赏银，快滚！否则你和阿三一样身首异处！"胡大一听，顿时面如土色，也不为弟弟收尸，连滚带爬地跑了。

官府的赏银落在了知县手里，知县也因此官运亨通，那些权贵们也兴奋无比。

过了两个月，奇怪的事情发生了，前朝工部尚书的墓被盗了，坊间纷纷流传阿三没死，因为不少穷人又收到了接济的银两，这事情，除了阿三，谁还会干？

原来，阿三的确没死。墓中都是黑暗的，在这种环境中，阿三练就了

一双神眼，就是在黑暗的地方，他依旧眼力极好，睹物如白昼。那日，墓口坍塌，阿三就猜测是胡大干的。后来，在赵知府的墓里，阿三看着胡大带着兵丁来，这就验证了自己的想法。于是，他在黑暗中，趁人不备，打晕了胡大，又迅速换了胡大的衣服，然后装成胡大，躺在地上的胡大，也就自然成了阿三。

知县刚风光了两个月，就要被革职查办。知县是个混子号的人物，他倾家荡产，到处打点，保住了官帽。知县心想，只要保住官帽，钱财不是问题，以后再贪就是了。但有一个问题让他头疼，那就是朝廷要求他在一个月内抓住阿三。

知县经过上次的失利，更加觉得阿三不是一根好啃的骨头。他绞尽脑汁，突然想到，前朝工部尚书的大墓，可不是他阿三一个人就能盗成的，他一定有了新的搭档。阿三神出鬼没，但他的搭档不一定跟他一样精明，充其量也就是跟那个蠢货胡大一样，做做望风这种活儿。如果能找到他的搭档，也许就能找到阿三。

知县派了不少兵丁，装成百姓，四处打探。终于，抓到了

一个小白脸。知县看着这个小白脸，对着兵丁破口大骂道："这样的人也能盗墓？本官被免职的话，先让你们陪葬！"

一个兵丁对知县耳语道："老爷，这小白脸叫胡利，是个好色的软骨头，跟醉仙楼的头牌妓女是相好的，一刻难离。那妓女对这小白脸也是生厌，只是见他出手阔绰，才应付他，可这蠢货却被迷得神魂颠倒。妓女说胡利有一次醉酒，在床上迷迷糊糊说了句盗墓。"

知县眼睛一亮，对胡利厉声道："阿三在何处？还不如实招来！"

胡利立刻跪下，说："大老爷，什么阿三啊？是烤鸭吗？小人听不懂啊！"

知县对兵丁说："去，先把那个妓女斩了。让胡利在旁边看，然后再看本老爷如何处理他。"说罢转身就

要走。

胡利吓傻了，哆哆嗦嗦爬到知县面前，抱住知县的腿，说："别、别、别，阿三一向谨慎，居无定所，只是要行事了，才会在前一夜的三更通知我。"

知县拍拍胡利的脸，说："只要你顺从我，事成之后，本老爷为你和那女子办婚事。"

半个月后的一天，胡利急急忙忙找到了知县，说是阿三在夜里要去赵知府的墓，把上次和胡大没搬完的财宝盗走。知县坏笑道："阿三这小子胆儿也太大了，那里他居然还敢去。"

夜半时分，阿三和胡利如约出现在赵知府的墓前。阿三打开墓道，猫身进去了。胡利拉着绳子，等在外面。阿三刚搬了一半，突然，"轰隆"一声响，墓道口又塌了。外面，知县带着兵丁围住了入口。一直等到天亮，知县发话了："天亮了，这回把阿三拉出来，好好认清脸，别像上次那样了。"

胡利和兵丁们进入墓道，不一会儿，阿三被押了出来。阿三紧闭双唇，一言不发，双眼死死盯着胡利，眼神充满失望，胡利只是一个劲地哭。知县走到阿三面前，捏着他的脸，说："'鬼盗阿三'，最终还是栽我手里了吧？"

阿三头一扭，用力咬住知县的手指，瞬间，知县的手指鲜血淋漓。

知县大怒，抽出兵丁的刀，大喊一声："奶奶的！这回老子亲自来！"说罢，挥刀劈下，瞬间，阿三身首异处，世间再无"鬼盗阿三"。

站在一旁的胡利，立刻吓得屎尿失禁，精神崩溃，他连滚带爬地到阿三的尸首旁，大喊："爹！爹！"

知县和他的兵丁们都惊呆了！知县已然忘记手指的疼痛，坏笑道："怪不得阿三这次在墓内没杀了这小白脸，原来这是他儿子，他下不了手啊。堂堂的'鬼盗'阿三，居然养了这么个脓包儿子。他谨慎一世，只信兄弟，结果亲哥哥为了钱出卖他。后来，又只信儿子，结果儿子又为了色出卖他　嘿嘿，还是我好，谁都不信，只信自己。"说罢，用刀往胡利背后一捅。

知县刚扔下刀，立刻就浑身抽搐，口吐白沫，死了。原来，阿三在墓内知道被儿子出卖，心灰意冷，也自知难逃一死。他从地上捡起上次的毒箭镞，仔细藏在嘴里，咬破知县手指时，剧毒已经侵入知县体内。

后世依旧有做盗墓营生的人，依旧是两人合作，只是不大出现朋友搭档和兄弟搭档，都是父子搭档，而且进入墓室的都是儿子，望风的都是父亲。据说，这样做以后，就再没出现过望风者见利忘义，将搭档封死在墓内的事情。

（题图、插图：刘为民）

阿P接美差

□ 于宪慧

阿P最近又干上了摄影。这天上午，他正把新拍的照片传进博客，突然有个叫"不差钱"的人加他。阿P眼睛一亮，"不差钱"，牛啊！马上同意加为好友。

"不差钱"很快打过来一行字："想赚点小钱吗？"

阿P赶紧回答："当然想，不过，犯法的事、缺德的事儿咱可不干。"

"放心吧，犯法的事儿找你，我还怕你没那本事呢。""不差钱"飞快地又敲过来一行字，"出一个月差，工资两万，有专车，所有费用报销，可以吗？"

阿P高兴得差点叫出声来，他现在每个月工资不到三千，这两万块钱是横财，哪里是小钱啊？于是赶紧问具体业务是什么？

"不差钱"回答说，他准备为家乡城市做宣传资料，需要一些本市风

土人情的照片。他在阿P的博客里看到他拍的照片，觉得他的摄影水平很不错，所以想请他来完成这项工作。

阿P赶紧答应下来，并在收到一万块定金的当天，坐飞机来到南方那座有名的城市，住进一栋高档小区的大屋子里。

第二天，阿P开着"不差钱"提供的奔驰车，按"不差钱"的要求进行拍摄。转眼一个星期过去了，这天晚上，阿P开车回家的时候，突然一个女孩儿从路边跑了出来，冲着他拼命挥手，阿P急忙一脚刹车，跳下来问："没事吧？"

女孩儿惊慌地说："有人要抢劫，快带我离开这儿。"说着，女孩儿飞快地钻进车里。

那男人一看阿P要出手，就心虚了，看了阿P一眼，转身跑掉了。

阿P像打了胜仗似的回到车里，

得意洋洋地对女孩说："这种小贼，你不用怕她，你要去哪儿？我送你吧。"

女孩说："兰亭小区三号楼。"

"这么巧？我也住在那里。"阿P眼睛一亮，又问，"你是几楼？"

女孩打量了阿P两眼，惊喜地说："怪不得看你有点眼熟呢，我十一楼。"

"哈哈，我十二楼，咱俩是邻居啊。"阿P高兴地跟女孩聊了起来。女孩自称菲儿，说为了表示谢意，第二天晚上请阿P吃饭。

菲儿不但漂亮，而且聪明，第二天晚上两人边吃边聊，十分投机，很快两人已经像老朋友一样熟悉了，出酒店的时候，菲儿甚至像情侣一样亲昵地挽着阿P的胳膊。阿P虽然心跳加剧，面红耳赤，但也不挣脱，装出一副久经沙场的样子。

一晃又是半个月过去了，阿P工作之余，找菲儿吃个饭、喝点咖啡，日子过得十分惬意。这天晚上，阿P和菲儿在小区附近的一家酒店吃完饭后，刚回到家没几分钟，突然听见门铃响，开门一看，只见菲儿穿着卡通睡衣，举着一大瓶红酒，笑着说："本来想换了衣服睡觉，可又觉得睡觉没意思，咱再喝一瓶酒，好不好？"

美女相约，当然不能扫人家的兴，阿P赶紧把她请进屋来。两人正说得高兴，突然外面响起一阵阵砸门声，谁这么没礼貌？阿P一把打开门，喝道："干什么？抄家啊？"

"你说对了，就是抄家，你这个不要脸的王八蛋。"门前一个三十多岁的女人尖叫着，"砸，把屋里所有东西都给我砸了。"

女人后面的三个男人应了一声，一把推开阿P，提着棍棒闯了进来，阿P见来了歹徒，一转身冲进厨房，提了把菜刀出来，怒吼一声："我看谁敢？"

三个男人见他这疯狂的样子，不约而同地退了一步，那女人却不管不顾地冲上来，伸手向阿P脸上挠来。阿P见女人动真格的，只好扔掉菜刀拼命躲闪，那女人的指甲就像十支小刀片，瞬间在他脸上挠出几道血痕。

女人嘴里还骂着："姓张的，你不是人，你在外面找小三的事儿外面早就传开了，老娘还不信呢 "

弄了半天，自己是代人受过。阿P心里这憋闷就别提了，就在这时，只听得一声巨响，所有人转头看去，原来是菲儿把红酒酒瓶摔得粉碎，见大家都看她，她赶紧大声说："你们是不是认错人了？他姓黄，叫阿P。"

女人又一声尖叫："你个小妖精还想骗我 "

阿P趁女人不防备，一把抓住她的双手，无比委屈地喊道："麻烦你仔细看看，我真不是你要找的人啊。"

女人转过头来细细一打量，一下子呆住了，好久才发现了问题，对那几个男人喊："你们帮我看看，世上还真有长得一样的人？"

终于一个男人沮丧地说："姐，咱好像认错人了，他不是我姐夫。"

女人一下子高兴起来，哈哈大笑着说："我就说嘛，你姐夫不是那种人，他哪敢背着我搞这种事儿啊⋯⋯"

她笑着笑着，觉得不对劲，赶紧跟阿P道歉，说有人在酒店里看到他和菲儿，误以为是她老公有了外遇，她得到消息便带人打上门来，没想到却是一场误会，她愿意赔偿。临走时，女人还特地给阿P留了号码，说叫自己郑姐就可以，如果阿P遇到什么为难的事情，她愿意帮忙以示歉意。

好端端一个浪漫的夜晚就被这女人破坏了，菲儿也没了喝酒的兴致，下楼回家了。阿P越想越来气，突然脑子灵光一闪，觉得有些不对劲，天底下有和自己长得像的人不奇怪，奇怪的是，菲儿以前从来没到过自己的房间，她一来，那个郑姐就打上门来，是不是有点太巧了呢？再想想自己这次出差，越想疑点越多。

又过了几天，阿P的工作完成了，他将整理好的照片发到"不差钱"的邮箱，又跟菲儿吃了顿告别饭，然后收拾行囊上了出租车，但他走出没多远，就又绕了回来，找了个隐蔽的地方盯着小区观察。过了几个小时，他看见自己曾经开过的那辆奔驰车回来了，菲儿和一个男人缠绵地拥吻了

半晌，才下车挽着胳膊上了楼——阿P嘴张得老大，那个人太像自己了。不用问，这个人肯定就是那个姓张的，雇他的"不差钱"十有八九也是此人。阿P这下全明白了，怪不得自己那么烂的摄影技术，"不差钱"却要花高价聘请，原来所谓的工作只是幌子，人家之所以雇他来，就是想让老婆知道，有个跟她老公长得一模一样的人，身边有个漂亮的菲儿。

闹了半天，是想让我阿P替你背黑锅呀，真是岂有此理。阿P一边气愤地嘟囔着，一边拨通郑姐的电话，把自己的发现说了一遍。郑姐咬牙切齿地说："谢谢你告诉我这件事，这回我不闹他个天翻地覆我就不是人。"

听着郑姐话里透出的寒气，阿P不由得暗暗得意，哼，想算计我阿P，你还嫩哩。

阿P报了仇，喜滋滋地登上飞机，这时接到郑姐的电话，说她已经抓住老张和菲儿，老张也交代，雇佣阿P只是想混淆老婆的视线。听着郑姐一个劲地对他说着感谢的话，阿P嘴里谦虚，心里却乐开了花，自己不但没冤枉人，而且揪出了一个不忠于婚姻的混蛋，挽救了一个家庭，功德无量啊。

在随后的几个小时里，阿P心情愉快极了，可没想到下飞机后接到"不差钱"打来的电话，这家伙叫道："你他妈的不讲信用，赚了我的钱还出卖我，我饶不了你！"

看来，这个"不差钱"就是老张了。阿P忍着笑，理直气壮地说："谁不讲信用了？接这活儿的时候我就说，犯法的事我不干，缺德的事儿我不干，你觉得这事儿不够缺德吗？既然你骗我干缺德事，我还跟你讲什么信用？"

电话那头哑口无言，好半天老张才恨恨地说："本来还想着把另一万块酬金打给你呢，现在你不用惦记了，老子不给了！"

电话挂断了，阿P有一点点的沮丧，好端端的一万块就这么没了。可转念一想，钱虽然没赚到，但自己却守住了做人的原则，值！于是，他又哼起了小曲

（题图、插图：顾子易）

故事会 ■ 新浪 微故事大赛

10月征集主题：痒

篇幅最短、含"金"量最高的故事，等待你的挑战！

《故事会》杂志和新浪微博（weibo.com）联合主办微故事大赛继续进行，邀请各路故事名家、草根英雄和世外高人展开较量！

本次大赛所有作品通过新浪微博平台征集（@ 故事会微故事大赛），每月一个主题，当月设金奖 1 名，奖金 1300 元；银奖 2 名，奖金 650 元；优秀奖 11 名，奖金 150 元。另设年度奖项。优秀作品将在每月《故事会》上刊登，并结集出版。8 月对手主题结果已经揭晓，@ 吃素的沙漠狼 获得金奖。详情请登录故事中国网（www.storychina.cn）查看。

10月微故事征集主题：痒。痒是一种身体感觉，也是一种心理：手痒、心痒、技痒，还有七年之痒……本月请你讲述一个关于痒的故事。正文字数在130字以下，力求情节出人意表，立意隽永深远，文字鲜明生动。本月的微故事达人或许就是你！截稿日期：10月21日。（本期刊物特别选登9月微故事大赛优秀作品）

女儿早恋了

□ 卢树盈

刘映是妇产科医生，有一个十六岁的女儿。女儿亭亭玉立，成绩优秀，是她最大的骄傲。可最近，女儿有点失魂落魄的，成绩也一落千丈。刘映觉得不对劲，这天一早，她偷偷打开了女儿的抽屉，居然在里面发现了一封情书。看来，女儿是早恋了。

刘映火冒三丈，决定要狠狠地训斥女儿，决不能任其发展。因为上班时间到了，刘映只能强压怒火，先去医院。

刘映刚到诊室，就看到一个瘦弱的女孩被扶进了急诊室，挺着一个大肚子，看样子是要生了。刘映见女孩和自己女儿差不多大，再联想到女儿早恋的事情，心里既恼火又害怕。

一个农村妇女扶着女孩，还不时回头张望。只见后面远远地跟着一个男孩，一副事不关己的模样，边走边玩手机。

女孩进了产房，但折腾了半天，孩子生不下来，刘映决定给女孩做剖腹产。可女孩却死活不愿意，嚷嚷着："我将来要当模特的，肚子上有刀疤，怎么当？"

刘映做了大半天工作，女孩就是宁愿痛死，也不要在肚皮上划一刀。

刘映走出产房，找到农村妇女，让她签字，同意手术。

农村妇女却露出一脸为难，被刘映一通训斥后，她只得进去，小声

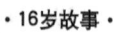

地开导着女孩。可女孩只是大哭大嚷："妈妈，妈妈，我要妈妈。"看来这农村妇女不是她亲妈。

农村妇女出来，拨了一通电话，可无人应答。她无奈地对刘映说："她父母恨我们，不接我们的电话。"原来，农村妇女是男孩的母亲，是来收拾残局的。

时间不等人。刘映赶紧拿出自己的手机，拨通了女孩妈妈的电话，说："我是妇产科医生，你女儿不同意剖腹产，再僵下去，会有生命危险。"

电话那头，女孩的妈妈哭了，答应马上赶来。很快，女孩的妈妈满头大汗地跑来。

女孩见了亲妈，扑倒在她怀里，母女俩人抱头痛哭。

刘映急得大吼："现在不是哭的时候，赶快去签字，马上做手术！"

女孩还是强撑着，情绪激动地说："你们敢给我做手术，我就去死！"

女孩的妈妈不敢签字了，面对如此不懂事的孩子，刘映只能干着急，没有家属签字，就无法手术啊！

女孩的妈妈实在没有办法，只得给女孩的爸爸打电话。

女孩的爸爸急匆匆地赶来。女孩见了爸爸，止住了哭泣，又害怕又委屈地叫了声："爸爸　　"

爸爸二话不说，就给了她一巴掌："马上做手术！"女孩被打懵了，呆呆地点头。

女孩的爸爸飞快地签了字，刘映马上给女孩做手术。可因为耽误太久，她的孩子已经胎死腹中。女孩生命垂危，一声声地喊着男孩的名字，可男孩却不见了。

农村妇女赶紧拨通了儿子的电话，电话那头一片嘈杂声。农村妇女小声地怒斥着："都什么时候了，你还跑去网吧，快点赶过来。"

刘映让女孩的父母进入手术室。女孩的妈妈紧紧抱着女儿，女孩的父亲不住地用拳头砸自己的脑袋。女孩在手术台上奄奄一息，她一边流泪，一边说："本来我和他已经分手了，可你们只会打我、骂我，我恨你们，就又回到他身边了。"

女孩的爸爸用头不停地撞墙说："女儿呀！我该死，我该死。"

晚上，刘映带着一身疲惫往家里赶。在路上，她想了很多，看来教育孩子，真得用对方法，一味地强硬，恐怕会起到相反的效果，还是应该循循善诱。到家后，刘映看见女儿正在上网。她突然产生幻觉，好像坐在那里上网的不是自己女儿，而是白天那个女孩。刘映没发火，待吃过晚饭，她把女儿叫进书房，态度平和地问道："你收到过情书吗？"

女儿愣了一下，然后摇摇头。

刘映明知故问道："我的女儿才貌双全，怎么会没收过情书呢？"

女儿一听，脸红了，轻声问道："如果我收到了情书，该怎么办呢？"

刘映就等她问这句话，想了一会儿，回答说："第一，这说明你长大了，这是好事；第二，不论你是否对这个男生有好感，都要静观其变。你还小，分不清楚什么是爱情，什么是好感。"

女儿还是第一次见到母亲如此耐心而又认真的神态，她很愿意听下去。于是，刘映继续说道："真正的爱情与责任相伴相随。现在你们还要依靠父母生活，有什么能力为对方负责呢？"

女儿不服气地说："将来，我们会有能力的。"

刘映拍拍女儿的头，说："那到将来再说。你那么优秀，一定会收到很多情书，赢得更多优秀男士的青睐。到时候，你再擦亮眼睛，选一个正直、勇敢、坚强、有责任心、有事业心的人，选一个能与你风雨同舟，相伴一生的人。"

女儿听了，大言不惭地说："妈，你放心吧，有你这个军师在，我一定能找个好丈夫的！"

刘映拍拍她的脑袋，笑着说："等你爸下班了，我一定要把这话告诉他。将来，我们母女俩好好比比，谁找的丈夫更优秀！"

女儿也淘气地说："比就比！"母女俩笑作一团。突然，女儿似乎想到了什么，说："妈，你今天说的话好有道理啊！和你以前的说话风格都不一样了。"

刘映一怔，随即悠悠地说："我是从微信上看到的，老妈现在也很新潮啊！"

从这天起，女儿似乎更懂事了，很快成绩又在班里名列前茅。

（题图、插图：陆小弟）

本期主题： 动物故事

中华民族是善于观察且想象力丰富的民族，在长达数千年的历史中，智慧的百姓通过自己的想象和精巧的构思，用故事来解释动物的特点和特征。这里带来一组动物故事。

熊的长尾巴哪里去了

早先，熊长着一条又长又好看的大尾巴，走起路来，轻飘飘的，好像一片大马刀插在身后，可威风了。但现在熊的尾巴为啥变得这么短呢？据说，这里有一个笑话。

一天，一只懒熊趴在洞口晒太阳，感到舒服极了。这时，一只狐狸从河边跑来，他趁渔夫不注意，叼起一条大鱼就一边逃，一边吃。不知不觉来到熊晒太阳的地方，被熊看见了，熊就问："狐狸老弟，你在吃什么呀？"

"我吃鱼呀。"狐狸回答说。

"你的鱼是从什么地方弄来的？"

"自己打的呀！"

"嘿！"熊不信他的话，"真是天下稀有的事，不拿网就能打着鱼？"

狐狸又顺口编了一个谎儿："照你这么说，没有网就吃不着鲜鱼啦？这世上谁还像你这么傻。没有渔网，不会想别的办法吗？"

熊见狐狸吃得津津有味，馋得口水都流了出来，说："狐狸老弟，那你就快告诉我，不用渔网抓到鱼的好办法吧！"

狡猾的狐狸说："告诉你个好方法，现在河里结了冰，你到冰上打个窟窿，把尾巴伸到水里去，就能拖上鱼来。老哥，你的尾巴比我的长，肯定你能比我拖到更多的鱼，不信你就去试试看。不过，拖的时候要横拖，不要直拖。"狐狸说完，就走了。

熊想吃鱼想得慌，也顾不得晒太阳了，跑到河边，照着狐狸的话，在冰上打个窟窿，把尾巴伸到了冰窟窿里。为了吃鱼，熊顾不得寒冷，耐心地等呀等呀。一会儿，熊的大尾巴给冻牢在冰窟窿里了。熊感到尾巴上刺骨的疼，心想，一定是鱼把尾巴咬住了，就往外拖尾巴，拖呀拖呀，怎么

也拖不动。他心想，肯定是条大鱼，所以就拿出他那九牛二虎的力气，猛地往横里一拖，啪！把尾巴给拖断了，只留个尾巴根。

就这样，熊轻信了狐狸的话，鱼没有吃到，尾巴却丢了大半条。

请用智能手机或平板电脑，扫描右边的二维码，就能聆听故事家为你讲述精彩的故事作品。

狐狸请客

狐狸和仙鹤曾经是好朋友，可时间一长，狐狸奸诈的本性就暴露出来了，使这对好朋友之间的裂缝越来越大。这一天，狐狸特意邀请仙鹤来自己家做客，狐狸担心仙鹤吃得太多，就只做了一锅稀糊糊，并且把稀糊糊盛在一只浅浅的盘子里，端到了仙鹤面前。

"亲爱的朋友，请赏光用膳，千万别客气，但愿你吃得开心。"

仙鹤也不计较，可是几次将自己的喙伸向盘子，一则因为是清汤寡水，二则因为盘子太浅，结果什么都没吃上。无可奈何之下，他只能咂吧咂吧嘴。

狐狸不露声色，还恬不知耻地说："仙鹤兄弟，是你的胃口不好吧？为什么你不能像我一样大吃大嚼呢？"

说着吃了起来，一会儿就把盘子舔了个干干净净。

就这样，仙鹤什么也没吃到，饿着肚子回家了。

几天后，仙鹤请狐狸来家做客，他自然没忘记在狐狸家的遭遇，正想着法儿，怎样招待一下狐狸。这天，仙鹤做的菜肴可不一般，色香味俱全，谁看了都想吃。

狐狸来了。仙鹤把美味佳肴盛在一只高高的小口罐子里，端到了狐狸面前，说："朋友，请别拘束，自由自在地吃吧。"

这时，狐狸闻着香气四溢的菜肴，不禁垂涎欲滴。他凑近罐子，想把嘴伸进去，可罐子口太小，怎么也伸不进去。仙鹤颈长头小，很轻松地伸了进去，痛痛快快地美餐了一顿。狐狸一点儿东西没吃着，口水只能一口接一口往肚子里咽。

仙鹤故意问："狐狸朋友，你怎么不吃呀，是今天胃口不太好吗？"

自知理亏的狐狸一边舔着嘴巴，一边假惺惺地说："我在吃，味道真是好极了。"

从此以后，"一报还一报"这句俗语就流传开了。

请用智能手机或平板电脑，扫描右边的二维码，就能聆听故事家为你讲述精彩的故事作品。

眼 力

□ 裴文兵

不可傲气

明朝嘉靖年间，江南泾县县城里，有家茶叶铺，铺子里只有一位五十多岁的老伙计。这一年秋天，老掌柜病重，临死之前，他对儿子少掌柜说："老伙计在咱们家的茶叶铺里干了二十多年，很有眼力，日后，你要多多倚重于他！"

老掌柜死后，少掌柜当起了家，虽然，他没有忘记父亲临死之前所说的那句话，但他却不以为然：老伙计只是一个干巴老头，一向寡言少语，他能有什么眼力可言？所以，少掌柜招了几个年轻伙计，茶叶铺里的生意，也从来都不和老伙计商量。

转眼到了来年的春上，这天早上，少掌柜掐指一算，发现此时正是收购茶叶的大好时节。于是，他当即让几位年轻的伙计，去准备几辆马车，他要去本县的深山里，收购刚刚上市的茶叶，好大赚一笔。

不一会儿，马车准备好了。少掌柜领着那几位年轻的伙计，刚登上马车，忽然，老伙计急步走了过来，道："少掌柜，今年与往年大有不同，眼下，你若去山中收购茶叶，只怕会白跑一趟，不如等上十天半个月，再去收购不迟！"

少掌柜却道："每年的这个时节，都是茶叶上市之时，今年岂会有所不同？"老伙计张张嘴，正要继续说话，少掌柜已挥了挥手，让年轻的伙计们赶动了马车。

中午时分，众人赶到了一座盛产茶叶的村庄。下了马车，少掌柜让那几位年轻的伙计一起大声吆喝：
"收茶叶，收茶叶喽！"

按理说，村庄里的百姓，一听见这样的吆喝声，便会纷纷将自家的茶叶，挑到马车旁边来卖，但奇怪的是，几位年轻的伙计差点将嗓子给喊哑了，可就是没有一位百姓前来卖茶叶。

少掌柜不禁感到很奇怪，他连忙问一位路过的老汉，村里的百姓为何不前来卖茶叶？那老汉抬手往山上一指："山上没有茶叶可采，百姓手中哪有茶叶可卖？"

少掌柜不禁更加感到奇怪了：眼下正是茶叶青青的时节，茶山之上，怎么会无茶叶可采？

少掌柜想了好大一会儿，也没能想出个所以然来，只好领着那几位年轻的伙计，上了马车，赶往另一座村庄

一连三天，少掌柜领着那几位年轻的伙计，在深山里七转八转，去了十多个村庄，却硬是没有收购到一斤茶叶，只好空着马车，回到了茶叶铺里。

坐在铺中，少掌柜喝了一会儿茶，越想越觉得心里不是滋味：这一趟前去山里，盘缠花了不少不说，还一路颠簸，吃了不少苦头，却连一斤茶叶都没收购到，真是白辛苦了一趟。

摇头叹息了一会儿，少掌柜忽然想起三天前老伙计所说的那句话，于是立即把老伙计叫到跟前，问老伙计为何知道，他会白跑一趟？

老伙计想都没想，便道："少掌柜，今年的天气与往年大有不同，往年到了谷雨、清明时节，天气已经很暖和，而山上的茶叶已经萌发了出来，因此，山中的百姓有茶叶可采、可卖，可今年这个时节，天气却持续阴雨，气温很低，山上的茶叶还没有萌发出来，山中的百姓自然无茶叶可采、可卖！"

少掌柜仔细一琢磨老伙计的话，

觉得是这个理，心中不禁暗暗后悔那天没听老伙计将话儿说完。

很快，日子过去了十天。这天早上，少掌柜正在猜测着，哪天可以进山去收购茶叶，忽然，老伙计走了过来，道："少掌柜，你快领着伙计们，去山中收购茶叶吧！"

少掌柜随口问道："你怎么知道今日前去山里，已经能收购到茶叶了？"

老伙计道："这几日天已放晴，天气转暖，山上的茶叶一定已经萌发了出来，因此，山中的百姓一定有茶可采、可卖了！"

少掌柜当天便领着几位年轻的伙计，赶着马车进了山，果然收购到了满满几马车上好的茶叶。他不由得暗生感慨：老伙计能够根据天气的变化，判断出山中有无茶叶可采、可卖，确实有点眼力！自己太过傲气，真是不该啊。

去除势利

两个月后的一天下午，茶叶铺中，忽然来了一位穿着一件被洗得发白的长衫的汉子。少掌柜见那汉子穿着平常，在铺中左看右看，却迟迟不买茶叶，于是对待那位汉子的态度很是冷漠。就在这时，老伙计走了过来，附在少掌柜的耳边，小声说道："少掌柜，这位汉子，是

位大主顾，您可得以礼相待，千万不能把一桩大生意给错过了！"

少掌柜听了这话，差点笑出声来：这汉子衣着如此平常，并且左看右看，就是不买一斤茶叶，哪里是什么大主顾？但转念一想：上回购茶之事，说明老伙计确实有些眼力，这回，我不如以礼相待这位汉子，看他是不是真的如老伙计所言，是位大主顾？

心里头这么一想，少掌柜便在脸上挤出了几丝笑容，走上前去，详细地为那位汉子，介绍起铺中的各种茶叶来。

工夫不大，少掌柜介绍完了铺中的茶叶，他清了清嗓子，正想问那汉子想买何种茶叶？却见那汉子一言不发，抬起脚，走出了茶叶铺。

白白殷勤了一回，却没卖出一斤茶叶，少掌柜不禁有些恼火。老伙计却道："那汉子一定是货比三家去了——他绝对是位大主顾！"少掌柜不信，于是让一位年轻的伙计悄悄跟在那汉子的身后，看他到底去了哪里。

傍晚时分，那位年轻的伙计回到了铺中，向少掌柜禀报说，那汉子花了一下午时间，逛遍了县城里所有的茶叶铺，却没有购买一斤茶叶，刚才，住进了"好再来"客栈。

听完禀报，少掌柜不禁责怪起了老伙计，说他看走了眼。老伙计

却道："那汉子已经货比了全县城的茶叶铺，现在，他肯定还未决定在哪家茶叶铺中购买茶叶，少掌柜，您何不携带些酒菜，去'好再来'客栈，拜访那位汉子，也许他一高兴，就决定在您的茶叶铺中购买茶叶了呢！"

少掌柜哪里肯去？老伙计在一旁不停地劝说。半炷香的工夫过后，少掌柜终于点了一下头："也罢，我去拜访一下那位汉子，看他到底是不是一位大主顾！"

少掌柜携带着酒菜，赶到了"好再来"客栈，与那汉子喝起酒来。酒至酣处，那汉子把桌子一拍，冲少掌柜道："既然你如此以礼相待，我决定，就在你的茶叶铺中购买茶叶！"

第二天上午，那汉子来到茶叶铺，从少掌柜的手中，购买了整整两千斤茶叶。大赚了一笔银子的少掌柜，直到此时，才从那位汉子的口中得知，他是庐州的一位客商，之所以穿着那件洗得发白的长衫，是因为他出门在外，不想露富。

送走那位汉子，少掌柜不由得大为感叹：父亲所言不假，老伙计确实很有眼力！感叹之余，他问老伙计："你是如何看出那位汉子，是位大主顾的？"

老伙计回答道："昨日，我见那汉子虽然穿着件旧长衫，但他举手投足之间，却气定神闲，察看茶叶的动作、眼神很是内行，因此，我看出他不是一位平常的汉子，他来到咱们的茶叶铺中，不是为了闲逛；而当时，一阵风儿恰巧吹进了铺中，吹起了他的那件旧长衫的下摆，于是，他佩戴在长衫里面的一只价值不菲的玉佩，露了出来。因而，我判断他是一位富商，是一位大主顾！"

听完老伙计的话，少掌柜不禁频频点头，他明白了做人不可让眼光浮于事物的表面，太过功利往往

·民间故事金库·

失败。从此之后，不管大事小事，他都乐意与老伙计相商。而不久之后发生的一件事情，更令他对老伙计另眼相看。

心怀仁义

三个月后的一天上午，少掌柜正在铺中忙碌，忽然听见街上响起了一片嘈杂声，他走出铺子一看，只见街上躺着一位衣裳破旧的汉子，双眼紧闭、一声不吭，显然已经晕了过去，而围观之人议论纷纷。这时，老伙计挤进人群，对少掌柜道："少掌柜，您救救此人吧！"

少掌柜暗暗掂量起来：老伙计很有眼力，也许，他看出那汉子是位一时落难的富贵之人，因此让我出手相救——若是救了富贵之人，日后，对我的生意肯定大有好处。

想到这，少掌柜便与老伙计一道，将那汉子抬入了茶叶铺中，并请来郎中为他医治。当天，那汉子便醒了过来。

调养了几日后，那汉子病愈了，少掌柜设宴款待。席间，那汉子对少掌柜的救命之恩感谢不尽，少掌柜则一个劲地问那汉子，家中的境况如何？

那汉子说，他是外地的一位小商贩，此次来到泾县，是想购买一些山货，不想病倒在街头，多亏少掌柜出手相救。少掌柜听了，不禁一阵失望。

第二天，那汉子告辞走了。少掌柜不禁责怪起了老伙计："那汉子算是白救了——你既然有那么好的眼力，这回怎么会看走眼？"

老伙计却道："少掌柜，咱们是生意人，当然得有好眼力，否则，哪里能够赚到银钱？但咱们为人处世要心怀仁义，不能只为钱，否则，如何在这人世间立足？这回，我请您救人，并不是因为我看出您能从中得到什么好处，而是因为那汉子确实需要有人出手相救。不过，此事倒也确实能给您带来好处，因为，您刚当上掌柜不久，非常需要一个好的名声，而此事一传开，必定能为您赢得一个好名声，进而为您引来许多的主顾。当年，老掌柜之所以能将生意做得那么好，就是因为他常常帮助别人，而别人也因此常常帮助他。"

听了老伙计的一番话，少掌柜似有所悟，久久不语。

事情果真让老伙计给说中了。时隔不久，少掌柜发现，上他的茶叶铺里，购买茶叶的街坊邻居越来越多，而许多的客商也慕名而来。从此，少掌柜不但不再傲气十足，不再无比功利，并且还真正心怀仁义，把行善当成了份内之事，而他对老伙计则越来越敬重。

（题图、插图：安玉民　梁　丽）

62

真的无责不赔吗？

□陈伯群

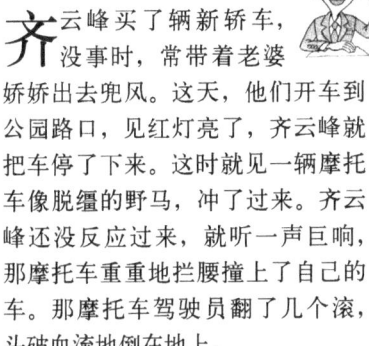

齐云峰买了辆新轿车，没事时，常带着老婆娇娇出去兜风。这天，他们开车到公园路口，见红灯亮了，齐云峰就把车停了下来。这时就见一辆摩托车像脱缰的野马，冲了过来。齐云峰还没反应过来，就听一声巨响，那摩托车重重地拦腰撞上了自己的车。那摩托车驾驶员翻了几个滚，头破血流地倒在地上。

见出了大事，齐云峰马上掏出手机拨打110和120。

交警很快到了现场，经勘查，交警当场认定摩托车驾驶员是酒后驾车，负事故的全部责任，承担齐云峰轿车的全部维修费。没多久，救护车也赶到了，把伤势很重的摩托车驾驶员拉去了医院。

齐云峰心疼车子，又无可奈何，只好把车送到修理厂去修，厂里估算了一下，维修费要六万多元。

这么多钱，齐云峰第一个想到的就是摩托车驾驶员，他是全责，当然找他。

齐云峰来到医院，那个摩托车驾驶员姓李，听说维修费要花六万多元，一下子急得呼天叫地，忍痛挣扎着跪在齐云峰面前，苦苦哀求说："兄弟，是我的责任，该我赔，但我没有投保险，自己又伤得这么重，连治伤的钱都没有，你叫我怎么办？我求求您，想想其他办法嘛。"

齐云峰看他那穷酸相，知道就是把他骨头拿来熬油，也熬不出来多少钱，只好无奈地回家。

回到家，齐云峰把这事对老婆娇娇一说，娇娇提醒道："老公，你不是在保险公司买了车保险吗，何不找保险公司赔？"

齐云峰在保险公司购买了车辆损失险、第三者责任险、车辆不计免赔条款等多种险，但他有些犹豫，这事是人家全责，保险公司能赔吗？

带着疑问，齐云峰来到保险公司。果然保险公司态度坚决："无责不赔，这是我们公司历来的规矩，你没有责任，我们当然不能赔。"

齐云峰傻眼了，这可如何是好？走投无路之际，他想到了找律师。一咨询，事件似乎有了转机，只听律师高兴地说："太好了，这下有典型案例了。"按照律师的建议，齐云

峰一纸诉状把保险公司告上了法庭。

开庭那天，律师是有备而来，对保险公司的行规或者说是铁律进行了抨击。齐云峰的官司打赢了，他的案例让"无责不赔"的行规成为历史。

律师点评：

本故事涉及到一个法律问题，即"无责不赔"是否符合国家法律规定。

在2012年2月保监会发布《关于加强机动车辆商业保险条款费率管理的通知》（以下简称通知）之前，保险公司往往以格式条款的形式，免除自身应当承担的义务，造成投保人合法权益得不到保障，出现了"高保低赔或无责不赔"等种种不合理现象。

现《通知》因此相应作出规定：因第三者对被保险机动车的损害而造成保险事故的，保险公司不得通过放弃代位求偿权的方式拒绝履行保险责任。故本故事中的齐云峰完全有权要求保险公司先行理赔，然而再由保险公司向肇事方驾员予以追偿。

（题图、插图：丁德武）

世上有很多种人，他们面对同一个问题，会有不同的选择。好人和坏人，往往就在一念之间。浪子回头多坎坷，来看看这个浪子坎坷的救赎之路

□ 楚横声

出狱之后

1.双重打击

平文县有个小伙子，名叫周宏亮，因为偷盗电缆，蹲了五年大牢。在狱中，他努力改造，日盼夜盼，终于盼到了刑满释放的这天。他拎个包包，出了监狱，回头看看监狱大门，暗暗发誓，以后好好做人，再也不偷了，再也不回到监狱这个鬼地方。

在周宏亮入狱之后，知道他的搭档大头狼金盆洗手，开了一家烧烤店。这几年，大头狼每次来看他的时候，都说他的烧烤生意多么多么好。周宏亮早就迫不及待地想见识一下了。到了县城，他打了辆出租，五分钟后便到了这家位于黄金地段的烧烤店。

烧烤店门面不大，装修得倒很气派，烧烤店的生意主要集中在晚上，所以此刻显得有点冷清。周宏亮走进店里，一眼就看见吧台后面的大头狼，正咬牙切齿地狂拍键盘。这大头狼一身的暴力倾向，如今虽说已不偷不抢，但在打游戏的时候也要把他的暴力发泄出来。周宏亮见他对自己的到来毫无察觉，不禁想戏耍他一下，于是大叫一声："警察，举起手来。"

大头狼果然惊得条件反射似的跳了起来，举起了双手。当他看清是

周宏亮后，露出惊讶之色，愣了好半天才哈哈大笑着走出吧台，狠狠地在周宏亮胸口擂了一拳，埋怨道："你小子出来了，怎么不通知我一声，好让我去接你呀。"

"我是想给你个惊喜。"周宏亮揉着微微疼痛的胸口，兴奋地说，"怎么样，没吓着你吧？"

"你差点就吓死了我，我还以为自己的事犯了呢。"大头狼边说边转头对服务员说，"我最好的哥们儿出来了，赶紧去弄点吃的，我们今天要痛痛快快喝一场。"

周宏亮急忙拦住他，说："酒就不喝了，一会我得回家看老爷子去，先来找你，是想跟你商量点事。"

大头狼犹豫了一下，拉着周宏亮进了包间，说："你是想跟我说这饭店的事儿吗？"

五年前，周宏亮和大头狼联手做了不少案子，最后一票，抢了一个人的十四万现金，两人决定用这笔钱开家烧烤店，从此告别这种提心吊胆的日子。可就在这时，两人偷盗电缆的案子犯了，警察抓到了周宏亮。周宏亮咬紧牙关，咬定电缆是自己一人偷的，死活没供出大头狼，也没供出其他的案子，但即使这样，他也被判了五年徒刑。而大头狼则顺利地开了这家烧烤店，当了老板。但他每次去监狱探望周宏亮的时候，都信誓旦旦地说，这家烧烤店的一半是周宏亮的。

听大头狼这样一说，周宏亮有些奇怪，反问道："烧烤店一人一半，这有什么好说的？我是想让你先给我点钱，我几年没见我爸了，回家总得给他买点什么吧？"

"停停停。"大头狼突然脸色一变，说，"你刚才说什么？烧烤店一人一半？你脑子进水了吧？店是我起五更，爬半夜辛辛苦苦开起来的，跟你有一毛钱关系吗？"

周宏亮一下子愣住了，刚才还亲兄弟一样的老搭档，一下子变得横眉竖眼，脸色冰冷。他惊讶地问："你什么意思？你不是忘了，你开店的本钱是哪儿来的吧？"

"我没忘，是我家房子动迁的时候，人家给的补偿金。"大头狼露出得意的笑容说，"所有邻居熟人都能帮我证明这点。我倒是奇了怪了，原来你今天不是来和我叙旧，是想抢我的店铺啊！"

周宏亮只觉得一股怒火直冲脑门，他万万没有想到，大头狼居然说出这种话来。关于动迁补偿金确有其事，大头狼家原来的平房很大，除了回迁楼外，开发商还额外给了他十万块，可当时大头狼成天跟一帮不三不四的人混在一起，打架斗殴，吃喝嫖赌，没两年十万块就败光了，所以才会找到周宏亮合作。周宏亮再也忍不住了，上前一把揪住大头狼的衣领，骂道："你他妈的　　"

没等他话出口，大头狼反手握住他的手腕，用力一扭，周宏亮只觉得手腕像断了一般，痛得大声呼叫起来。大头狼一用力将他推倒在地，指着他的鼻子骂道："厉害了啊你，敢跟老子动手？忘了老子是什么样的人了吧？"

周宏亮捂着手腕，心里不由打了个哆嗦。他知道大头狼心狠手辣，恶名在外，无人敢惹，他可不敢跟这种人动手。他绝望地叫道："既然你早就打算赖账了，为什么还一次次去监狱看我，跟我说那些话？"

大头狼狞笑道："很简单，我怕你为了立功减刑，把我供出来，所以我才要去稳住你，要不你以为我愿意去那种鬼地方看你啊？"

周宏亮一颗心沉了下去，这五年来，一个最重要的支撑他坚持下去的信念，就是这一半的烧烤店和美好的未来。没想到，大头狼这个混蛋根本就是在骗他。他死死瞪着大头狼，一字一句地说："你不仁，就别怪我不义，我这就去公安局，把咱俩做的那些案子全说出来，让你也尝尝坐牢的

滋味。"

大头狼满不在乎地说："愿意去你就去呀，可有句话别说我没提醒你，检举了我，也跑不了你，你还想进监狱再呆几年吗？你不管你老爸了吗？前两天我去看他的时候，老头儿都病得不行了，唉，也不知道还能活几天。"

听了这话，周宏亮的心脏像被人猛掐了一把，是啊，就算自己不在乎坐牢，也得替爸爸着想啊，爸爸年老多病，如果自己刚出来就又进去，爸能受得了这种打击吗？再说，自己立誓出狱后要好好做人的，何苦跟这种无赖纠缠不休？

这时，大头狼又换了一副面孔，说："兄弟，咱俩都是小偷，你见过小偷讲义气吗？别说咱俩只是搭档，就算你是我亲兄弟，这钱我也不可能

还你。再说了，这些年我没少去监狱看你，更没少照顾你爸，我也算是仁至义尽了吧？我知道你刚出来手头紧，这两千块钱你拿着，以后要是有什么需要我帮忙的，尽管说话，皱一皱眉头我就是王八蛋。"

看着大头狼递过来的薄薄一沓钞票，周宏亮知道，这是大头狼给自己的一个台阶，要是自己敢不就坡下驴，绝对没有好果子吃。况且，大头狼说得也有道理，就算检举了大头狼，自己也免不了重返监狱，这样两败俱伤太不值得，也只好暂时忍下这口气了。

想到这里，周宏亮看也不看大头狼一眼，接过他手里的两千块钱，大步走出烧烤店。

在回家的路上，周宏亮买了许多爸爸喜欢吃的东西，一进门就大声喊道："爸，我回来了！"

可家里静悄悄的，没人应声。难道爸爸出去了？为什么屋里弥漫着一股陈腐气息，到处都是灰尘呢？周宏亮心里升起一股不祥之感，急忙转身冲出门，去敲隔壁邻居阮叔的门。阮叔见到他，又惊又喜，说："宏亮啊，你可算回来了。"

"我爸爸呢？"周宏亮焦急地问，"你知道他去哪了吗？"

阮叔脸色黯然地说："你爸爸两个月前突然心脏病发作，走了。"

这话如晴天霹雳，周宏亮顿时两眼发黑，身子不由地晃了一晃，阮叔急忙扶住他，周宏亮泪水汹涌而出，撕心裂肺地狂叫一声："爸——"

2·父亲遗愿

阮叔告诉周宏亮，他爸去世之前，心情非常好，整天乐呵呵的，嘴里不停地说，用不了多久儿子就出狱了，儿子跟他保证过，出来之后洗心革面，重新做人，到时候儿子找份正经工作，再成家立业生个孩子，他这辈子就没什么遗憾了。

一个周日的上午，阮叔正在街上散步，接到老李的电话，老李说他跟老周约好了来他家下棋，却怎么也敲不开门，他怀疑老周出事了。阮叔一听，急忙赶回家，用备用钥匙打开老周家的门，结果发现老周倒在地上快不行了。阮叔和老李赶忙将他送到医院，抢救了一个多小时，最后老周还是撒手去了。

虽然医生没能救得老周性命，但他总算留下了遗言。说着阮叔从手机里调出录音打开，只见听老人虚弱的声音说："小亮，记得你答应爸爸的事情，再也不能偷了，再也不能进监狱了，否则的话，我在九泉之下也不会原谅你。将来如果你有钱了，别忘了替我感谢你阮叔和李叔，他们都是你爸的恩人……"

听着爸爸弥留之际的最后叮嘱，周宏亮忍不住泪如雨下，他扑通一声跪在阮叔面前，说："阮叔，谢谢你，谢谢你和李叔，这辈子我都忘不了你们对我爸爸的恩情，将来我一定会报答你们。"

阮叔急忙扶起他，说其实自己也没帮他爸爸多少，再说老邻居相处多年，互相帮助，都是应该做的。周宏亮擦了擦眼泪，问："你有李叔的电话吗？我想约他出来，晚上请你们吃顿饭，也算我的一点心意。"

阮叔推辞说："你刚出来，还是先把家收拾收拾，然后再琢磨着干点什么吧，你的心意我们都了解，这顿饭就免了。"

周宏亮虽然没见过老李，但以前他爸爸在给他的信里，详细说过他们相识的经过。

那是两年前的一天早晨，老周背着袋子去捡破烂，恰好垃圾箱边有条狗在找食吃，他抬腿对狗踢了一脚，想把它赶走，没想到那狗竟兽性大发，疯了一样把他扑倒在地，狂撕乱咬。老周被咬得高呼救命。

在这性命攸关的时刻，老李从家里出来，一见此状，连忙从地上捡了块砖头朝狗砸去，那狗又转身向老李扑去。老周从地上爬起来，蹿到旁边一辆拉砂子的平板车上。那狗仍在下面狂吠着，大有咬不死老周不罢休之势，就在老周自忖性命难保之时，

老李抓起车上的铁锹，鼓起勇气冲过来，狠狠一锹砸在狗的腰上，那狗这才哀嚎着跑了。

老李将老周送到医院，打了狂犬疫苗，腿上的伤口足足缝了二十多针。老周在信里说，如果不是老李仗义出手，那天恐怕他就得被狗咬死，老李是他的救命恩人哪。

所以，周宏亮执意要请两位老人吃饭。见他如此坚持，阮叔只好拨通了老李的电话，约好了晚上在附近的一家饭店见面。周宏亮先去饭店订好了酒菜，然后买了些香烛、纸钱去寄存父亲骨灰的地方大哭了一场，回家收拾了屋子，又花两百块钱买了个

手机。这一通忙活下来，时间就差不多了，他赶到饭店后，站在饭店外面等老李和阮叔到来。

离约定时间还有十分钟时，阮叔和一位五十来岁的男人转过街角走了过来。不知为什么，周宏亮感觉那人十分面熟，却怎么也想不起在哪里见过这人。这时两人已经来到面前，阮叔介绍说："宏亮，这位就是你李叔。"

周宏亮赶紧退后一步，向老李深深鞠了一躬，说："李叔，谢谢您对我爸爸所做的一切。"

老李淡淡地说："我和你爸一见投缘，是朋友嘛，你用不着这么客气。不过话说回来，你的事儿我听说过一些，这辈子我最恨的就是强盗小偷，你要是真想谢我，以后就千万别再干那些缺德事。"

没想到老李说话如此直率，周宏亮臊得一张脸腾地红了起来，说："李叔你放心，出狱之前我就发了誓，我不但要凭自己的力气赚钱吃饭，不偷一分一毫，而且还要尽可能地为社会做些好事，弥补我以前犯下的过错。"

阮叔见周宏亮有些尴尬，忙打圆场说："宏亮你别介意啊，老李就是这么个直脾气，前些年他在城里打工的儿子处了个女朋友，他取出全部积蓄准备给儿子交首付买房子，没想到钱被人抢了，害得他儿子儿媳到现在还租房住呢，所以他从骨子里憎恨抢劫和盗窃的，倒不是针对你。"

周宏亮听了脑子"嗡"的一声，终于想起为什么看老李眼熟了。五年前，他和大头狼守在银行门口蹲点，看见一个人取了很多钱出来，便尾随那人到了僻静地方，一棍子敲在那人的后脑上，将人打晕抢走了十四万。而那个倒霉的失主，就是眼前的这位老李。

只听老李叹了口气，说："为了买房子，我儿子儿媳去了南方打工，一年都不回来一趟，我也省吃俭用口挪肚攒，可到现在都拿不出个首付，一想起这事儿我就生气，那个该死的家伙，让我抓到他，我绝饶不了他！"

周宏亮听得心如刀刺，他赶紧岔开话题，请两人进了饭店。好在老李再也不说这类话刺激他，转而讲了一些和周宏亮的爸爸交往的事情，之后又问周宏亮有什么打算，还热心地出了些主意。

一个小时后，吃好饭，周宏亮回到家里，躺在床上，开始思索这一天发生的事情。在出狱之前，他把未来的生活想得很美：大头狼跟他说那饭店这几年赚了三四十万，也就是说，他可以分到十几、二十万，然后用这笔钱再开一家饭店，自己这辈子就不用愁了。哪想到，大头狼这个混蛋翻脸无情，让他的美梦一下子成了泡影。

　　本来他还想着，以后要让爸爸过上舒心的日子，没想到天不遂人愿，爸爸就这么突然地走了，他再也没有尽孝的机会。还有爸爸的恩人老李今天的困境也是自己一手造成的，就算不报答人家，起码也应该把欠人家的还回去呀！如果连这一点都做不到，这辈子他都不会安心。

　　周宏亮正胡思乱想着，突然外面响起一阵敲门声，开门一看，竟然是大头狼。看着大头狼笑容满面的样子，周宏亮心里不由得一动，莫不是这混蛋良心未泯，给自己送钱来了？

3. 正义行动

　　大头狼进了屋，一番东张西望后，问："老爷子不在家？那正好，我有点事要跟你商量一下。"

　　周宏亮心里暗骂，这家伙说什么前几天还来探望过老爸，全是假话。但他懒得戳穿这家伙的谎话，不耐烦地问他有什么事。大头狼也不兜圈子，直截了当地说："你不是想要钱吗？只要你帮我办件事，我就给你一万块。"

　　原来，大头狼的烧烤店生意越来越好，客人越来越多，烧烤店就显得地方太小了。恰好烧烤店隔壁的店铺要转让，大头狼准备把那家店铺租下来，然后两家打通，扩大规模经营。

但他手里只有三万块，所以今天下午，他又从他舅舅那里借了五万块。他想让周宏亮去他舅舅那里，把欠条偷出来，没了欠条，这笔钱他就不用还了。

　　周宏亮听了，气得肺都快炸了，心说：这家伙连自己的亲舅舅都算计，难怪他对朋友无情无义了。周宏亮忍住火，冷笑着说："对不起，我早就发誓再不偷了，这事我干不了，你还是自己去干吧。"

　　"你又不是不知道，打打杀杀我还行，开门撬锁我不会啊。"大头狼嬉皮笑脸地说，"要不，我给你两万块，这总行了吧？"

　　周宏亮打开房门，沉默地看着大头狼。大头狼碰了一鼻子灰，骂了两句脏话，走了。

　　周宏亮关上房门，正想躺回床上，突然心里一激灵，大头狼既然想让自己去偷欠条，说明那五万块肯定已经借到手了，他会不会把钱放在家里呢？

　　他想，当年抢老李的十四万，被大头狼用来开了烧烤店发财了，而自己却欠着老李的人情还不上，为什么不从大头狼身上拿这笔钱呢？他觉得这次出手是帮老李拿回本来属于他的东西，是正义行动，想来爸爸的在天之灵也会原谅自己吧？

　　这么一想，周宏亮再也坐不住了，赶紧穿衣出门，正好看见大头狼

钻进一辆车里扬长而去。

他拦了出租车一直跟着大头狼回到烧烤店。他见这时烧烤店食客爆满，估计大头狼不会提前回家，此时动手正是天赐良机。

周宏亮趁着夜色来到大头狼家，用钢丝熟练地打开门锁，一进屋他呆住了，以前他来过无数次的这间破屋子，如今已经装饰一新，豪华气派，看得出来，大头狼确实没少赚钱。

周宏亮在屋子里翻找了半天，也没找到一分钱，他不由得有些奇怪，如果说大头狼把钱存进银行，或者随身携带，倒也说得过去，但是最起码大头狼家里应该有房产证户口簿这类东西，他藏到哪里去了？

周宏亮在卧室、客厅里又转了一圈，然后来到厨房，厨房里各种用具都是新的。他打开厨柜，里面整整

齐齐摆着盘子、碗等东西。他扫了一眼，随手关上柜门，可突然感觉到有些不对劲，他再打开柜门，终于发现所有东西都摆放得整整齐齐，偏偏那装筷子的立筒却倒在柜子中间。

他想，大头狼单身一人，本来就不会做饭，如今又开着烧烤店，几乎不可能在家里开伙，更不可能挪动这个立筒，那它为什么没在应该在的位置呢？

周宏亮蹲下身来，仔细检查厨柜，不一会儿，果然发现在厨柜靠墙的一面有个暗门，打开一看，里面除了房产证和一些重要单据，果然有八万块现金。周宏亮大喜过望，赶紧装起钱，又将厨柜恢复原样，然后迅速撤离。

虽然这八万块钱远远不够弥补老李的损失，但对周宏亮来说，对老李的愧疚减少了几分。只不过，如何把这些钱还给老李，他又挠起头来：以报恩的名义直接给老李？没法解释为什么给人家这么多钱；跟人家实话实说，坦白交代自己就是当年抢他钱的劫匪？他又不敢。

周宏亮翻天覆地琢磨了一夜，最后决定悄悄把这钱放到老李家里。

周宏亮不知道老李的家在哪儿，但他记得昨天

晚上喝酒的时候，老李说过，他在城南一家工具厂上班。第二天临近中午的时候，周宏亮躲在离工具厂不远的地方，等老李下班出来后，他远远地跟在后面，十多分钟后，见老李走进了一个独门小院。

周宏亮在老李上班的必经之路上找到了一家小面店，要了一碗面、一瓶啤酒边吃边等。大约过了一个小时，看到老李匆匆忙忙去上班了。周宏亮急忙来到那间独门小院，轻松地打开门锁，闪身进屋。

桌子上摆着两张相框，一张是老李微笑着搂着另一个男人的肩膀，另一张是一对年轻男女的幸福瞬间。周宏亮见了心里一阵难过。他想自己和大头狼抢的十四万，也许就是老李为了给这小两口买房的钱吧？

周宏亮抬眼打量了一下屋子，见屋里虽然没什么值钱的东西，但收拾得很干净，窗台上还摆着几盆花和一个大鱼缸，几条色彩鲜艳的金鱼正在清澈的水里游来游去。他心说：看不出来，这老李还是个很有生活情趣的人。周宏亮不敢久留，将八万块钱摆在客厅里的茶几上，然后匆匆离去了。

这几年县城发展速度很快，很多地方都在大兴土木，周宏亮决定先去找个体力活儿干几个月，等赚了一点钱再琢磨做个小生意。不料这年月农民出来打工的太多了，他走了几家

工地也没找到活儿。他正犯难时，突然接到大头狼打来的电话。原来大头狼去了他家，见他不在，从邻居阮叔那里要到了他的手机号码。只听电话那头大头狼怒气冲冲地问："王八蛋，你他妈的在哪儿呢？"

周宏亮一听就猜到大头狼发现钱丢了，并且怀疑到了自己身上。对此周宏亮早有准备，他故作奇怪地问："怎么了？大头狼，干吗发这么大的火？"

大头狼依旧怒气冲冲地说："少废话，告诉我你在哪儿，我这就去找你。"

周宏亮知道这件事躲是躲不了的，于是报出了自己的地址，不一会儿，大头狼开着车杀了过来，接他上了车，一溜烟回到大头狼的家。进屋后，大头狼把周宏亮推坐在沙发上，寒着脸问："我的八万块在哪儿？"

"什么八万块？你说的话我怎么听不懂呢？"周宏亮早就铁了心死不承认，他想只要没有证据，大头狼没办法确定是他偷了钱，只能吃了这个哑巴亏。

大头狼冷笑道："看来，你是不见棺材不落泪啊，是不是以为我没证据，奈何不了你啊？"

大头狼边说边将桌上的手提电脑掀开，屏幕上立刻显现出此时此刻屋里的情景，周宏亮一见，惊得跳了

起来，叫道："你 你居然在家里装了监控？"

"老子经常带些女人回家，为了记录下那些美妙瞬间，所以特地装上了监控，没想到还能抓贼。"大头狼得意地一边调出周宏亮在屋里翻箱倒柜的视频，一边嘲弄道，"你在监狱呆傻了吧，不知道世界变化有多大，一个普通的监控就能做到录像和录音，很意外吧？赶紧把钱交出来，我就当这事没发生过，要不然，你应该知道我会怎么对付你。"

4.巨款失踪

周宏亮心里悔得要命，打死他都不会想到，大头狼居然还有这一手，这下自己的如意算盘打砸了。他用力咽了口唾沫，试图用真情打动对方，说："大头狼，还记得你找我合作的时候，你什么都不会，不管是我偷人钱包，还是撬人家门锁，你只能在一旁望风，但咱们偷了那么多钱，我都跟你平分了。我周宏亮没差过事吧 "

"少他妈跟我说这些，你倒是想不跟我平分，可你敢吗？"大头狼轻蔑地说，"抢这十四万的时候，那一棍子是我打的，钱当然全是我的，有意见，你可以去告我呀！"

看着大头狼蛮横无赖的样子，周宏亮心冷了，但他还想做最后的努力，于是三言两语说了他这次偷钱的原因，眼巴巴地看着大头狼，希望他能良心发现，不再追究这笔钱。但大头狼才不管这些，不屑地说："他救的是你爸，跟我有什么关系？别他妈磨叽了，赶紧把钱给我拿回来，要不然现在我就废了你。"

看来，不还钱是不可能的了，周宏亮被逼无奈，只好带着大头狼来到老李家。趁着老李还没下班回来，周宏亮打开门锁，可进屋一看，傻眼了，茶几上除了一只烟缸，什么都没有，那八万块已经不翼而飞了。

大头狼勃然大怒，一脚将周宏亮踹翻在地，吼道："到了现在还跟我玩心眼，你不是说钱放在茶几上吗？钱呢？"

周宏亮也慌了，急忙说："都这个时候了，我骗你干什么？我确实放在茶几上了，会不会是老李回来过？把钱收起来了？"

两人赶紧翻箱倒柜，把屋子里里外外搜了个遍，却一无所获。大头狼急了，让周宏亮给老李打电话，问问他现在在哪里。可周宏亮拨过去后，电话语音提示对方关机，大头狼一听，说："钱肯定被他拿走了，他怕有人回头找钱，所以想把钱转移死不认账，还心虚地关了手机。你赶紧想想，现在他最有可能在哪儿？"

"我怎么知道他可能在哪儿？"周宏亮愁眉苦脸地说，"除了这儿，

我只知道他上班的地方，要不，咱去那儿找找？"

事到如今，也没有其他更好的办法。大头狼开着车向老李单位驶去，可到了那儿才知道，人家单位已经下班了。两人无奈，只好又开车往回走，想到老李家等他回来。当车在路口等红绿灯的时候，只见一个人拎着袋蔬菜，横过街道。周宏亮一看，这人不是别人，正是老李。

大头狼对周宏亮说："先跟他一起回家，然后想办法把钱弄回来，记住，绝对不能说我们抢他钱的事儿，你要敢说，我就做了你。"

周宏亮苦笑一声，这事儿不用大头狼叮嘱，他也不敢往外说呀，要是让老李知道他就是抢钱贼的话，人家不报警才怪。他应了一声刚要下车，没想到就这工夫，只见老李上了一辆向城西去的公交车。两人只好开车跟在后面。

公交车来到城西的站点时，老李下了车，直接拐进了一条小胡同。周宏亮和大头狼面面相觑，这个地方离老李家有十几分钟路程，这都饭点了，他拎着菜不回家，跑到这里来干什么？他们见老李已经走出很远了，大头狼忙把

车拐进胡同，追到老李身边，周宏亮跳下车，叫了声"李叔"。

老李转过头来，见是周宏亮，不由愣了一下，问："是宏亮啊，你怎么在这儿？"

周宏亮早就想好了说辞，坦然道："今天没什么事儿，想到李叔您家认个门，可打你电话怎么也打不通，没想到在这碰上了，您手机没开吗？"

"我手机一般都开着，怎么会打不通？"老李一边说，一边拿出手机，这才发现手机没电自动关机了。周宏亮指着车上的大头狼介绍说："李叔，上车吧，他是我朋友，你告诉我们怎么走，咱们这就去你家。"

老李笑了，说："还上什么车呀？咱们已经到家了。"说着，他紧走几步，打开旁边一间小院的门锁，请周

宏亮和大头狼进去。

大头狼疑心顿起，低声对周宏亮说："你他妈的敢骗我？刚才咱们去的不是他家？"

周宏亮也蒙了，疑惑地问："李叔，你说这儿是你家？那城南那房子是怎么回事啊？"

"城南那房子？那是我朋友老张家，他去市里他儿子家了，得半个月才能回来，就把钥匙放我这儿，让我帮他喂喂鱼、浇浇花，你怎么知道我去过那里？你跟踪我？"

周宏亮说："跟你合影的朋友就是老张？那张照片里的小两口是他儿子儿媳？"

老李冷着脸问，"你告诉我，为什么要跟踪我？为什么闯进老张家？"

大头狼把这些话听了个一清二楚，他是多年的老江湖，也看到了那两张照片，马上明白了周宏亮误会的缘由，更看得出老李说的是实话，那么十有八九是老李的朋友突然回家拿走了钱。他迫不及待地说："李叔，你先别问为什么，你现在赶紧给你朋友打个电话，问问是不是他回来了？"

"我不打。"老李紧盯着周宏亮的眼睛说，"你先把事情给我说清楚了，到底怎么回事？想到我家，为什么不光明正大找我，偏偏要玩什么跟踪？为什么要找我朋友？这事儿跟

他有什么关系？"

大头狼急得都火上房了，他见这个老李一点都不识趣，刚想发火，可随即意识到不能硬来，他给周宏亮使了个眼色，示意他编个谎话圆过去。周宏亮会意，叹了口气，说："李叔，您对我爸爸有大恩，我这一直惦记着想报答您吗，但我知道要是直接给钱，您肯定不能要，所以我跟踪您找到您家，然后偷偷放下八万块钱，算是我的一点心意，可我没想到，那是您朋友家，现在这钱不见了。您赶紧给问问，是不是您朋友拿了这钱，要不是他拿的，这麻烦可就大了。"

5. 拒绝报答

老李不敢相信地看了周宏亮，好半天才说："你这孩子，怎么这么糊涂啊？我怎么能要你的钱　不对啊，既然你把钱放那屋里了，又怎么知道钱不见了？你又去过？去干什么？还有，你哪来这么一大笔钱？你不是又去偷了吧？"

说到这儿，老李已经是声色俱厉了，周宏亮心里哀叹：这老李还真不是个好糊弄的人。但他仍然想继续编故事，蒙混过关，于是指着大头狼说："这钱当然不是偷的，是我向他借的，可当我把钱放那屋里之后，他家里突然出了点急事，需要用钱，我没办法，只好想先把钱拿回去，等以

后有机会再报答您，可没想到钱却不见了。"

老李沉思着，但脸色却越来越阴地说："我根本不相信你说的这些话，不过我可以告诉你，就算你真把钱放那屋里了，也不可能是我朋友拿了，他根本就不是那种昧着良心的人！"

说完，老李转身进屋，换了块手机电池，然后拨了个号码，问："老张，我是老李，你在哪儿呢？"

大头狼抢着按下手机的免提键，只听里面传来一个爽朗的声音："你这不是明知故问嘛，我在市里呀，你怎么想起来给我打电话了？"

"你真在市里呢？没回来？"

"老李你什么意思啊？我要是回去能不联系你吗？怎么了，家里有什么事儿吗？"

"没事没事，我家里有客人，等一会儿忙完了再给你打。"老李挂断了电话后，对周宏亮和大头狼说："你们都听到了吧，不可能是我朋友拿的钱，会不会是进了小偷？对了，我还是报警吧。"

说着，老李就要按110，大头狼和周宏亮不约而同地按住他的手："不能报警！"

老李冷冷地扫了两人一眼，问："丢了钱为什么不能报警，难道这钱有什么见不得人的事？"

此刻，大头狼懒得继续演戏，他拉下脸，说："老头儿，实话跟你说了吧，这钱是他从我那偷的，要是报警，他就得被抓进去，所以还是别报警的好。"他说罢，上前一把揪住周宏亮的衣领，抬手左右开弓"啪啪"用力抽他的脸，狞笑着说，"我不管这钱是被人偷了，还是你他妈跟我撒谎，反正这钱我只朝你要，说，什么时候还我？"

周宏亮无奈地说："这钱我一定还你，实在不行我给你打欠条，你先放手——"

看着周宏亮的窝囊相，老李又气又恨，蓦地大喝一声："滚，你俩有什么事自己去解决，别在我家里瞎折腾，马上给我滚！"

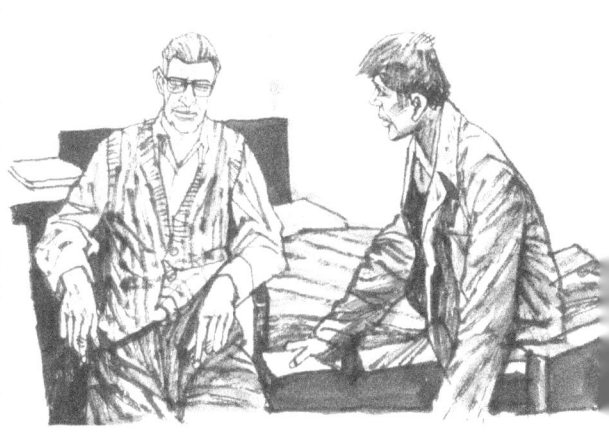

赶走了这两个人，老李也没心思做饭，一屁股坐在床上生闷气，就在这时，一个人推开门，大大咧咧地走了进来，竟然是刚才与老李通电话的老张。老李揉了揉眼睛，说："你不是在市里吗？什么时候回来的？"

老张笑呵呵地说："我下午就回来了，怎么了？"

"下午就回来了？你干吗跟我撒谎？你回家了吗？看到你家里茶几上的八万块钱了吗？"老李一连串问题脱口而出，"那钱是不是你拿走的？"

老张慢悠悠地掏出一张存折，拍在床上，说："别紧张，那钱就是我拿走的，全在这儿呢。我说老李，你怎么搞的，就算我把你钱拿走了，你也该想到我是好心帮你保存，怎么还把我家翻得乱七八糟啊？"

原来，老张因为儿子的岳父岳母也去了市里，家里住不开，他就提前回来了。到家之后，意外地看到了茶几上的八万块钱。他想家里的钥匙除了他，只给了老李，这钱当然是老李放在这儿的了。他急忙给老李打电话，可老李的手机关机了，打了几遍都没打通。

老张觉得这么一笔巨款不管是放在家里，还是带在身边都不安全，于是他决定先把钱存进银行。存好钱他就去老李单位找老李，可那时候老李已经下班走了。他又赶到老李家，可等了半天老李也没回来，他就琢磨是不是老李去了自己家，于是又赶回家，结果看到家里被翻得乱七八糟。老张又好气又好笑，心想这肯定是老李回来后，发现钱不见了，以为自己给藏了起来，所以才一通乱翻。就在这时，老李打来电话，老张决定吓唬他一下，所以才说自己还在市里。

老李听老张一番解释后，才明白了事情经过，他叹了口气，说："老张啊老张，不是我说你，都这么大岁数的人了，做事怎么不动动脑子？这八万块钱的大事，你也能当玩笑来开？你可知道宏亮那小子因为这钱被折磨成啥样了？"

老李边说边拨了周宏亮的手机，说："宏亮，我是你李叔，有急事找你，赶紧和你朋友过来一趟。"

十多分钟后，周宏亮独自一人来了。原来，离开老李家后，在大头狼的威逼下，周宏亮给他打了张八万块的欠条，大头狼收起欠条，扔下周宏亮开车扬长而去。

老张见了周宏亮，又把刚才的事情讲了一遍，然后把存折塞到他手里，说："你的事情，刚才我都听你李叔说了，明天赶紧把钱取出来还给人家吧。不好意思，我刚才不该开那个玩笑，让你多受了不少苦。"

周宏亮怔怔地看着手里的存折，不敢相信地问："张叔，你知不知道，如果你不承认这钱在你手里，这钱就是你的了，这可是八万块啊。"

老张一听，脸一下子沉了下来，生气道："小伙子，你说的这是什么话？我老张一辈子光明磊落，怎么可能干这种不要脸的事儿？"

"那李叔呢？李叔你不正缺买楼的首付吗？"周宏亮又转向老李说，"为什么不干脆留下这钱？"

老李不屑地说："就算我再缺钱，也不会要你们这些脏钱。算了算了，这种事情一时半会跟你说不清，你也理解不了。真不知道老周那么好的人，怎么就生了你这么个不争气、不懂事的儿子。你走吧，赶紧走吧，以后再别来找我，我不稀罕你的报答。"

说着，老李不由分说将周宏亮推出屋去。周宏亮呆呆地在门外站了好久，他想起了父亲弥留之际留下的遗愿，想起了自己无数次发过的誓言，想起了出狱短短两天后发生的这一切，他终于知道自己该做些什么了。

6.干净做人

周宏亮来到城西派出所，说要自首，然后把当年和大头狼联手做过的所有案子和这两天发生的事情一股脑说了出来，当负责处理这事的王警官将一副锃亮的手铐铐在他的手腕上时，他如释重负地长舒了口气。

王警官有些好奇地问："你来投案自首，是想让警方帮忙追回你李叔那十四万，让大头狼得到惩罚，这我能想得到，但应该还有其他原因吧？"

"还有一个原因，就是我突然之间想明白了。"周宏亮感慨地说，"虽然我出了狱，但我心里的锁一直没打开。要想重新开始新生活，就必须把以前的债还清，把身上的脏东西洗干净！所以我宁愿再进监狱服刑改造，和肮脏的过去做一个彻底了断。"

王警官竖起大拇指，由衷地说："你能有这样的觉悟，了不起。虽然你这些案子都不小，但法庭一定会充分考虑你的自首情节和心路历程。放

心吧，我们这就去抓捕大头狼，他跑不了的。"

没多久，王警官将大头狼带来了，可大头狼把所有的事情推了个一干二净，他说自己和周宏亮只是普通朋友，虽然当年有过交往，但犯法的事儿从来没干过。至于他开饭店的本钱，是他家房子拆迁时得的补偿金，跟周宏亮一点关系都没有。他说周宏亮之所以检举他，是因为想敲诈他的钱被拒绝了，所以才像疯狗一样乱咬。

王警官无奈，只好让周宏亮出面和大头狼对质，但大头狼咬紧牙关拒不交代，反而让周宏亮拿出指控的证据来。周宏亮本来可以让老李来做证，但当年大头狼那一棒子是在老李背后打的，老李根本没看见袭击他的人。而大头狼当然明白这一点，所以他才如此有恃无恐。

至此，周宏亮才知道自己把事情想得太简单了，两人当年干的都是见不得人的勾当，掖着瞒着还来不及呢，哪里可能留下什么人证物证？唯一败露的那起盗窃电缆案，自己早已全扛下了，现在只要大头狼矢口否认，他还真没什么好办法。

时间飞逝，转眼十二个小时过去了。大头狼愈发嚣张起来，一个劲地嚷嚷，要求王警官赶紧放了他。王警官无奈地对周宏亮说："我们扣押嫌疑人是有时间规定的，如果你不能提供有效证据的话，我们只好放人

了。"

周宏亮无计可施，只好沮丧地点点头。见他一副无计可施的样子，王警官遗憾地说："要是你能早点下决心多好，在他去找你偷欠条的时候，趁机提一提以前的案子，再把谈话内容录下来，现在他就没法抵赖了。"

把谈话内容录下来？周宏亮恍然大悟，兴奋地叫起来："监控装置，大头狼家里有监控装置，能录像、录音，可能录下了我们在他家里发生的事情，王警官，当时我们说了很多以前的事情，绝对可以作为他犯罪的证据……"

一听监控装置，大头狼脸上一下子失去了血色，他歇斯底里地冲着周宏亮大骂："王八蛋，你是不是缺心眼？把我送进去对你有什么好处？"

周宏亮知道自己猜对了，当大头狼拷问自己的时候，忘了关闭监控装置。周宏亮开心地大笑起来，说："把你这种人关进去，对这个社会有好处，虽然我会因此重回监狱，但我九泉之下的父亲一定会为我祝福的……"

（题图、插图：杨宏富）

延伸阅读

您想阅读这位作者的其他精选作品和创作感言吗？请扫描右边的二维码。更多精彩，立刻体验。

对付老公的酷刑

◆ 第一刑：铁将军

铁将军适合对付晚归之男人，铁将军把门，从里面反锁，晚归的男人都自知理亏，基本只能在门外低声哀求，挨上半宿冻才能进门。

◆ 第二刑：无情水

无情水适合对付酗酒的男人，当男人醉酒，回家发癫之际，一盆冷水倾头而下，借酒壮胆想发飙的男人必定会六神无主，然后你就可以拧起他的耳朵开骂了。

◆ 第三刑：跪搓板

跪搓板适合对付"妻管严"之男人，一旦此类男人说话做事不靠谱，女人在他人面前会隐忍不发，待到了夜深人静即将入眠时分，女人丢一搓衣板至男人面前，保证三个月内男人乖顺无比。

◆ 第四刑：狮子吼

狮子吼适合对付心不在焉之男人，阁下一声狮吼，包他如灌醍醐立马清醒！

◆ 第五刑：揪心拧

揪心拧适合对付做错事之男人，工具为阁下的大拇指和食指关节，要舍得下点狠劲。适用部位：最佳施刑位置为男人之耳朵，其次为男人其他皮薄肉少的柔软部位，但其禁区切不可动，除非阁下想让此男人成为太监自另当别论。

（推荐者：赵鸿祥）

（插图：安玉民　梁　丽）

据统计，男人通常爱说以下的谎言：

◆ 我还是想跟你在一起。——他现在已有女友，或已有妻子。

◆ 我绝对不会告诉别人。——他认识的人除外。

◆ 我会再打电话给你。——结束谈话的最好方式。再打电话？下辈子吧。

◆ 你的过去我不在乎。——如果你没做什么坏事的话。

◆ 其实我刚刚一直在想你。——昨天呢？前天呢？还有明天呢？

◆ 我绝对不会对你说谎！——但是也不会说实话。

◆ 如果没有你，日子该怎么过？——过几天看看，他还不是活得好好的？

◆ 你是我的唯一！——你是唯一不知情的。　（推荐者：张心涛）

男人的花言巧语

人体器官搞笑求婚

◆ 眉向目求婚，没想到目立马答应了。眉吃惊地问其中的原因，目笑答：我妈说了，你我长相都不错，是天生的一对，将来有了孩子一定会眉清目秀。

◆ 鼻向脸求婚，没想到遭到双方家长的强烈反对，理由只有一个：他们都不想让鼻青脸肿的悲剧在自己孩子身上发生。

◆ 口向舌求婚，没想到遭到舌的拒绝。口不解地问舌这是为什么，舌小心翼翼地回答：我妈说了，你嘴皮子太厉害了，她不想让我将来在你面前张口结舌。

◆ 背向腰求婚，没想到遭到腰的拒绝。背问腰这是为什么，腰认真作答：好身材十分重要，我讨厌虎背熊腰的人。

◆ 手向足求婚，足满口答应，并对手说：我终于找到知音了，以后你我就可以随时随地手舞足蹈了。

◆ 胸向背求婚，却遭到背的拒绝。胸问背这是为什么，背回答：你太性感了，经常袒胸，担心结婚后我会跟着你露背。

◆ 头向脑求婚，脑想都不想一口答应。头感到意外，问脑为什么不与你妈商量一下，脑痛快道：你呆头我呆脑，咱俩是绝配。

◆ 唇向舌求婚，没想到舌一口回绝。唇问这是为什么，舌一脸不屑：我妈说了，你是枪，我是剑，不想让你我唇枪舌剑打嘴仗。

◆ 头向臂求婚，没想到臂坚决不答应。头问这是为什么，臂满脸忧虑：你三头我六臂，真担心结婚后天天都是惊天动地的日子。

◆ 脸向牙求婚，没想到遭到牙拒绝。脸问这是为什么，牙的脸上写满惊慌：你青面，我獠牙，结婚后天天在一起，太恐怖。

◆ 心向手求婚，手问：你不怕我手辣？心回答：不怕，因为我心狠。

◆ 头向脸求婚，脸坚决拒绝。头问这是为什么，脸看着别处：地球人都知道你喜欢改头换面，我不想跟着你每时每刻变个不停。

（推荐者：许志刚）

贬义词新解

◆ 见风使舵：这样才能一路顺风。

◆ 班门弄斧：不迷信权威。

◆ 滥竽充数：站在队伍里，如果不会唱，绝不乱唱，这也算是一种道德。

◆ 掩耳盗铃：比不掩耳者低调。

◆ 舍近求远：兔子还不吃窝边草呢。

◆ 对牛谈琴：音乐可以提升牛奶的质量。

◆ 狐假虎威：不借领导的威信，你们能服我吗？ **（推荐者：格永泉）**

动感地带 "码"上开始

请用手机或电脑扫描下列二维码，开启全新的视听旅程！（推荐使用"快拍二维码"www.kuaipai.cn）

责任编辑访谈

您对本期故事有什么意见和建议？您想了解更多《故事会》的信息吗？本期《故事会》责任编辑将通过新浪微博与读者活动，回答读者提出的问题。本期责任编辑：黄一鸣。具体参与方式：在 10 月 12 日前扫描右侧二维码登录新浪微博，关注 @ 故事会，并提出问题。

微信有奖竞猜

故事会正式开通微信官方账号！您有 2 种方法关注我们：1. 用微信客户端扫描右侧二维码；2. 查找微信号 story63。通过微信，您将免费读到我们准备的精彩故事，了解《故事会》活动信息，还能获得动感地带有奖竞猜的特权，答题赢取精美奖品哦！

参与本期竞猜办法：请使用微信发送答案字母（题目见 P84）给故事会，我们将从回答正确的读者中抽取 3 位幸运者，赠送故事会公司出版图书一册。（竞猜只限微信用户哦！）

微故事大赛

故事会·新浪微故事大赛正在如火如荼地进行中，扫描右边的二维码，即可进入本次大赛的新浪官方微博，最新作品、比赛详情，一码搞定！

看视频

扫描右边的二维码，您将看到一组我们精心挑选的幽默视频，定会让您开怀惬意，捧腹不止！本组视频由 新浪视频 提供。

囧段子

是不是嫌一期《故事会》上的笑话不过瘾？我们为您搜集了网上流传的爆笑段子，每周更新，保证内容新鲜火热，让您看到合不拢嘴哦！

您对于本栏目的设置有任何意见或建议，欢迎登录故事中国网ｗｗｗ．storychina.cn 论坛反映。

友情提示：尽管《故事会》是免费向您提供以上增值服务，不过您如果用手机上网下载音频、视频文件，将产生额外的流量费，且速度较慢，建议您在wifi环境下使用。

荒岛生存

·神探夏洛克·

风暴中，一艘载有猎犬幼崽的货船搁浅在一处荒岛，生活物资残存无几。数月后，该船被营救，可只剩下船长一个人了。据航行日志记载，该船出发时还有好几位船员和十余只猎犬幼崽，现在却都意外失踪，神探夏洛克奉命了解事情经过。

面对神色镇定的船长，夏洛克眉头紧锁，因为暂时无法实地调查取证，他决定用激将法审讯，脱口问道："其他人呢？难道你把他们吃了？"

船长有些恼怒："什么话！我也是有人性的，怎么会吃得下人肉！"

夏洛克仔细观察他的表情，确实不像说谎的样子，不过其他船员到底去哪了呢？亲爱的读者，你敢试着推理吗？

疯狂QA

清末，京城有一家画店的店主为人仗义，得罪了清宫大总管李莲英，李莲英一直伺机报复。这日，李莲英来到画店，说是奉慈禧太后的命令，让画店在一张5尺的宣纸上画出9尺高的观音像，一日之内必须完工。

这把店主给难坏了，这时，一个小画师对店主说："师父，让我来试试吧。"说完，他磨墨展纸，一挥而就。在场的人看完后，无不称奇。你知道这个小画师是怎么画的吗？

思维风暴 趣味火柴推理

根据前5幅火柴图形的递变规律，找出下一个图形应该是A、B、C、D中的哪一个呢？

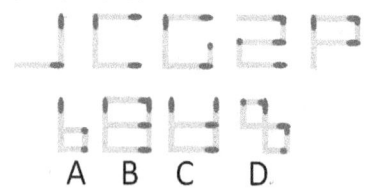

A　　B　　C　　D

（本题可加《故事会》微信参与有奖竞猜！具体方法请见P83。）

超级视觉 他往哪里去

这是一张1904年的外国招贴画。画面中，男子骑着马的剪影有着模棱两可的感觉。你觉得他的方向是哪里呢？（提示：可参考图中的小狗）

想知道答案吗？方法一，直接扫描二维码。方法二，登录http://t.cn/zQslXnH，查询"动感地带"答案的同步更新。方法三，购买2013年11月上《故事会》！动感地带，与您不见不散。上期答案见本期P14。

你有名片吗

□ 朱道能

清明节那天，阿亮去给妈妈扫墓。他来到祭品店，老板热情地拿出一个纸盒说："给亲人送个iphone5吧。"阿亮逗趣道："老板，我妈妈是个老太太，这手机她不会用啊。"

老板不假思索地说："所以嘛，乔布斯早就想到了这一点，这才亲自下去教了。"阿亮苦笑了一下，只好付了钱。他刚准备走，老板又突然想起什么，说："慢着，你还没买手机充电器呢。"

阿亮不耐烦了，说："有完没完啊，还充电器？我不要！"

老板不恼，慢声细语地说："不要可以呀，不过等手机里电池用完了，就不怕老太太半夜去找你？"

清明节听这话，阿亮禁不住汗毛直竖。见阿亮愣着没再吱声，老板立即把充电器塞进袋里。

阿亮皱了皱眉，只好又掏出钱包。这时，老板又拿出了一大堆东西，都是纸糊的，有充值卡、保护套

当阿亮把钱递过去时，还是忍不住揶揄了一句："这下老太太不会找我了吧？"

老板笑嘻嘻地数着钱，说："暂时不会。不过你知道的，乔布斯的产品更新换代快。"

阿亮打断他的话，问："老板，你有名片吗？"

老板一时没有反应过来，顿了一下，才连忙说："有！以后再需要什么，就打电话联系我。"

阿亮接过名片，随手就放进塞满祭祀品的袋子里。

老板愣了一下，问："你这是什么意思"

阿亮微微一笑，说："我把你的名片一起烧给我妈，以后她再需要什么，就直接打电话联系你"

讨口彩

□ 玉 荷

张三这几年省吃俭用，攒了些钱，加上公积金贷款，买了套房子。房子不赖，三室两厅，交通也挺方便。他请装修公司装修后，找人挑了个日子，打电话找搬家公司，搬了进去。

到了周六，亲戚们聚到了张三

的新家里，来道贺。大家在卧室里、厨房里、客厅里到处转，敲敲这儿，摸摸那儿，一会儿打开灯，一会儿拉上窗帘，啧啧赞叹：行！不错！

张三的姨子是个喜欢嫉妒的人，看到张三的房子比他们家的好，醋意顿生，就千方百计想找出点毛病，败败兴。她东瞅西看，西看东瞅，终于，当她看到厨房上铝塑板扣的顶时，眼睛不由蓦地一亮，心想，有了。她摇摇头说："姐夫，你们这房子，好是好，可就是这顶吊得不怎么样啊。你看，你这铝塑板，只有灰和黄两种颜色，是不是显得太单调了？我们那房子装修时，就选了白、灰、黄几种颜色，富有变化，老漂亮了！"

张三听了，挠挠头说："被你这么一说，还真是这么回事。"张三的女儿听到这里，看不过去了，走过来对张三的姨子说："这你就不懂了，现在干什么不都图个吉利？连选车号都选六和八，所以我们这厨房的顶在装修时，也是被装修公司赋予了深刻的含义的。"

张三的姨子眨眨眼问："含义？啥含义？"

张三的女儿说："灰和黄，就是辉煌的谐音啊，是吧？可你们家的就不同了，你琢磨琢磨。"

张三的姨子一琢磨，脸顿时红了，因为要是这么论含义的话，那他们家的就是白"辉煌"。

撒谎的代价

□ 张 芜 改编

有一位女士来到彩票站，对工作人员说："我想买一张彩票，但却不知该选什么号码，您能帮我选一选吗？"

工作人员见有生意，自然很爽快地答应了。他考虑了一下问道："能告诉我您出过几次国吗？"

那位女士挺干脆地回答："四次。"

"好，那我们第一个数字就选4。再问一下，您有几个孩子？"

那位女士还是挺干脆地回答："两个。"

"好，第二个数字选2。您今年读了几本书？"

那女士想了想，说："五本。"

工作人员记下了数字5后，接着问："您和您的丈夫每个月'性福'几次？"

"您不觉得这个问题是个人隐私吗？"女士有些不悦。

工作人员坚持道："是。但这事关中奖，您到底想不想中奖呢？"

那女士无奈地说："那好吧。两次。"

工作人员记下"2"后，说："非常好。现在我们彼此已经非常信任了，请您告诉我，您这一生中背叛过您丈夫几次？"

"您说什么呢？我可不是那种轻浮放荡的女人！"女士已经面露愠色。

工作人员忙说："您别生气，就是一次也没有，那最后这个数字就是0。现在您这张幸运的彩票选的号码就是42520。祝您中奖！"

几天后，这位女士买了一张报纸，查看上面彩票的开奖结果。她发现报上公布彩票的中奖号码竟然是42527，仅仅差了个位数，就与大奖擦肩而过。这位女士不禁沮丧地自言自语："还是我妈说得对，撒谎没有好结果！"

没法掩饰

□ 刘世昌

实验小学要添置五台电子琴，因为音乐老师最近怀孕了，出门不方便，校长就派总务老刘去采购。临行前，校长再三叮嘱："挑琴的时候千万别马虎，每台琴都要试试音。"老刘爽快地应道："知道了！"

这天，老刘来到市里一家琴行，对老板说："我要买五台电子琴，质

量能保证吗？"老板忙笑脸答道："行，行，不信您自己试音。"

老刘不会弹琴，但又怕老板看出自己是外行而糊弄自己，于是就装做内行的样子随着老板去了仓库，他边按键边侧耳听音，显得很专业的样子，把每个黑白琴键试了一遍。

忙活了一阵后，老刘吩咐老板将挑中的五台电子琴打包。

很快电子琴运到学校，音乐老师接上电源，伸出纤指准备来个先弹为快。哪知刚弹一句，就皱起了眉，又弹第二句，第三句，脸色可就阴沉下来了。她皱着眉头问老刘："这些琴你都试音了吗？"老刘连忙郑重其事地说："我敢保证，每台琴我都亲手试过了，没有一个不响的音！"

音乐老师一声苦笑，说："我知道哪个琴键都有声音，问题是没有一台音律准确的琴，你这是被人骗了！"

幸亏没有扔掉包装盒，老刘被说得面红耳赤，立即把这些劣质琴重新封好，连夜去退货。

见了老板，老刘气哼哼地问："你为什么把这些音律不准的琴卖给我？"老板见无法抵赖，只好实话实说："因为你是一个音盲。"老刘心想自己试弹时没有露出什么破绽啊，于是惊奇地问："你怎么知道我是音盲？"老板讪笑着说："弹琴哪有只用一根手指的呀，你这一指禅一看就是音盲！"

铁算盘

□ 黄悦磊

老刘精明过人，外号"铁算盘"。这老刘花高价请了一个叫约翰的留学生教儿子英语口语。

第一次授课，约翰准时来到老刘家中。老刘争分夺秒，二话不说，直接把他领进儿子房间上课。一小时二百块，浪费一分钟，就是好几块呢。

十一点，约翰准时从房间出来。老刘递上两百块钱，热情地挽留说，快到午饭时间了，你要是不嫌弃的话，就在我家吃吧。说着，就把约翰推进了儿子房间，让儿子陪他聊天。

从儿子房间出来，老刘耳朵突然吃疼，却是被老婆给揪住了。老婆将他拽到厨房，训斥说："你是什么'铁算盘'？我们都已经给了他二百块了，怎么还要管饭？"

老刘压低声音，说："你给我算算账，一个小时两百块，要是他多和儿子聊半个小时，那是多少钱？就是吃饭的时候，也可以用英语对话的，你说，我们是不是赚了？"

老婆乐了，连夸老公是铁算盘。

到了十一点半，老刘就把两人叫出来吃饭。老刘要引约翰说话，可自己不会英语，就直冲儿子使眼色。儿子就问约翰："约翰，饭菜好吃吗？"

约翰慢慢重复了一句"饭菜好吃吗"，等搞明白了意思，他竖起拇指，说："好吃！"

老刘急了，忍不住一拉儿子，说："真笨，你用英语问啊。"

儿子却说："约翰说了，他要练习汉语，所以在授课时间以外，他是要说汉语的。"

什么？老刘一呆："难道刚才你们在里面也是用汉语对话？"

儿子说："对呀，约翰说他请汉语老师陪他对话，一小时也要两百块呢。"

老刘傻了眼：敢情，今天白搭上一顿饭不说，还免费陪人家练了半个小时的汉语呢！

（本栏插图：包丰一 顾子易）

干戈化玉帛 [荷兰] 威特

546 2013 SEMIMONTHLY 上半月刊 11月 STORIES

欢迎登录本刊主办的"故事中国网"（www.storychina.cn）

笑话13则 …………………… 郝翠英等 4

我的故事
我是十号美容师 ……………………… 王瑞霞 8

新传说
这条命送给你 ……………………………… 老 三 12
天上掉下个"LV" …………………………… 杨 格 21
心肠不能软 ………………………………… 金十三 25

外国文学故事鉴赏
宝刀的诞生 ……………………………………… 16

传闻逸事
一路进京 …………………………………… 郭方垄 29

情感故事
六只虾 ……………………………………… 郭一婕 33

3分钟典藏故事 ………………………………… 36

东方夜谈
你好，地球人 ……………………………… 谢丰荣 38

民间故事金库
被被子 ……………………………………… 王相军 42
谝段子 …………………………………………… 44

法律知识故事
包丢了谁赔 ………………………………… 王 睿 46

中篇故事（精编版）
不幸福的龙鱼 ……………………………… 梅永远 48
乾隆十岁破奇案 …………………………… 张 军 59

动感地带 ……………………………………… 67

经典传递 ……………………………………… 69

阿P系列幽默故事
阿P送财神 ………………………………… 曾叶文 73

故事中国网文精粹
"病毒"起义 ……………………………… 常 山 78

微博故事 ……………………………………… 80

海外故事
另类面试 …………………………………… 张珠容 82

幽默世界
《新郎不敢睡》等6则 ……………… 孟世林等 85

本刊信息传真
……………………………… 16、28、47、81

故事会
STORIES
2013年11月
上半月刊·红版

社 长、主 编：何承伟
副社长：夏一鸣
常务副主编（兼绿版负责人）：吴 伦
副主编（兼红版负责人）：姚自豪
本期责任编辑：丁娴瑶
电子邮箱：dingxianyao@126.com
红版发稿编辑：
姚自豪 李 丹 吕 佳 石莎莎
美术编辑：王怡斐
电脑制作：郭瑾玮
本社办公室电话：021-64375030
上半月刊编辑部电话：021-64310547
下半月刊编辑部电话：021-64336469
（上海市绍兴路74号 邮编：200020）
主管 上海世纪出版集团
主办：上海故事会文化传媒有限公司
出版单位：《故事会》编辑部
发行范围：公开

出版、发行总监：张 凯
电话：021-64313938
广告业务：上海故事会文化传媒有限公司
广告总监：张 淮
广告业务：021-34010383
广告投诉：021-64333738
广告经营许可证
沪工商广字3100320080016号
发行：中国图书进出口上海公司

哪个白

女儿临时要出差，上飞机前，让老妈帮她预订一下当地的旅馆。

下飞机后，女儿打电话问老妈是哪家旅馆，老妈说："池白宾馆。"

女儿便问是哪个"池"。

老妈说："江洋湖海河的那个池！"

女儿一愣，又问是哪个"白"。

老妈说："就是赤橙黄绿青蓝紫的那个白啊！"

（郝翠英）

（本栏插图：包丰一）

生产命令

夜深了，丈夫还在网上下载电影，妻子不满，催着丈夫赶紧关电脑去睡觉。

丈夫辩解道："这网上下载就跟女人生孩子一样，孩子生到一半了，女人能去睡觉吗？"

妻子白了丈夫一眼，说："那就赶紧剖腹产！"

（迎 风）

让他们猜

一对夫妻在新房设置了无线网络，丈夫习惯性地把密码记在一本备忘录里。这天，妻子翻了翻备忘录，看到上面写着——"无线网络密码：1234567"，便发愁地说："这密码这么简单，别人一下子就猜出来啦！"

丈夫一脸不屑地说："猜？让他们猜！谁能猜到1234567前面那个冒号也是密码！"

（平 宝）

一步到位

对年轻夫妻买彩票中了奖，十分高兴，丈夫趁热打铁，说想换个新手机，妻子答应了。

丈夫暗示道："手机更新快，常常换也是浪费，不如这次就换个一步到位的吧！"

妻子来了句："一步到位？好，那就给你换个老人机！"

（秦　然）

想好了吗

三岁的儿子病了，父亲想给他倒杯水喝，但热水瓶里的水是刚烧开的，父亲怕烫着儿子，只能先倒一杯出来，再找个空杯子，把水来回倒，想让水温快点降下来。

这时，儿子在沙发上，歪着头看了好一会儿，天真地问："爸爸，你想好了吗，到底用哪个杯子？"

（天　佑）

抱还是搬

晚上，一对夫妻在客厅看完电视，丈夫起身，说："去睡觉啦！"

胖胖的妻子跟丈夫撒娇道："亲爱的，我要你抱我进去！"

丈夫看了一眼胖妻子，说："算了，我还是把床给你搬出来吧。"

（米　果）

路上，一个小孩问他爸爸："你是怎么惹妈妈生气的？"

撒娇

爸爸说："别问了，你想晚上吃泡面吗？"

小孩摇头说："不想。"

爸爸说："那一会儿到了外婆家见到你妈，你就抱着她大腿哭，她不跟我们回家，你就别松手！"

小孩点头道："哦，爸爸，那到时候你干吗？"

爸爸犹豫片刻，道："我抱住她另外一条大腿哭……"

（报喜鸟）

·笑话·

点到为止

新一届武林大会召开，大会主持说道："今日比武大会点到为止，切勿伤身！好，下面开始点名，华山派弟子！"

"到！"

"武当派弟子！"

"到！"

"嵩山派弟子！"

"到！"

……

"既然大家都到了，那就到此为止，散会！"

（天 问）

驴的耳朵

这天，驴想向猴子夸耀自己的耳朵，猴子却抢先说道："驴先生，你的屁股听力真好啊！"

驴纠正道："不，不，我的耳朵听力好。"

猴子说："不，是你的屁股。"

驴生气地说："笑话，谁不知道我的耳朵最灵敏！"

猴子笑笑，说："驴先生，主人叫你向左，你听不见；叫你向右，你也听不见；叫你干活，你还是听不见，可只要用鞭子一抽你屁股，你就听见了，你说是耳朵灵还是屁股灵？"

（报喜鸟）

和美女拼车

深夜，一个小伙子和一个美女拼车坐出租。目的地到了，两人付了账正要下车，美女突然示意小伙子不要起身，并又掏出5元递给司机，说："师傅，麻烦你带这位大哥再跑5元的车程。"

小伙子一愣，说："美女，我也要在这儿下车呀！"

美女指指前面，低声说："站台上那人是我男朋友，你个子比他高，长得比他帅，半夜三更咱俩同时下车，我怕他误会，你就再兜5块钱的风吧！"

（仁 者）

6

说了是微信

一个单身小伙子，平常喜欢用手机微信跟陌生人打招呼，交朋友。

这天，他向一个哥们抱怨："这微信里'附近的人'，照片看上去，个个都漂亮，我还真信了，可一见面吧，都很糟糕！"

哥们淡淡一笑，说："说了是'微信'，要是都漂亮，那就应该叫'全信'了！"

（海　球）

洗　澡

学校住宿条件比较差，男女共用一个浴室，男生在晚上六点前都得洗完，六点以后就是女生洗澡时间。

有个男生总是磨磨蹭蹭，很晚才去洗，每次都等六点快到了，才洗完出来。

舍友劝他："你下次要赶早，看你每次都洗得匆匆忙忙的！"

男生不以为然地说："晚洗有晚洗的感觉。"

舍友问："什么感觉？"

男生得瑟地说："我洗完，'嘭'的一声拉开门，外面就有一群女生像在机场接机时看到明星一样大叫：'出来了，出来了！'"

（湖中央）

博士的约会

这天，一个物理系的博士和女友初次约会。因为怕冷场，博士大谈起力学知识："你知道吗？上托之力为浮力，下沉之力为重力，向前之力为推力，向后之力为阻力，共同之力为合力……"

女友忍无可忍，说："以后，我们各奔东西，再不来往，这叫什么力？"

博士脱口而出："这叫离心力……"

（苏　童）

（本栏欢迎来稿，读者、作者可将有新鲜感、有精彩细节的笑话佳作投寄给我们。来稿一经采用，最高稿费为100元。本期责任编辑电子信箱：dingxianyao@126.com）

我是十号美容师

□ 王瑞霞

技校毕业后，我在家乡的小镇开了一家日化店，虽然生意一直不错，但我总想再多学学、多闯闯。

这一年，我毅然去了北京，几经周折，凭借着一点经营日化店的经验和想学习的十足诚意，进了一家规模很大的美容院，成了院里的第十号美容师。

当然，我这样的资质，可进不了高档间，领班丽姐安排我进了普通间，负责给顾客做些简单的面部护理。我渐渐适应了美容院的工作，一切都做得顺风顺水，也就在这时，一个特别的客人光顾了美容院，让我成了本院违规最多的一个美容师。

那一天，美容院来了一个特别讲究的顾客，只见她白衣白裤，白鞋白帽，就连鼻梁上的眼镜、肩膀上的挎包，也都是白色。这位顾客保养得特别好，肤色白嫩细腻，三十岁？五十岁？都像，又都不像，根本看不出年龄，我心里暗暗称她"岁月无痕"。

丽姐见来大户了，赶紧笑脸相迎，说道："您好，欢迎光临！本院有普通间、高档间、贵宾间；有月卡、季卡、年卡，还有银卡、金卡和钻石卡，现场办卡可以免费送一次护理呢……"

"岁月无痕"听了，沉吟一下，说："不必那么讲究，我普通间就行。"丽姐一听，脸立马拉了下来。这时，我迎上去，彬彬有礼地说："您好，我是十号美容师，很荣幸为您服务！"

接下来，我带"岁月无痕"来到普通间。这里有六张美容床，其他五张床上都有顾客，只剩下靠窗的一张床位还空着。我请"岁月无痕"在空床位上躺下，开始护理。洗脸、去角质、敷按摩膏点按穴位，一套程序很快做了下来，就在我做最后的面部安抚时，突然，一个熟悉的声音冒了出来："呀，爷地儿要落了！"在我们家乡那儿，都把"太阳"说成"爷地儿"，我脱口接道："还谋介嘞！"那是说"还没有呢"。

话音刚落，"唰"的一下，同事们都转过头来，看怪物一样盯着我。我的脸一下子红了，心里暗道："坏啦！"院里有规定，说一句家乡话，罚款五十元。这事听起来稀奇，其实也有原因：我们美容院的大老板是个"海归"，因为从小在国外长大，平时听中文都有点吃力，尤其恼火听到员工们说些他也听不懂的家乡话，因此严格规定所有员工在上班时只能说英语和标准普通话，违者就得罚钱。唉，可刚才那句熟悉的"爷地儿落了"，把我的乡音"诱发"了出来。

"十号！"一旁的丽姐立马点了我的名，"你干什么吃的？不知道院里的规定吗？"我低下头说："对不起，我接受处罚，我以后一定会注意的。"

丽姐不依不饶地追问："刚才那句'爷地儿'什么的鬼话，是谁说的？"

房间里一阵沉默，无人应答。丽姐抬高嗓门："谁说的？"我大声应道："我，我说的！"其实我心里清楚，那是我正在护理的"岁月无痕"说的，

可让这么个时髦的人当众承认说了这样土得掉渣的家乡话，我怕她难为情。

这当儿，丽姐又嚷道："违规你还有理啦？你说的？你自问自答，是演电视剧啊？你愿意逼英雄替人背黑锅我管不着，罚款交上来就行！"

"岁月无痕"看着我，意味深长地一笑，没有说什么。

当天，我交了罚款，事就过去了。

没过几天，院里又来了个讲究的顾客：黑衣黑裤，黑鞋黑帽黑墨镜，一进来就点"十号"，还要贵宾间。我这个十号正纳闷儿呢，这顾客缓缓地摘下了墨镜，露出一张白嫩的脸来，原来是上次来的"岁月无痕"！

我诚恳地对她说："姐，我手法

不好，只负责普通间的客人。我可以给您推荐一位贵宾间的美容师，包您满意。""岁月无痕"微微一笑："不，就是你了。也许你的手法是简单了些，可我能感觉到——你做得特别用心。"

贵宾间只有一张美容床，还有专用的浴室。等"岁月无痕"冲完澡出来，我很自然地说："姐，您喜欢手法重一些还是轻一些？要是觉着不得劲儿了，您可以提出来，我改进。"

"岁月无痕"说："你只管放开了做就行啦！闺女，你原来是干啥的？"

"我呀，原来在老家开了个日化店，现在出来，想学点更先进的东西，学成了，我也做美容院，而且要做我们家乡最大的美容院嘞！"

这个"嘞"，是我们家乡很典型的语气词，我这么一说，"岁月无痕"也说上了："你挺不容易嘞，年纪轻轻敢想敢拼，想当年我刚来北京时也是带着梦想的嘞……"

就这样，我们一边做，一边聊，直到"岁月无痕"睡着了，发出均匀的呼吸声……好一会儿，她睁开眼睛，惬意地说："真舒服，这是我来北京之后睡得最好的一觉！"突然，她猛地坐起来，严肃地说："刚才我们说了那么多的家乡话，你不怕罚款？"

我认真地说："姐，听口音我们是老乡，老乡见了老乡，难道还要扭捏着用普通话交流？那就像两个人明

知道对方的真实面目，却都要戴上面具一样。到美容院就是来放松的，顾客至上，只要姐高兴，我甘愿被罚！"

"岁月无痕"的眼圈红了："闺女，你说得真好，乡音难改啊，生气时，开心时，最能宣泄我情绪的，还是家乡话！为了能说上家乡话，我组织了很多次老乡聚会，可笑的是，在聚会上，老乡们居然都说字正腔圆的普通话，他们认为，大家都是有身份有地位的人，说土话，实在跌份儿啊……"

"岁月无痕"顿了顿，接着说道："美容院我也去了不少，可是没有能让我彻底放松下来的，身上的衣服都脱光了，心却还被一层层地包裹着。"

听到这里，我的心头一亮："姐，假如我向您推荐一个这样的美容院呢？它就叫'乡音美容院'，它没有普通间、高档间这样的高低贵贱之分，而是按地域区分的，有'冀区'、'晋区'、'蜀区'、'闽区'等等，里面的美容师，也都是按地域分派的，是哪里人，就到哪个区服务。美容师们一律都用家乡话和顾客交流……"

"岁月无痕"一下子跳起来："真有这样的美容院？在哪里？"

我"扑哧"一笑："姐，我逗您的，这样的美容院，还没诞生呢。不过，真要做成这样的美容院，一定火爆。您想想，北京有多少像我们这样的外来人口啊，谁不想说家乡话？谁不想听乡音呢？""岁月无痕"听了，

不住地点头。

送走"岁月无痕",丽姐把我叫了过去,不等她开口,我就主动说自己刚才在贵宾间和顾客说家乡话了,我愿意接受罚款。丽姐瞪了我一眼,说:"你这人,咋像个急鸡儿样嘞?"

丽姐的话一出口,我们两个都愣住了,丽姐说的,也是我们那里地道的家乡话啊!我笑着用家乡话说:"丽姐,原来咱们是老乡嘞!"丽姐的脸红了一下,点了点头,后来她干脆用家乡话说,她不是来找我罚款的,而是来培训我如何做背部皮肤保养的。

以前我对丽姐有偏见,与她并不亲近,现在用家乡话一交谈,距离一下子拉近了。

不久后的一天,我刚上班,就见一辆红色小轿车停在美容院大门口,

紧接着,一个红衣红裤、红鞋红帽,一团火一样的女人走进了大厅。呵呵,是我的老乡"岁月无痕"来啦!我刚要上前打招呼,一旁的丽姐闪出来,毕恭毕敬地喊了声:"院长!"紧接着,丽姐把所有的美容师都召集到大厅,说院长要和大家说几句话。

我疑惑地拉住丽姐,问:"这是怎么回事?"丽姐悄声说:"这是新院长,我也是刚刚才知道。"

院长讲完话后,要我跟她上车。在车上,院长告诉我,她那天到美容院来,其实已经决定盘下我们美容院了,当时,她是来"微服私访"的。

不一会儿,小汽车缓缓停在了一幢新落成的宏伟建筑前,挂的牌子是:"乡音美容院",我走进去一看,里面竟然是按地域划分的:冀区、晋区、闽区……哇塞,我梦想成真啦!

院长说,她做美容院好些年了,一直在考虑如何做得更有特色,她体验了不同的美容院,请教了很多大师级的人物,可总找不到理想的方案。而自从那天见了我,才知道真正的大师,其实就在底层,就在一线啊……

院长满面春风地对我说:"这家乡音美容院,我就交给你负责了。"

那天,我按捺不住狂跳的心,在北京的大街上,握紧拳头,振臂高呼:"北京!等着看我的梦想绽放吧!"

(题图、插图:安玉民 梁 丽)

这条命送给你

□ 老 三

这一天，上午十点多，日头高照，项春丽还在出租屋的床上酣睡。她是个打工妹，每天累得要死，好不容易今天换休，才能睡个懒觉。

终于睡足了，项春丽打着哈欠，伸了个舒服的懒腰，刚要掀被子下床，卫生间里突然传出"哗"的一声，那是马桶在冲水……

项春丽霎时间变成了泥塑木雕，呆坐在原处一动也不敢动，这屋子，可是她一个人住的呀，哪来的声响？

紧接着，卫生间的破木门"吱呀"一声开了，一个四五十岁的男子走了出来。这人服饰体面，体型修长，面目冷峻，戴着大墨镜。

项春丽一把捂住了嘴巴，吓得瞪大了眼睛，浑身颤抖。

"墨镜男"亮出一把草绿色把子的弹簧刀，一推按钮，"啪"地弹出了闪亮、锋利的刀片，冲项春丽晃了晃。他随即又走到床前，拉过把椅子坐下，跷起二郎腿，点着根烟，说："姑娘，有什么值钱的，全拿出来。"

项春丽这才缓过神来，手忙脚乱地套上了衣裤，把手机、钱包、几百元日用钱、银行卡，全搁到了床头柜上，嘴唇哆嗦着说："全在这里了，都给你。我的银行卡里有几千块钱，密码是……"她连密码也一股脑儿告诉了对方。

对方没搭话茬儿，只是神秘莫

测地沉默着，半响，他说："给我讲讲你的故事吧！我这人爱听故事，爱打听别人的身世。如果你的故事能打动我，我可能会宽大为怀，放过你；如果你的故事没滋没味，或者更严重的，胆敢对我撒谎——硬是编个故事出来，哼！"

项春丽听了，发了好一会儿呆，太不可思议了，歹徒上门，要听故事？她小心翼翼地问："从……什么时候开始讲？"

墨镜男恶狠狠地说："从你记事起开始讲！"

项春丽无可奈何，只好清了清干涩的嗓子，开始讲起来——

项春丽是个苦命人儿，从小就没了娘。据她父亲讲，她一岁多一点儿的时候，有一天，母亲用竹篓背着她回娘家，从娘家借了三千块钱，盖房子用。娘家村里正逢集市，借了钱吃过饭后，母亲就背着她在集市上逛了圈儿，顺便买了些日用品。谁知道泼天大祸平地起，等回到家才发觉借来的钱被偷了。那时候，在那么穷困的地方，三千块钱是个天文数字了。母亲伤心欲绝，怎么想也想不开，就在几天后，跳井寻了短见。

没妈的孩子像根草，母亲一死，项春丽可倒了血霉。父亲开始酗酒，不干正事。她就像棵野草，没人管没人问。初中没毕业，她就跟着村

里的姐妹们进城打工，开始自食其力。

项春丽平时不敢想这些伤心事儿，更别说亲口讲了，今天是被这坏蛋逼的，才不得不讲。结果讲着讲着，她悲从中来，嘤嘤地哭泣起来，心想：我怎么这么倒霉呀？怎么这么命苦啊？我都倒霉、命苦到这田地了，还要遭人抢劫？

墨镜男听完，伸头探脑地往床底下一瞅，弯腰拎出瓶白酒来，好奇地打听："你一个女孩子家的，还喝酒？"

项春丽抹着泪，说："冬天天冷，

我不舍得交暖气费，没有暖气，晚上睡觉前就喝口酒，暖和暖和身子。"

这是瓶本地产的烈酒，有52度，酒还剩大半瓶子。墨镜男似乎对这大半瓶剩酒产生了浓厚兴趣，他叫项春丽给他找了个干净杯子，随后把酒倒进杯中，美滋滋地自斟自饮起来。

"大哥，这酒很次的……"项春丽嗫嚅着，"你拿着我的钱，去外面买瓶好酒喝吧。"其实，项春丽是担心这家伙喝过酒后，借着酒劲儿，要对她使坏。

谁知墨镜男竟喝出了滋味，他瞪了项春丽一眼，要她去做菜做饭。

小厨房里，只有十几个鸡蛋、两把面条和一小捆葱，项春丽给他炒了盘鸡蛋，下了一大碗葱花面条。

墨镜男一口酒、一口菜、一口面，吃得非常惬意。不久，酒瓶子见了底，他也酩酊大醉了，像根面条一样瘫软在床上，"呼呼"大睡。

项春丽心里默念着"观音菩萨保佑"，心中乐得犹如礼花绽放。她悄悄拿起手机，蹑手蹑脚出了门，撒丫子就跑，边跑边拨打110电话报警……

片刻后，警察们冲进屋内，这时，墨镜男仍沉醉未醒。

在审讯室里，墨镜男慢慢地清醒过来，他垂头丧气地说道："妈的，老子走南闯北，从没掉过链子，谁知竟栽在一个丫头片子手上！"负责审讯的警察听了，暗暗一笑，心里在说：这小子不打自招，看来是逮了条大鱼啦！他把从墨镜男身上搜出的一张假身份证往桌上一摔，说："你老实交代，你的真实姓名是什么？籍贯在哪里？都干过些什么坏事？"

墨镜男似乎还没彻底清醒，他大大咧咧地嚷道："老子行不更名、坐不改姓，老子就是董家辉，怎么样？"

审讯的警察一听，顿时大吃一惊：董家辉，那可是赫赫有名的江洋大盗、通缉要犯，身背数条人命，二十多年来流窜南北、盗抢奸骗，可谓罪行累累，罄竹难书。上到公安部、各地公安机关；下到私人对他的悬赏金额，已突破了百万，其中某地一个私营老板的独生子被他打成了植物人，那老板一人就悬赏了一百万元！

警察立刻警惕起来，一系列的核实工作迅速展开，董家辉因为做过整容手术，模样已经改变，但指纹比对以及DNA检验，都证实他就是那个恶贯满盈的夺命大盗！就在董家辉被押进拘留所等待判决前，他突然身体不适，一检查，发现他已病入膏肓，时日无多……

项春丽因为检举有功，获得了

一笔高额的赏金。她获得奖金的那天，董家辉在抢救室中，咽下了最后一口气，结束了他罪恶的一生。

董家辉死前，将所有的罪行竹筒倒豆子，交代了个一清二楚，却唯独隐瞒了一件事，那就是：当年，项春丽母亲丢的那三千块钱，是他偷的。

原来，一年多前，董家辉被检查出患有白血病，他只得住院治疗。高额的医疗费用，很快将他一生作恶攒下的积蓄消耗殆尽。住院期间，闲着没事，他生平第一次认真地回顾了自己的一生，他惊愕地发现，自己这一生竟然连一件好事都没干

过，除去作恶还是作恶。也就是在这个时候，他突然对死亡充满了恐惧：万一真的有地狱呢？像他这样造孽深重的人要真下了地狱，等待他的将会是多么可怕的折磨呢？他不敢往下想，便决心死之前，一定要做一件好事。

董家辉办理了出院手续，回到了故乡——也是他犯罪最先开始的地方。一个偶然的机会，他听说了项春丽的母亲由于被偷三千块钱而跳井自杀，父亲从此酗酒度日，以致项春丽小小年纪就被迫背井离乡……

董家辉想起来了，那是当年那个懵懂的自己在同伙怂恿下实施的第一次犯罪行为，得手后，他完全被胜利冲昏了头脑，他甚至忘记了当时的自己有没有为此而后怕过。然而此刻，面对如此惨痛的后果，同时也是他不归路的开始，董家辉后悔、内疚，内心五味杂陈。痛哭了一场后，他千方百计找到了项春丽，开锁入屋，上演了那出听故事、喝醉酒，最后被抓的戏码。之所以如此，是因为董家辉上网查过自己的"身价"，知道自己这条没几天活头的命，还能值不少钱，于是就决定将这条命"送给"项春丽，多多少少减轻一点儿自己的罪孽，安抚一下自己罪恶滔天的灵魂……

（题图、插图：安玉民　梁　丽）

本篇根据日本小说家幸田露伴作品《一柄宝刀》改编。

□ 王新禧 编译

宝刀的诞生

曝秘

阿兰和正藏是一对贫贱夫妻，正藏是个手艺平平的铁匠，平时靠给乡邻们补锅、打农具谋生。阿兰一直对窝囊废一般的丈夫很失望，平时总要嘲讽他几句，正藏只是任由妻子说，从来不吭声。

这天，爱喝酒的正藏又让阿兰去酒馆为他赊一壶酒，阿兰终于不耐烦了，吼道："我说你啊，还想喝酒？我可没那脸皮再去赊！我当初真是瞎了眼，跟你私奔到这种穷地方。你瞧瞧自个儿，啥本事都没有，就知道打那些锄头、镰刀之类的，赚几个喝风的小钱！"

妻子刚才的话猛地戳中了正藏的痛处，他再也忍不住了，壮了壮胆，说："虽然你跟我私奔后，的确吃了不少苦，可你男人也不是没本事。有件大秘密，今天索性告诉你吧！我其实是锻刀界名人武藏守正光师傅的关门弟子，从十二岁起，就勤学锻刀绝艺。什么开刃、淬火、'四方填'、'三层贴'，统统学得精熟。不管是直刀、平形刀，还是柳叶刀、低冠刀，天下的刀剑，没有我不会造的。师傅还把独门秘诀传授给我。放眼全国，锻刀的本事没有一个赶得上我！要不是迷恋上你这东西，我现在说不定已经是

16

天皇的御用铸刀师了！"

阿兰听得愣住了，吃惊地问："你没骗我？"正藏哼了一声，说："多少年夫妻了，何必骗你？我要是有机会锻刀，一定能造一把流传后世的名刀，和虎彻、繁庆这两位大师齐名。"阿兰转怨为喜，搂住丈夫，温柔地说："你既然有这么大本事，早晚会扬名天下的，到时可别嫌弃我！"

此后，阿兰一连十几天不再嘲笑正藏，还典当了自己的首饰给丈夫换酒喝。正藏心里得意，酒到杯干，日子从未过得如此痛快。

一天午后，里长找上门来了，正藏急忙恭敬地行礼问好。里长红光满面，笑道："哈哈，正藏老弟，没想到啊，你竟然有那么大本事！窝在咱们村，实在是太屈才了。"正藏慌了，忙说："啥？啥本事？"里长一拍正藏的肩膀，亲热地说："别装啦，你婆娘都告诉我了。啧啧，武藏守正光的关门弟子，那锻刀的本事还有假？我已经把你这个深藏不露的大高手，禀报给藩主大人了。他非常高兴，特地让我来告知你，限你于一百二十日内，锻造出一把绝世宝刀。一应费用，均由藩主大人承担。"

这时阿兰回来了，正巧听见里长说的话，顿时欢喜得花枝乱颤，她娇媚地走近里长，说："哎呀，真是太感谢您了。能替藩主大人铸刀，三生有幸啊！"

里长笑了笑，接着说："咱们这小地方，穷得鸟不拉屎，一向不被人放在眼里。这次可要扬眉吐气了。正藏，你要好好干！这是藩主大人赐你的五十两白银，等到宝刀铸成，还有重赏。"

正藏满头大汗，勉强应道："嗯，嗯……"里长也没看出他神色有异，将包着白银的包裹放下，又勉励了几句，转身走了。

绝　路

阿兰春风满面，给丈夫斟了杯酒，说："自打私奔以来，我心里从没这么舒畅过。等你铸好宝刀，献给藩主，金银珠宝的赏赐是铁定了，说不准还能授你一官半职……嗨，我说你，怎么大冷天的一身汗？怎么还皱着眉头？这是大喜事，要高兴才对。"

正藏忽然"吧嗒"一声，眼里落下颗大泪珠，嘟囔着："啥大喜事？是大祸事！"阿兰疑惑地问："你说啥？"正藏用力搂紧阿兰，说："老婆，好老婆，原谅我吧！从里长传达完藩主命令的那一刻起，咱们已经没命啦！我实在不好意思说出口，其实我根本不会锻刀，只不过在正光门下，学了点粗浅的入门知识而已……"

阿兰如遭晴天霹雳，从正藏怀里挣脱出来，瞪圆两眼，狠狠地说："什么？你竟然不会锻刀？那天说的一切，都是你骗我的？"

正藏低下头，感到无地自容，说："那些话，都是我吹牛的。我一直都是个手艺笨拙的铁匠，打造刀剑那一行，至少需要二十年的功夫，才能稍微搞出点名堂。要想成为大师，锻造出名动天下的一流宝刀，得要大半辈子的功力完全倾注，才有三分之一的机会成功。我哪里能办到！那天因为你骂我没本事，我急了，才胡乱吹牛……哪料到你又去告诉里长，里长又禀报了藩主。这下子死定了……"

阿兰"呜"的一声，倒在榻榻米上大哭。正藏使劲抽了自己两耳光，心里发愁，拿起酒壶猛喝，不觉间就醉了。

次日一早，正藏醒来，睁眼一看，觉得有些不妥：女人、银子，全不见了。酒壶下压着一张字条："我真恨你！窝囊废永远是窝囊废。五十两银子我带走了，就当是补偿我的青春。"

"阿兰！"正藏撕心裂肺地喊着，爬起又跌倒，用手抓挠胸口，然后伏在榻榻米上，哀怨地哭泣起来。

哭了多时，他把心一横，找来一把自己打的镰刀，盘起腿，脱光上身，摸了摸肚子，两眼紧闭，将镰刀戳进了腹中……

奇怪，怎么不疼？正藏急忙低头细看镰刀。过了一会儿，他笑了：窝囊废就是窝囊废！连把给农夫用的镰刀都不合格，还敢吹牛铸宝刀。

他把镰刀一扔，倒在榻榻米上，合上眼，默想着：难道我一辈子就这样一事无成吗？永远被人看不起么？我就不能拼命为自己争口气？死都不怕了，还怕什么？想到这儿，正藏一股热血冲涌上脑，他翻身坐起，须眉倒竖，大吼道："对，我要铸刀，铸一把绝世宝刀！"

从此，正藏像变了个人似的，每天两眼血红、紧咬双唇，将全副心力都倾注在铁砧上、火炉边。里长雇了两个身强体健的壮汉，给他当"帮锤"、"鼓风"。三个人叮叮当当，不眠不歇地埋头苦干。

然而锻造宝刀谈何容易，流程和用材正藏都懂，但就是不能成功。一把把刀打出来，又一把把刀废掉。正藏不辞辛劳，取来最好的稻荷山土、播州铁，倒入炉中，放硫、加木炭、大沸、小沸、去铣、打合、淬水，不成，再来，还是不成。日复一日，转眼三个月过去了……

新　生

这天正藏支着下巴，思索了好一阵，然后对帮锤、鼓风两人说："已经拼命打了九十天的刀了，还是没大进展。我细想了想，在打合和注水两方面，总感觉缺了点什么。"

帮锤点点头，说："没错，你年纪轻，功力不够，打合时力度不能有效传递到玉钢上，导致刀胚先天不足。"正藏急问："那该怎么办？"帮锤答道："我从以前的师父那儿偷听到一个秘法，就怕你不敢用。"

正藏疑惑不解："偷听？"帮锤不好意思地笑笑，说："我急于求成，走了歪道，被师父赶了出来。"正藏问道："敢问尊师是——"帮锤立即严肃起来，恭恭敬敬地说："家师乃是天下排名第一的铸刀大师虎彻！"

正藏惊呼一声，接着问："那个秘法是什么？"帮锤蹲下身，望着正藏的大腿，说："要弥补打合功力的不足，唯有用铸刀者的大腿骨替代铁锤，打满十万八千锤，便能收效。因为大腿骨是人体最有力的所在，融入铸刀者精髓的骨锤，一锤下去，就有千钧之力。"

正藏点点头，又问："那淬水的问题，可有办法解决？"鼓风接过话，说道："一般的清水，水质钝弱，只适合冷却普通的刀剑。宝刀的硬度非比寻常，用清水冷却，不是卷刃就是易折。"正藏急问："那该怎么办？"鼓风答道："在下曾拜过一位名师，他的女儿偷偷告诉我一个诀窍，只恐你没胆用。"

正藏又疑惑了："偷偷告诉你？"鼓风脸一红，笑道："在下和师父之女暗中相恋，可是师父不许，将我逐出了师门。"正藏问道："敢问尊师是——"鼓风也立即肃容正色，恭敬答道："家师乃是天下排名第二的铸刀大师繁庆！"

正藏又是一声惊呼，随即问："那诀窍是什么？"鼓风望着正藏手臂上如蚯蚓般突起的血管，说："要解决淬水的问题，唯有以铸刀者的热血替代清水。宝刀浸入沸烈的热血中，瞬间冷却，可抵百炼精钢。"

正藏听完，又点点头。帮锤和鼓风齐声问道："如何？你怕不怕？敢不敢？"正藏放声大笑，说："你

们该问我痛不痛、悔不悔才对！"说完，取过一把钢刀，坐到椅上，咬紧牙关，用力一挥刀，将一条大腿生生斩下。

随着一声惨叫，正藏痛晕了过去。帮锤和鼓风急忙上前，帮他止血包扎。次日正藏醒来后，立即将那条大腿剔肉磨骨，制成骨锤，果然每一锤下去，都有雷霆之威、千钧之力。锻打完十万八千锤，刀胚顺利打成。

"该淬水了，这是最后也是最关键的工序。"鼓风取来空桶，正藏早已持尖刀在手，对着手臂一刺，刺破血管，登时鲜血喷涌而出。鼓风拿桶接着，待血流了有半桶，才说道："够了。"然后他放下血桶，为正藏止血。这时正藏的脸色十分苍白，帮锤迅速地从火炉中夹出刀身，浸入血桶中，"哧哧"数声，冒起一大团血红色的水雾。等血雾散去，帮锤兴奋地喊道："成了，成了！"正藏闻言，禁不住泪流满面，身子瘫软了下去。

在绿树浓荫的庭院中，藩主在一群武士的簇拥下，仔细端详着近侍呈递上来的宝刀。只见刀身泛青澄之色，净若秋空；刃口亮如霜雪，宝光夺目。久视之下，又觉刀上云生潮涌，恍如神龙化身，果然是稀世利器。

藩主看得意迷神荡，半晌无语。随后，他右手持刀，欠身而起，说道："正藏，了不起啊！这把刀，单从外形来看，已具名刀风范。只不知锋利度如何？"正藏大声道："刀已成，身已残，此身无可恋。我愿以身试刀，魂祭刀神，望大人成全！"

藩主盯着正藏，良久才点了点头，宝刀一挥，一道寒冽的刀光闪过……

正藏大笑道："万分感激！让我这种窝囊废，一辈子终于做成了一件事！"

话音刚落，正藏的身体一分为二！

一名年轻武士兴奋地说："父亲大人，这下咱们家族算是保住了。"

藩主叹道："幕府将军逼人太甚，逼我于四个月内上供绝世宝刀一把。如若不然，便要灭族。如今宝刀终于铸成，真是苍天庇佑！"

年轻武士问道："父亲大人既然早知正藏是吹牛，为何还冒险用他？却不用那些成名的铸刀大师？"

藩主答道："古往今来，凡铸名刀者，不为名便为利。唯有这个正藏，铸刀只为争气。他把尊严与信念熔入原铁，注于刃钢；把满腔热血化作熊熊烈焰，一次次铄铁成金，终于能超越前辈，锻出稀世利器。况且宝刀铸造，极耗时日。若非他舍生忘死，全力以赴，也断难在四个月内铸成。人人皆有其用，用得其所，其利绝不亚于宝刀之锋。"

年轻武士默默点头。藩主望着正藏的尸体，流泪命道："厚葬！"

（题图、插图：佐　夫）

天上掉下个 "LV"

□ 杨 格

秦小倩和王幸福都是大龄青年，网上相识，见了几次面，感觉还行就结了婚。生下儿子王子后，秦小倩就做了家庭主妇，一不小心还迷上了网购，王幸福因此对秦小倩有些怨言。

这天，王幸福严肃地说："老婆，你网购得控制点啊，我昨天在你的支付宝上存了20000块钱，这是你一年网购的额度，用完就没了。咱们现在孩子还小，以后花钱的地方多着呢。"

秦小倩嘟囔道："这就是一个LV包的钱啊！你可真够出息的！"

秦小倩之所以脱口而出说这句话，是因为杨建设。杨建设是秦小倩的网友，也在本市，从QQ资料上看，

他刚满40岁，似乎很有钱。就在昨天，他俩聊天时，杨建设说起给老婆买了一个LV包，18000块。杨建设还说，他老婆粗气，和"LV"不搭。只有秦小倩这样年轻优雅的女人才配拥有高贵的"LV"。他还说，要是秦小倩和他见面，也送个LV包给她。

当时，秦小倩就心想，网聊不就那回事，谁还能当真？于是她回道："臭流氓，你敢送，我就敢收！"说罢，下了线。

这会儿，王幸福上班去了，秦小倩在床上抱着笔记本逛购物网，一眼扫到一款标价18000块的LV包，一阵落寞涌上心头。

秦小倩看着高贵典雅的LV包，

心里痒痒的：反正支付宝里钱够，要不就眼睛一闭，拍下算了？她一激动，当真点了"购买"，并趁热打铁地输了支付密码，准备付款……就差一步确认支付了，秦小倩还是犹豫了……

正在这时，电话响了。秦小倩去客厅接了电话，又去倒了杯水喝，等再回到床上，王子跌跌撞撞地扑过来，秦小倩杯中的水一晃，洒在了键盘上。为防止芯片进水，秦小倩赶紧拔了笔记本电池。得！电脑是用不了啦，先晾干再说吧！王子小手指着笔记本咿咿呀呀的，秦小倩在儿子小屁股上拧了一把，嗔怪道："小东西，和你爸一样，怕我花钱啊！算了，老娘这几天不玩了，反正就那点额度，省着用吧。"说着，她抱起王子出门闲逛去了。

第二天上午，秦小倩手机上的QQ叫个不停，杨建设发了一连串"玫瑰"、"笑脸"等表情，迫不及待地想和秦小倩热聊。秦小倩放下手机，只是笑了笑，并没有打算立马回复他。不一会儿，门铃响了，有快递！秦小倩看见快递过来的物品时，吓傻了——居然是一个LV包！

秦小倩仔细查看着这个梦寐以求的银灰色"LV"，可以确定是真货。她抓过手机，对着杨建设的头像，哭笑不得，这个男人啊，还真够大方的！

秦小倩在QQ对话框里打了一串话过去："哥们，我以为你说着玩的，没想到你当真了。18000块的'LV'太贵重了，我心里有负担。"

杨建设还在线，回复道："区区小事，不成敬意，请笑纳。"

呵，人家这是何等的豪爽！再想想王幸福的小鸡肚肠，秦小倩不得不感叹：人比人，气死人啊！

热聊了一会儿后，杨建设打来电话，提出见面。秦小倩再也不好意思拒绝，半推半就地答应了，只是说，见面可以，就是聊聊天，不能有出格的言行。

杨建设说了个五星级酒店的名字，说是约在那儿见。秦小倩刚要说话，王子在一旁像是知道了什么，急了，大哭起来，秦小倩心头一紧，推说酒店太远，不方便。杨建设忙说："那我开车去接你！"不等秦小倩拒绝，他急吼吼地说："告诉我，你家的房号？"

秦小倩打了个激灵，房号？杨建设不知道我家的房号？可快递单上明明写着啊！难道……

秦小倩问："哥们，你送我的'LV'是什么颜色的？"杨建设嗯嗯啊啊了半天说："白的吧，我记不清了。"

担心的事情终于发生了，秦小倩道："你根本没给我寄'LV'是不是？你这个骗子！"杨建设见骗局败露，赶紧解释："小倩，别生气，你放心，见面后，我马上陪你去买'LV'！"

"去死！"秦小倩"啪"的一声扣了电话，将杨建设拉入黑名单。

秦小倩静下来，忽然意识到自己完全误会了，送她"LV"的，不是这个居心叵测的色鬼，而是她那埋头苦干的老公！结婚周年就要到了，老公八成是想不动声色地送她一份奢侈的大礼。

秦小倩的脑海里浮现着老公对自己的好：结婚前，他为了送一台笔记本给她，两个月不开荤；结婚后，他早出晚归，加班加点地忙；她生完孩子后，患上失眠症，他一直给她按摩到凌晨……多好的老公！可自己差点背叛了他，秦小倩心里一阵自责。

晚上，王幸福到家时，秦小倩已经做好了饭菜，她拉着王幸福，温柔地说："老公，辛苦了，谢谢你给我的惊喜！"

王幸福一听，先是一愣，随即笑道："啊，已经到了呀！网购也太有效率了，竟然那么快就送到了！"

秦小倩说："到了，到了，这可是我第一个'LV'呢！"

王幸福说："老婆，多担待啊，知道你一直喜欢这个牌子，可咱们能力有限，贵的买不了，只能选个价格还合适的给你。礼轻情意重，希望你喜欢啊！"

秦小倩眼底都是蜜意，说："贵的东西哪有底？我就喜欢这个！"这时，王子也举着小手乐呵地舞蹈着。

吃饭时，王幸福说，领导派他去青海的分公司工作一段时间。秦小倩表示全力支持，并信誓旦旦地保证，今后再也不上网败家了。

王幸福到青海后，秦小倩兑现了自己的诺言，再也不沉溺于网购了，不过在结婚纪念日前一天，她破了戒。秦小倩为老公精心挑选了一条领带，就在她准备点击鼠标确认支付时，她看清了支付宝的钱款余额，傻了：账户里的钱只剩下 2000 块了。支付宝明明有 20000 块钱，怎么凭空少了 18000 块呢？

秦小倩突然想明白了：少掉的 18000 块正是买"LV"的钱款！这么说来，老公送她的"LV"，根本就是用她账号里的钱买的呀，这不是羊毛出在羊身上吗？秦小倩的心里五味杂陈，王子大眼睛瞪着妈妈，咿咿呀呀的，好像在劝说妈妈不要生气。

就在这时，又有快递来了！秦小倩打开包裹，拎出一个品牌包装袋，这个包装袋的牌子，秦小倩一眼就认出来了——怎么又是"LV"？她打开袋子，里面还有张卡片："老婆，抱歉啊，结婚纪念日不能陪你，但老公加班，给你挣了个小惊喜！"

秦小倩心里一股热流在涌动，她打开袋里的一个小盒子，是一个"LV"

经典款的钥匙包——这小小的钥匙包，虽然比自己看中的那个18000块的包要便宜很多，但买一个价格是四位数的钥匙包，对老公王幸福来说，也足见诚意啊！原来，这才是老公要给她的惊喜呀，那——那个18000块的包又是怎么回事？

正想着，王幸福突然回来了。他抹了把汗，乐呵呵地说："正好同事有任务要回公司，我就替他回来跑一趟，趁机陪你提前过个纪念日……"

秦小倩二话不说，冲上去亲了王幸福一大口。王幸福正笑着，发现了客厅桌上刚拆开的快递包装，奇怪地问："咦，这钥匙包你不是早收到

了么，才拆开啊？"

秦小倩被这么一问，不得不喃喃地说了经过，只是她省略了和色狼杨建设的交往。

王幸福听罢，也觉得奇怪，就在这时，卧室里传来一阵动静，夫妻俩这才想到宝贝儿子，进去一看，只见王子面朝电脑，撅着屁股，小手压在鼠标上，轻点着食指。秦小倩一愣，忙查看账户，有一条成交记录，成交的物品是那条领带！

秦小倩顿悟，自己刚才没有退出交易系统，是王子帮她完成了最后一击。这下，她可什么都明白了！

王幸福也乐了，抱着儿子啃了一口说："儿子不到两岁就能网购，以后还不把马云收拾得服服帖帖？"

秦小倩不好意思地说："这孩子还不是近墨者黑？别人要是听了肯定笑掉大牙！对了，那18000块的包，我可得退回去。"

王幸福劝她说："算啦，既然是儿子给你'买'的,喜欢就别退啦！"

秦小倩举着新钥匙包，说："我现在就喜欢这个，有这个就足够了！"

（题图、插图：佐　夫）

延伸阅读

您想阅读这位作者的其他精选作品和创作感言吗？请扫描右边的二维码。更多精彩，立刻体验。

得饶人处且饶人，是一种胸怀，但分得清什么人饶得、什么人饶不得，就是一种智慧了……

□ 金十三

心肠不能软

老黑是个普通的单身父亲，这些天他正为儿子的事急得焦头烂额：半个月前，老黑的儿子上班时被传送带绞断了胳膊，可厂里的老板，一个绰号叫"大哥"的，却不愿全额赔偿，双方谈不拢，闹上了法庭。老黑心里清楚，虽然自己这边有理，但没有好的律师，赔偿金额就不会如愿，可要请好的律师，那得要好多钱呀！这时，有人告诉他，"法援中心"的主任柯正义律师口碑不错，于是，老黑找到了他。

柯正义热情接待了老黑，并根据他的情况帮着申请了法律援助。老黑很激动，心想自己遇到了好人，可就在柯正义翻看诉讼资料时，突然问道："老黑，你在机械厂上过班？"

老黑急忙点头，说自己是"地搭工"进的厂，不会干机械活，就被分在后勤处，照看后山上的桔园。

柯正义一听，问得更仔细了："你照看桔园的时候，遇到偷桔子的人，是不是都罚他们跪在地上、自己扇自己耳光？"

老黑一愣，忙说没这回事，柯正义顿时板起脸："老黑呀，你不诚

实，既然这样，你找其他人帮你吧！"

老黑莫名其妙，说："柯主任，我怎么照看桔园的，这跟案子有关系吗？"柯正义"哼"了一声，说："你明明就是那样惩罚偷桔子的人，却不肯承认，我觉得你的心思有问题，我不会帮助一个不诚实的人。"

柯正义的话像是晴天霹雳，把老黑震得有些找不着北。扪心自问，老黑是一个老老实实的人，可到了柯正义的眼中，怎么就成了"不诚实"的了？老黑心底冒火，站起身来就向门外走去，可刚走到门口，他又站住了。柯正义是县城里很有名气的律师，而且这次是免费为他打官司，如果现在出去另找其他人，一来心里没底，二来还不知道要花多少钱呢。唉，人这一辈子，怎么可能由着性子来呢？这次为了儿子，就昧心一回，编几句谎话吧，再说这也没什么大不了的。想到这里，老黑又转了回来，口气一变，说他记起来了，有几次抓到偷桔子的人，确实罚他们跪在地上，打自己耳光。

柯正义"呵呵"一笑，说："老黑，这就对了。实事求是，没什么好隐瞒的。这个案子，你就放心吧！"

柯正义说到做到，送走老黑后便去"大哥"的工厂找工人们收集证据。一问之下，原来是"大哥"违反"劳动法"，强行延长工作时间，

老黑的儿子因为疲劳过度才发生的安全事故。柯正义义愤填膺，他说服工人们出庭作证，同时把证据整理齐全，准备呈交法庭，可就在这当口，他挨了一黑砖，住进了医院。

老黑听说柯正义住进了医院，就赶忙买了个水果篮，来医院探望。老黑刚走到病房门口，就听到里面有人在说话——

"柯正义，你以为凭你收集的那些破证据就能钉死我？我告诉你，那些工人一上庭，肯定翻供。你不想想，现在的人讲的是钱，谁还讲良心？我奉劝你，把证据交给我。"

"你就别妄想了，证据在我手里，事实不容改变，而且，我被人拍黑砖这事，警方也会调查的，谁是幕后凶手，终究会水落石出！"

"敬酒不吃吃罚酒，你就等着瞧吧，哼，真是茅坑里的石头，又臭又硬！"那人边说边往外走，走到门口时看到了老黑，猛地一愣，随即匆匆走了。老黑也认出了他，他就是这次案件的被告、老黑儿子工厂的老板——"大哥"。

老黑走进病房，柯正义见他来了很高兴，急忙示意他坐下。柯正义说，"大哥"刚才来索要证据，不过，他是不会受"大哥"胁迫的。这个案子，根据他收集的证据，"大哥"的工厂绝对要被停业整顿，"大哥"本人还要受到法律制裁。

老黑听到这里，眼眶湿了，他再也忍不住，站到柯正义面前，突然屈膝跪下……柯正义吓了一跳，连忙喊他起来。老黑说："柯主任，你是好人啊，为了我儿子的事，你被人打成这样……我老黑不知道怎么谢你，就磕两个头表示心意吧！"说完，他就磕起头来……

柯正义急忙制止他，说："你不要谢我，其实，应该是我要谢你！"老黑一头雾水：什么？谢我？柯正义沉默了半晌，给老黑讲了个故事。

二十年前，有一个中学生，左臂因为骨膜炎而残废了。同学们都看不起他，更有一个自称"大哥"的同学不仅嘲笑他、侮辱他，还常常打他。终于有一天，这个残疾中学生心底的愤怒爆发了。他知道明着是打不赢"大哥"的，于是，他偷偷跟着"大哥"，伺机报复。那一天，"大哥"放学后跑到了机械厂后山的桔园，把栅栏扒开一个洞，钻

了进去。残疾中学生知道，"大哥"是去偷桔子。于是，他捡起一块石头，躲在洞边，只要"大哥"偷完桔子，从洞里一冒头，他就会狠狠地砸下去！

可是，他等了好久，也不见"大哥"出来。他从栅栏缝里望进去，一看，原来"大哥"被看桔园的老黑给逮住了，这时正跪在地上，自己扇自己的耳光。

残疾中学生心里顿时爽快了许多，平时耀武扬威的"大哥"，在比他强的人面前，竟然这么窝囊。中学生明白了一个道理，"大哥"这种人就是欺软怕硬，你只有比他强，才能镇住他，而这个强，一定是你要站在有理的一边。残疾中学生丢下了手中的石块，笑着离开了桔园。后来，他成了一名律师。

"老黑，这人世间，好多事看似偶然，其实却是必然的。你想，当初如果不是你罚他跪在地上，自己扇自己耳光，我就会在洞口砸他的头了。这样，今天就少一个律师，多一个囚犯！所以，我应该谢你！"柯正义边说边掀开左边的衣袖，他的左臂比右臂瘦了整整一圈。

老黑经柯正义这么一说，恍恍惚惚想起来了一些，好像是有这么回事，

可他真的没有罚"大哥"跪在地上，自己扇自己耳光……

过了两天，老黑又来看望柯正义，刚走到病房门口，就看到"大哥"跪在柯正义的病床边，自己扇着自己的耳光。

原来，劳动监察部门开始立案调查了，如果此时，柯正义把收集的证据公布出来，那"大哥"和他的工厂就彻底完了。所以，"大哥"一改平日的嚣张，低声下气地来恳求柯正义不要提交证据，他更希望柯正义帮着劝劝老黑撤诉。至于老黑的诉求，他一定私下里全额满足。柯正义坐在床上，看着"大哥"哭啼啼的样子，表情有些复杂，看来举棋不定了。

就在这时，老黑大踏步走了进去，说："柯主任，你上次的故事跟真相有些出入，我从来没有罚偷桔子的人跪在地上扇他自己的耳光。那次，是他自己主动跪在地上，恳求我不要将他偷桔子的事告诉学校和父母。当时，我心肠一软就放过了他，可是，现在想想，如果当天我把他送到学校，或者交给他的父母，他一定会被严加管教的，以后就不会做出这么多坏事了……"

柯正义听完，顿时醒悟过来，他知道自己应该怎么做了……

（题图、插图：张恩卫）

・本刊信息传真・

故事会■新浪 微故事大赛

11月征集主题：高手

篇幅最短、含"金"量最高的故事，等待你的挑战！

《故事会》杂志和新浪微博（weibo.com）联合主办微故事大赛继续进行，邀请各路故事名家、草根英雄和世外高人展开较量！

本次大赛所有作品通过**新浪微博**平台征集（@故事会微故事大赛），每月一个主题，当月设金奖 1 名，奖金 1300 元；银奖 2 名，奖金 650 元；优秀奖 11 名，奖金 150 元。另设年度奖项。优秀作品将在每月《故事会》上刊登，并结集出版。9 月对手主题结果已经揭晓，详情请登录故事中国网（www.storychina.cn）查看。

11 月微故事征集主题：高手。高手也许是一个传说，也许就在你身边，古往今来，各行各业，他们总是令人仰慕……本月请你讲述一个关于高手的故事。正文字数在 130 以下，力求情节出人意表，立意隽永深远，文字鲜明生动。本月的微故事达人或许就是你！截稿日期：11 月 21 日。（本期特别选登 9 月微故事大赛优秀作品）

一路进京

□ 郭方玺

清康熙年间，青州府颜神镇上有个小孩，叫赵执信，四岁就能文，九岁已名扬乡里，常常和当地的文人名士一起吟诗作文。当时康熙的老师孙阁老恰巧也是颜神镇人，回乡探亲的时候听说附近有个文采过人的九龄小童，便轻视地说："区区一个孺子，能有何大作为？言过其实了吧？"于是，他便让人把赵执信叫到了家中。

孙阁老连出几题，赵执信对答如流，周围的人都啧啧称奇。这时，有侍从过来给孙阁老斟茶，阁老看到桌子上飘着香气的清茶，心中顿时有了主意，他品了一口茶，随后慢慢地念道："一杯清茶，解解解元之渴。"

众人听后，连声称好："妙句，妙句！"一杯清茶为解元解解渴，一个"解"字，看似简单，却用得十分巧妙。孙阁老得意地想：此妙句即便大人也难以应对，更别说这个乳臭未干的小童了！

只见赵执信左思右想，皱着眉头迟迟答不上话来。这时，众人之中有个青州府将校，耐不住性子，开始摆开棋盘与阁老对弈起来。阁老棋艺高超，尤其那连环炮用得出神入化。赵执信见此情景，马上灵光一现，脱口而出："二枚红炮，将将将校之军。"

众人一听，一齐拍手叫好，孙阁老更是乐得"哈哈"大笑，起身走到赵执信身旁，亲昵地拍拍他的脑

袋,说:"九岁便有如此奇才,此儿日后必成大器。"被孙阁老这么一夸,赵执信名声大噪,仅仅过了两年,就被举荐为秀才,开始了他的应考之路。

到了十七岁时,赵执信准备去济南参加三年一次的山东乡试,恰巧当地有一个地主家的秀才,叫钱广进,也要应考,于是两人结伴而行。同行路上,钱广进看到赵执信文采非凡,想到多这么个竞争对手心里总不是滋味,而且这个对手偏偏又是自己的同乡!于是,钱广进打起歪主意来,他打听到乡试的考官也姓钱,便以探亲的名义,带着银两悄悄登门拜访,让钱考官找个理由,把赵执信挡在考场之外。

这姓钱的考官,也是个见钱眼开的贪官,看到白花花的银子,赶紧应下了这事,他拍着胸口说:"此事好办,我保证让他进不了考场,还让他心服口服、无话可说。"

说到这里,要作个交代:古时候为了防止替考,科考时对考生身份是要查验的,不过这种查验仅是通过文字来描述。这一天,钱考官守在考场门口,捧着个考生名册,通过册子上的文字描述来核对考生身份。当时赵执信正值十七岁,已经长了很稀疏的胡须,名册上面注明的是"微须"。钱考官看完名册后,故意把脖子伸长,仔仔细细地盯着赵执信的脸看了

又看,随后大喝一声:"此人与名册上所述不符,来人呀,给我赶出去!"

赵执信据理力争,钱考官怒斥道:"理学大家朱熹注释说——'微,无也','微须'就是没有胡须,你一者有胡须,与名册中不符,是替考无疑;二者你连'微'字的含义都不懂,可见腹中没有点滴之墨,你还有脸进考场考试?还不快滚!"

赵执信听后不卑不亢地说:"按照大人的意思,晚生倒有一事请教。"

"你要问什么?"

"请问——当今圣上时常'微服私访',如你所说,那岂不是成了一丝不挂下访民间了吗?"

此话一出,吓得钱考官两腿发软,要是"微"字真按"无"来解读,这就相当于说康熙皇帝光着屁股到处跑,这还了得?若是让朝廷知道了,自己脑袋还要不要?于是,钱考官赔着笑,亲自把赵执信送进了考场。赵执信也很争气,考中了山东乡试第二名举人,获得了去京城会试的资格。

再说那个钱广进,在乡试中名落孙山,他想到自己赔了银子还落了榜,心中十分恼怒,看到赵执信回到家乡神气活现的样子,心里嫉恨得牙痒痒。他暗中花钱找了黑山一带的匪贼,埋伏在赵执信进京的路上,准备绑架他,让他无法进京赶考。

到了进京会试的时间,赵执信

带好行囊，骑着一头小驴，匆匆踏上了赶考的行程。一路到了章丘，不知不觉走到了一条僻静的小山路，两旁树木郁郁葱葱，加上天色已晚，更是阴森可怕。赵执信加快了脚步，正在这时，突然，一前一后蹿出两个山匪，堵住了赵执信的去路，随即把他来了个五花大绑。

赵执信知道，要脱险一定得回到人多的地方，他想到自己的叔父在济南开客栈，于是心生一计，谎称自己身上带了五十两银子。土匪听了大喜，可是翻遍行李却只找到十两，赵执信佯装叫起苦来，说："肯定是把银子落在昨晚住的客栈里面了，倒是不远，就在济南，你们要是肯放了我，我就带你们去客栈，要来的银子全给你们。"

土匪心想：先答应你，等拿到银子，我们再把你给绑了，两头通吃。

于是，土匪就给赵执信松开绳子，然后拿着刀，顶着赵执信的腰，恶狠狠地说："你要是敢嚷嚷，我们就把你捅了！"

土匪押着赵执信，来到济南叔父的客栈里，未等叔父开口，赵执信就抢着说："老板，昨天我住在你们店里，落下了一个包裹，里面有四十两银子，不知你看到了吗？"

叔父也是个聪明人，看到赵执信身边的两个人身上带着刀，满脸杀气，而且侄儿叫自己"老板"，内中必有蹊跷，于是叔父就试探着问道："客官的银两在我这里，四十两一点不差，不知客官年纪轻轻带这么多银两出来干啥？"

赵执信机智地回答道："家父是做屠户生意的，我这次带这些银两是去章丘买羊的。"

叔父知道赵执信家并不做屠户生意，此番回答定有难言之隐，十有八九是被土匪绑架了。于是叔父佯装不认识他，拿出四十两银子递过去，待他们走远了，便赶忙跑到济南府报案。

两个土匪拿到银子后十分欢喜，但也没有放了赵执信，他们又把赵执信绑了起来，赶回贼窝。不料没走多远，

官兵就追了上来，两个土匪束手就擒，到头来也不知道是如何被人识破的。

赵执信机智地逃过一劫，来到了北京，在会试中取得了佳绩，终于赢得了殿试资格。

当天，天还没亮，赵执信早早就起身了。在去殿试的路上，他遇见几个在路边哭泣的小孩，一问，才知道这几个孩子昨天在庙会上跟大人走散了，一路贪玩，走到了这里。说来也巧，此处扎了个大彩灯，里面堆放着五颜六色的布条，几个小孩又累又饿，便钻进彩灯里面，躺在软绵绵的布条上睡着了。小孩们一觉醒来，已经是半夜，看到四周无人，心中十分害怕，于是哭了起来。

赵执信也顾不上自己的事了，带着小孩走街串巷，最终在广渠门附近遇到了寻找小孩的人群，只见他们打着王府的灯笼，正焦急地一路找着。他们看到赵执信把小孩带了过来，顿时喜出望外，众人问明情由，便要带他回府重谢。

赵执信看到太阳已经东升，殿试马上就要开始，于是婉言辞别，向着紫禁城赶去。唉，他毕竟耽搁太久，最终晚了一步，被人挡在了殿外。

这时，主考官走来，瞪了赵执信一眼，出口数落道："一介书生两条腿，便三四更起，并五六步赶七八里路，也晚不了许久（九），实（十）不可原谅。"

赵执信听后，暗想：我来晚全因为中途办了件有道义的事，不如让我把事情的原委告诉主考官吧。既然主考官用"一"至"十"这几个数字作了一联数落我，我不妨也用同样法子回答他，于是就朗声念道："一心赶考，路遇二三个小童，闻知四分五散，携其六寻七找，走遍八弄九巷，可叹十分来迟。"

这个主考官，正是吏部尚书王士祯，他也是爱才之人，听了赵执信这番话，正在暗中欢喜，不料家人骑马奔来禀报。原来，刚才赵执信救助的这几个小孩中，有一个竟是王士祯的孙儿，王士祯这才知道站在面前的竟然是自己的恩人，于是连忙进殿为赵执信求情。

康熙一听，有意想再难为一下这个迟到的考生，于是命赵执信再倒着从"十"至"一"作一联。

面对皇帝，赵执信想把这些年自己读书、应考的艰辛表述一番，他稍作沉吟，便成一联："十年寒窗，进了九八家书院，抛却七情六欲，苦读五经四书，考了三番二次，方才一骑进京。"

康熙听后心中暗暗称赞，于是心生怜惜之情，让赵执信入殿考试。这一场考试中，赵执信一举夺魁，进京入仕，最终成为了朝廷重臣。

（题图、插图：谢 颖）

□ 郭一婕

六只虾

张正刚和妻子叶兰都是普通工人，月工资都只有两千多，还租着房，日子过得紧巴巴的。两个月前，叶兰怀孕了，张正刚提出搬回母亲家住，这样至少能省一笔房租。

张正刚的父亲不久前刚去世，家里就留下母亲一个人。这次，小两口要搬回来住，母亲倒也很乐意。

这天，张正刚发了工资，下班回家路过海鲜市场，看见虾子很新鲜，想到母亲和自己都喜欢吃虾，而且妻子又怀孕了，正是该补营养的时候，于是就挑了六只，准备给家里开开荤。

一进门，张正刚就举着虾袋子喊："妈，老婆，我买了六只虾，今晚咱们吃虾喽！"母亲闻声出来，接过袋子就进厨房了，叶兰怀孕闻不得油烟味，下班后就在卧室躺着。张正刚正想回卧室和老婆说几句话，就接到单位电话，让他回去一趟，母亲一听，连忙喊道："吃了饭再走！"张正刚说来不及了，给他留点饭，回来热热吃。他一边说着，一边下了楼。

不一会儿，饭就做好了。叶兰要帮婆婆端饭，婆婆没让她动手，只叫她坐着等吃饭就行。叶兰觉得虽然以前跟婆婆不和，但自从怀孕以来，婆婆对自己照顾得无微不至，婆媳关系也渐渐缓和了下来，这么一想，心里暖暖的。

片刻后，婆婆先把虾端了上来，让叶兰趁热吃。叶兰刚想夹虾，却发现盘里只有五只虾，丈夫刚才说买了六只，自己听到的。她想，大概是婆婆已经给丈夫留了一只，可是丈夫那么喜欢吃虾，只给他留一只，总觉得留少了，就想提醒婆婆给丈夫多留一只，于是就问婆婆给丈夫留了没有。

婆婆说光顾端饭了，还没留呢，这下叶兰有些不高兴了，既然没给丈夫留，那怎么无端少了一只虾？难不成是婆婆自己在厨房吃了？心里这么想，又不好意思明说。

这时，婆婆从厨房拿来了盘子，准备给儿子留出菜来，婆婆夹虾时也发现了问题，心想，儿子明明买了六只虾，我往锅里放的时候也数着是六只，怎么现在是五只了？难不成是儿媳自己早吃了一只？这么一想，她就夹了两只虾，给儿子留起来。

这样，盘里就只剩三只虾了，婆媳俩看看，谁也没有吃，只顾吃别的菜。这顿饭呀，似乎比平时用的时间长，饭都快吃完了，叶兰和婆婆都没说话。

最后还是叶兰先动起手来，她自己夹了一只

虾，又把剩下的两只夹给婆婆，说："妈，我吃一只就够了，这两只都给你。"婆婆愣了一下，脸上阴沉沉的，说："不了，我年纪大了，吃虾不好消化，我吃一只就够了。"说着，她把其中一只虾夹回到盛虾的盘子里。这下可好，场面彻底僵了，婆媳两人吃完了自己碗里的虾，谁也没有收拾碗筷的意思，就各自回屋了，只剩餐桌上那只虾，静静地躺在盘子里……

婆婆在屋里生着闷气：当初就不同意娶这么个儿媳，家庭条件不好不说，还这么没教养。我看你怀孕，让你回来住，伺候你吃，伺候你喝，什么活都不让你动手。今天吃这么个虾，先不说你没等我这个婆婆上桌就先吃，吃了还要装糊涂，说什

么只吃一只，这算什么？这就是明着讽刺我这个婆婆亏待你了呀……老头子啊，你怎么就早走一步呢？剩下我老太婆无依无靠，还得看媳妇脸色……想着想着，她就哭了起来。

儿媳叶兰也是满腹委屈：虽然你是婆婆，是长辈，我们做儿女的应该孝敬你，可你也不用在厨房躲着吃啊，好像我是那种恶毒的儿媳不让你吃一样。怪不得不让我帮你端饭，原来躲着偷吃虾啊！其实，你就是吃了也没人说你，你干吗还说自己吃一只呢？难不成是我先偷吃了，还装着没吃吗？叶兰越想越生气，不禁想起当初和丈夫谈恋爱时婆婆的种种干涉、反对，想着想着，也掉了眼泪。

晚上九点多，张正刚回来了，一进门就看到餐桌上碗筷都没收拾呢，盘子里还有一只虾。

张正刚觉得有点奇怪，今儿个的情形可有点反常，进厨房一看，灶台上给自己留着饭菜，还有两只虾，那外面餐桌上的一只虾是怎么回事？张正刚就去问母亲，一开房门，发现母亲正抹着眼泪，还没等自己开口，母亲就板着脸说："都是你找的好老婆，先偷吃了一只虾，还装没吃，难不成是我吃的？"

张正刚连忙打圆场："她不是怀孕了嘛！"他赶紧变着法儿劝母亲，

好一阵子，母亲脸色平和了些，于是他又到自己房间看老婆。叶兰正噘着嘴不高兴，一看见丈夫回来就嚷嚷，把心里所有的不满都说了出来，就像丫环诉苦一样。

张正刚心里也犯了疑，到底两人是谁没说实话？一只虾，也犯不上不对自己说实话啊！

这时已经快十点了，张正刚从下班后到现在还一直没吃饭呢，肚子早饿得不行了，心想不管那么多了，先吃饭再说。他看到锅里煮虾剩的汤还没倒掉，这汤可鲜着呢，便准备盛碗虾汤喝。一铁勺舀下去，像是有什么东西在锅里"嘎巴"了一下，捞上来一看，竟是老婆和母亲找了一晚上的一只虾！

张正刚忙把两人叫到厨房来，婆媳俩看后都愧疚不已。原来，厨房的灯本来就暗，再加上虾汤浑浊，婆婆用漏勺捞虾没捞干净，捞到盘子里也没细看，一直到端上桌子都没有细数，这才闹了误会。

事后，张正刚对两人说："都是一家人，有什么说不开的？就一句话的事，问一声就完了，何苦还为这么点小事憋着气？如果是亲妈亲女儿，恐怕就不会这么麻烦了吧？"

婆媳俩没说话，脸倒是都红了……

（题图、插图：陆小弟）

水可以飞

一个秀才几次参加科举考试均落榜,他心灰意冷执意放弃。老师便端来一盆水对他说:"学生莫忧,如果你能让这盆水飞起来,我定会助你科举中第。"秀才大喜,端起水盆洒向空中,水便飞了起来,可老师不认可这个答案。秀才又说把水装进水袋,然后挂在风筝上放飞……老师仍不满意。

最后,老师把水装进水壶,然后放在炉火上。不一会儿,水壶里的水开了,水蒸气腾腾上升,老师笑着说:"学生请看,水已经飞起来了。"秀才愣住了,老师说:"对

你而言,水飞起来是奇迹,但此奇迹的发生,是有条件的,即壶里的水须滚烫沸腾。你的科考之路一样,须保持勤奋学习的十分热度和一颗滚烫的心,奇迹才能发生。"

(作者:程 刚;推荐者:它山石)

向外倾斜一度

工程队里,设备检修进入了回装阶段,下一道工序是吊装一个重达1吨的大型工件。技术员将吊装方案交给指导检修的技术专家审查。专家看后,问了技术员几个问题。

专家问:"是垂直吊装吗?"技术员答道:"是的。"专家又问:"吊装时,工件周围有照护的人员吗?"技术员说:"有。"专家接着问:"照护人员在工件的哪一侧?"技术员指着图纸说:"里侧,也就是这一侧。"

专家以不容商量的口气说:"请修改一下方案,改垂直吊装为向外倾斜一度。"技术员不解:"为什么?垂直吊装不是更稳定吗?"

专家解释:"一旦发生意外,工件脱落,必须让它向外侧倒,因为里侧有人,我们首先要保证人的安全。"技术员恍然大悟,心悦诚服地修改了方案。

向外倾斜一度,让这个修改方案充满了人性的味道。

(作者:赵盛基;推荐者:它山石)

"天价"生命

这天，美国一所监狱里，死囚犯乔即将在下午两点接受行刑。按照规定，死囚在临死前，可以要求吃上一顿好的。于是，乔点了各种美食，外加一瓶红酒。中午，乔还在享用美食，但就在行刑前半小时，他却被发现已经死了！

当时，12:50，乔喝完红酒后突然倒地，挣扎了半个小时后死亡。法医鉴定是酒精引发脑猝死——乔一直有高血压，当天他并没有吃药。

早死40分钟或迟死40分钟，被枪决或脑猝死，反正都是死，狱方认为这不是什么大不了的事情，但乔的家人却将狱方告上了法庭，要求赔偿乔40分钟的"生命的价值"——天价350万美元！他们认为，因狱方的过失导致了乔意外死亡，剥夺他最后感受这个美好世界的生存权，以及与亲人最后告别的权利！

法院认为："尽管乔是将死之人，但是在死之前，他依然是受到法律保护的，享有生存的权利。狱方的失误损害了他的权利，理应赔偿。"

乔的家人最终将这份"天价"赔偿金全捐给了公益事业。他们说只想通过此事，警醒和告诫执法部门要尊重法律赋予每个人的生存权，哪怕他们是即将灰飞烟灭的死囚。

（作者：牧徐徐　**推荐者**：阿　紫）

· 沧海拾贝　人生百味 ·

小道消息

南宋有段时间，临安市场上铜钱匮乏，以致货物大量积压。知府无奈，只得求助丞相秦桧。

秦桧沉吟片刻，召见了一个财政官员，此人素以舌头比脑子跑得快见长。秦桧屏退左右，一本正经地说："刚刚接到圣旨，准备改变钱法，市面上通行的铜钱一律废止，你们要提前做好准备。"临走，秦桧还特意嘱咐："此乃国家大事，切记保密。"

此官员得蒙丞相委以重任，着实高兴，但他想到自己手里车载斗量的铜钱，如不赶紧出手，很快将变成一堆废铜烂铁。于是他让几个办事麻利的手下，拉着铜钱上街购物，赶紧把钱花出去。此外，他又遣口风紧的心腹前去给亲朋好友通风报信，再三叮嘱切记保密云云……不出半日，街上车马骤增，到处都是抢购物品的人，各大商家已不知用什么盛铜钱好。

第二天，知府满脸喜色地向秦桧报告："市场上铜钱如山，交易已恢复正常。敢问大人，到底是用了什么良法？"

秦桧笑道："小道消息而已。"

（**作者**：清风慕竹　**推荐者**：紫藤花）

（本栏插图：陆小弟）

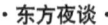

这年头，外星人攻打地球，要大获全胜很难；但你可知道，有这么一天，外星人想和地球人交个朋友，也不容易呢……

你好，地球人

□ 谢丰荣

这一天傍晚，外星人斯克从一片无人森林里钻出来，神情显得疲惫而颓丧。他来自一个遥远的星球，是有任务的。不过，一个月过去了，任务却没有完成，他心里正窝囊着呢。

情况是这样的：斯克他们的星球，认为与地球建交的时机已经成熟，为了表示善意，他们决定先扶持一些地球人，特别是那些弱者。斯克经过观察，有个叫风云的小伙子，心地善良，却并不聪明，是个理想人选。

上个月，外星人将商场里一台等待被抽奖的冰箱进行了秘密改装，又想方设法让风云中了奖。接着，斯克扮演了售后服务人员，几次来到风

云家。在教风云如何使用冰箱的过程中，他旁敲侧击地将他们星球上的高科技传授给风云，谁知风云是个大笨蛋，根本听不懂。

这天，斯克再次来到风云家，他今天已经下定决心了，要明明白白地把一切全告诉风云。尽管由于泄密，自己会受到处分，但是他顾不了那么多啦！

因为冰箱多次出现"故障"，风云见到斯克的时候都有点不好意思了。斯克进了门，就不耐烦地叫风云把冰箱使用说明书拿出来，然后一字

一句地念给他听：“本冰箱有一种不寻常的功能，如果消费者按指定要求对食品进行制冷，将有意想不到的功效……看，下边写了几种食品的制冷步骤，可你……”

斯克越说越生气，把说明书抖得“哗哗”直响。风云像做了错事的孩子一样听着，毕竟这台冰箱是他不花一分钱白捡来的，他小心地问：“对不起，我不明白'意想不到的功效'究竟是什么，你能不能给我说明白一点呢？”

斯克向头顶望了望，他们星球的飞碟，正在两万米外的高空密切监视着他的一举一动，不过他已经没有耐心再对眼前这个笨蛋啰唆了，他很不客气地说：“笨蛋，听着——第一个星期，我让你买一条鱼，先急冻十分钟，再冷藏到半夜，然后又重复一次，第二天就好了。你虽然照做了，可那条鱼却让邻居家的猫叼走了。知道那条鱼代表着什么吗？是美貌！”

风云吃惊地吸了口气，说：“怪不得这只猫越长越漂亮了，后来主人送它去参加宠物选美比赛，得了第一。”

斯克看了看风云的脸，嘲讽似的直摇头。风云长相丑陋，原本是想让他吃了这鱼后变得英俊，这也算是向地球人表示善意的一个举动，可这笨小子……风云见斯克看着自己，有些不好意思地低下头，看来心里很后悔。

斯克又说：“知道经常到你家来玩的那几个小孩吗？他们平时成绩很差，可两周前为什么都考学校前几名啦？告诉你，是因为吃了你按照操作方法冷藏的葡萄！还有，你那个老乡前段时间来向你诉苦，说包工头拖欠工资，你请他吃了半个西瓜，回去官司就打赢了；你有个哥们，就因为十天前吃了你从冰箱里拿出来的一个苹果，知道他现在的境况吗？他都当公司的总经理了！因为葡萄代表才华，西瓜象征成功，苹果就是权势。这一切，都应该是你的，可你，全浪费了，真是笨得可以！”

风云瞪直了眼睛，好久才回过神来，疑惑地看着斯克，问：“你究竟是什么人？”

到了这个时候，斯克当机立断，公布了自己的真实身份，说出了他的星球与地球建交的秘密。风云这才明白过来，难怪自己的冰箱三天两头出毛病，原来全是斯克操控的，只有冰箱坏了，他才有机会登门服务，也才能指导风云按特殊方法冷藏食品，才能向他秘密传授他们星球匪夷所思的高科技！

风云沉默了，像是在为自己错失了这么多的机会而后悔，可不是？美貌、才华、成功、权势……这些都泡汤了，真该好好抽自己两个大耳光！

斯克嘲弄地说："后悔了吧？"说着，他来到冰箱面前，三下两下就修好了它，然后又从衣兜里拿出一根香蕉交给风云，要他这次必须按要求去做，必须自己吃下去。风云连连点头，斯克这才放心，看来这次任务很快就将完成，他的心情变得轻松起来。

这时，风云试探着问了一句："请问香蕉会带给我什么？"

"这个……每次我也是事后才会知道。好了，明天我还来，一定要看着你吃下去！"斯克说着，出了门。

之后，斯克果然受到处分，上级甚至要将他这个泄密的家伙遣送回星球，好在他苦苦相求，上级才让他继续执行任务，将功折罪。不过，上级又皱着眉头说："本来帮助风云的事早就该结束了，可你拖到明天，而明天……"

斯克不解地问："明天怎么样？"

上级板着脸说："鉴于你已经有泄密的记录，我不能把真相说给你听。这样吧，我冰箱里有一根香蕉，你把它吃了吧。"斯克只好稀里糊涂地吃了香蕉。

第二天，斯克早早来到了风云家，风云傻乎乎地问："香蕉可以吃了吗？"看样子他已经等不及了。

斯克看了看表，点点头，于是风云打开了冰箱，把香蕉取出来，仔细端详。

"吃吧。"斯克催促着，他有些不安，心想：上级说话吞吞吐吐的，还要求自己吃"香蕉"，难道有什么大事要发生？还是早点离开为妙。

就在这时，风云好像听到门外有什么动静，说："门外好像有人喘气。"他打开门一看，一个脏兮兮的老太太出现在门口，像是生病了，走路十分吃力。

老太太不好意思地哀求风云："小伙子，你经常帮助我这个没人管的老东西，真不知道该怎么谢你！可……可我今天气喘得紧，我想再向你借点钱去看医生，行吗？"

风云二话不说，把皮夹里的五百块钱递给她。斯克瞄了一眼那个空皮夹，叹道："真是笨蛋，也不替自己想想。"

没想到下边发生的事更让斯克目瞪口呆了，只见风云剥开香蕉，对老太太说："老人家，吃了它，病会好些的。"没等斯克阻止，那根香蕉已经被风云递到老太太嘴边，老太太含着泪水，大口大口地吃了起来。

斯克见了，那个气啊，他举起拳头直捶自己的脑袋：风云，你这个天底下最大最大的大笨蛋！让你吃下香蕉，这可是我要完成的任务啊，现在你把香蕉给了别人，我的任务怎么办啊……

就在这时，大地突然剧烈地颤动起来，整栋楼发出"噼里啪啦"的响声，并剧烈地晃动起来，原来是发生地震了，仅仅一眨眼，大楼就塌了下去……

斯克并没有受伤，楼层垮塌时正好形成一条通道，他和老太太都爬了出来。老太太看着废墟，念着好心的风云，瘫坐在地上，老泪横流。

斯克摇了摇头，见她很安全，就静静地离开了。他现在终于明白上级说话为什么吞吞吐吐了，原来今天地球上会有一场灾难，尽管飞碟早就测出这种危险，无奈他们的星球还无权干预地球的现实生活。过去他们有几次透露过地震信号，可是地球上的人谁也不信。同时，他也明白了香蕉所代表的东西：幸运！正是由于他和老太太都吃下了香蕉，才在地震中得以生还。他为风云感到遗憾，明明知道香蕉是个宝贝，有着某种强大的能量，可偏偏心软，将好东西拱手让人，真是笨得可以！

外星人斯克回到基地，第二天，他闲着无事，在网上浏览地球新闻，发现不少媒体都报道了地震的救援工作，其中一条引起了他的注意，题目竟是"地震中出现神秘人物"，说的正是有关风云的。原来风云并没有死，老太太找来很多人，从废墟里将他刨出，紧急送往医院，由于他失血过多，需要输血，可一验血，才发现他的血型是地球上从未有过的。正在医生一筹莫展之际，偏偏风云整个人又消失得无影无踪了。

斯克看到这里，不由一呆：这是怎么回事？风云是什么人呢？

正在这时，上级走来，对他说："你快去我们的医院看看吧！"

斯克问："去医院，看谁？"

"你的同事——风云！"上级说，"其实我们派往地球的人很多，遍布世界各地，任务也都一样。只是你在执行任务时出了差错，竟然将他当成帮扶对象，而他，即使对你也深藏不露。他已出色地干了十年，十年里完全与地球人融合在一起，他是怀着真诚的心去亲近地球人的，为他们宁愿牺牲自己的生命。他可比你强多了，你这个笨蛋！"

斯克突然觉得脸上燥得慌……

（题图、插图：包丰一）

掖 被 子

□ 王相军

小桥村有一户人家，男人叫廖大，是赶大车的，常年在外；女人姓李，村里人都叫她李姐，原是河对岸李员外家的丫环，因与家奴私通被驱逐在外，后被廖大收留，娶为妻子。

新婚之夜，李姐让廖大起誓：以后要如何如何对她好。廖大是个粗人，支吾了半天才说："以后，每天你睡着时我都会为你掖掖被子，不让你着凉。"廖大娶李姐时家里只有一床薄被，而从那天起，无论是清晨还是深夜，廖大果真没有食言，只要老婆睡着，他就会轻手轻脚地走到床边，把被子给掖好。

这样的日子过了两年，廖大呢，一门心思想着如何让日子过得更好，更加拼命地在外奔波，而李姐则开始对这又贫穷、又冷清的日子心生厌倦，竟和当年那个家奴死灰复燃，勾搭在一块儿。

鱼儿偷腥，毕竟不是个事，两人渐渐不再满足这偷偷摸摸的日子，商议着如何把廖大斩草除根。可怜廖大为人憨厚，如何想得到一场灾难正悄悄来临呢？

很快，那家奴买通了一个杀手。杀手名叫柳青，冷酷无情，最大的特点就是认准目标后并不马上动手，而是先和对方交朋友。柳青杀人的功夫极其一般，但是交朋友的功夫却是天下无双，凡是他认准的人就一定能成为朋友，可一旦成为朋友，没过几天，这人就会突然消失得无影无踪，永远活不见人，死不见尸。家奴把这计划告诉了李姐，李姐自然喜不自禁。

小桥村离运河不是很远，廖大通常都是在码头上拉了货物，然后根据货主的需要再送往各地，所以回家的时间也是不确定的。这一次，廖大在外了将近一个月，回家时还带了一个朋友，廖大向李姐介绍了那朋友，一说是姓"柳"，李姐已知道是怎么回事了。

这么多年来，廖大从没结交过什么朋友，认识了柳青自然觉得十分荣幸，所以掏心窝似的和他结交起来。两人天天喝酒，外人看来亲如兄弟一般。这一天，两人又畅饮了好一会儿，柳青酒量似乎极好，席间，柳青对李姐说："嫂子啊，明天我就要把廖大哥带走了，我要带他去发一笔大财，你就等着过好日子吧！"说话时，柳青满含深意地笑着，一旁的廖大只知道低头饮酒，对身边发生的一切浑然不觉。

喝完了两壶酒，廖大就醉了，而且醉得一塌糊涂。柳青搀扶着廖大去房间躺下，廖大很快进入了梦乡，可柳青躺下后却是辗转反侧，难以入睡：这段日子，认识了廖大，柳青深知他是个对任何人都不设防的良善之人，同时，他也真的把自

己当作了肝胆相照的朋友，杀这样的人，虽然下手并不是难事，但杀了后自己会不会有什么报应呢？想到这里，柳青突然又笑了：一个杀手，岂能相信因果报应之说？如果真有报应，这世上哪还会有杀手？

时下正是十五，月光如水，朦朦胧胧之际，柳青突然发现一个黑影立于床前，他本能地想去摸枕下的利刃，可刀还没摸到，那黑影却抢先伸出手来，摸到柳青身边，去给他掖被子……

这一刻，柳青的心震撼了，他固然可以不相信因果报应，但再怎么着，他也不能对着廖大操起刀来，因为他柳青是杀手，但不是畜生！

第二天，廖大一早起来，却发现柳青早已悄悄地离开了。他觉得昨晚的事有点奇怪：半夜酒醉醒来，他先去给老婆掖被子，听到了老婆的梦呓，她说"柳兄弟"是来杀他的，他不相信；随后又来到床边，给柳青掖被子，可奇怪的是，今天早上柳青又不辞而别……

后来，李姐和那家奴打得越来越火热了，廖大再憨厚，也渐渐看出了端倪。在一个春暖花开的日子里，他赶着那辆马车，选择了离开。车上只带了一床被子，他不想再为那个不值得爱的女人掖被子了……

（题图：谢　颖）

动物演讲

◆ 鹦鹉：我每次演讲虽然很短，但我是动物界第一个能用鸟语和汉语演讲的动物，我是名符其实的双语演讲家。

◆ 公鸡：我演讲就一句话，就喜欢在天亮时讲，这一句话既是我经典的开场白，也是催人奋起的结束语。

◆ 乌鸦：我挺喜欢演讲，可就是记性不好，每次开场白那个"啊——"讲过后，后面的词就忘了。

◆ 鱼：我不善言辞，但还是有粉丝。不少网友在论坛里喜欢潜水，说实话那都是跟我学的。

（推荐者：太阳树）

妙趣数字成语

◆ 0000 — 四大皆空
◆ $0 + 0 = 0$ — 一无所获
◆ $1 \times 1 = 1$ — 一成不变
◆ 1 的 n 次方 — 始终如一
◆ 1:1 — 不相上下
◆ 1+2+3 — 接二连三
◆ 3.4 — 不三不四
◆ $20 \div 3$ — 陆续不断
◆ 9 寸加 1 寸 — 得寸进尺
◆ 1，2，3，4，5 — 屈指可数
◆ 12345609 — 七零八落
◆ 23456789 — 缺衣少食
◆ 2468 — 无独有偶
◆ 1，2，4，6，7，8，9，10 — 隔三差五
◆ 1000 的平方 $=100 \times 100 \times 100$ 千方百计

（推荐者：安 迪）

那些人的囧生活

◆ 工作是"三等"：等下班、等工资、等退休；

◆ 生存是"三挤"：挤公交、挤时间、挤牙缝；

◆ 时运是"三堵"：路上堵车、债主堵门、办事堵心；

◆ 宣泄是"三发"：生气发脾气、赌气发神经、出气发短信。

（推荐者：苏 童）

幽默生活总结

◆ 年轻时千万别因为没有钱而绝望，因为你要知道，以后没钱的日子还很多。

◆ 最忙的一天是"改天"，因为人们常说"改天有空聚"；最远的一次是"下次"，因为人们常说"下次一定来"。

◆ 说了"晚安"去睡的人，往往半小时以后还在得瑟。

◆ 以前，养儿防老；如今，养老要防儿。

◆ 感情上失恋一次，事业上失败一次，选择上失误一次，恭喜你，成人了。

◆ 眉毛上的汗水，眉毛下的泪水，你总得选一样。

◆ 把弯路走直的人是聪明的，因为他找到了捷径；把直路走弯的人是豁达的，因为他同时多看了几道风景。

◆ 一起吃饭叫拼桌，一起坐车叫拼车，你把后半生交给我，从此一起生活，这叫拼命。

（推荐者：迎　风）

小文字，大道理

◆ 酒：小喝是享受，大喝须忍受，再喝准难受。

◆ 色：小碰是快乐，大碰是麻烦，常碰是负担。

◆ 财：小财是财富，大财是包袱，横财犯糊涂。

◆ 气：小气是脾气，大气伤元气，常气会断气。

◆ 名：小了有福享，大了心不静，图利定不幸。

◆ 食：小吃补营养，大吃损健康，多吃卧病床。

（推荐者：刘　洪）

文绉绉

最近网上流行"文绉绉"地说话，比如：

◆ "怎样文绉绉地指出一个人长得不好看？"——"此颜差矣。"

◆ "脸上都是坑的呢？"——"颜之凿凿。"

◆ "形容一个人脸大呢？"——"大颜不惭。"

◆ "丑得把人吓跑呢？"——"异颜即出，驷马难追！"

（推荐者：天　问）

（本栏插图：安玉民　梁　丽）

包丢了谁赔

□ 王　睿

这天，小老板杨明开车出去做保养，到了洗车行，里面马上出来两个人给他的车进行全面清洗。这时，正巧客户来电，杨明便走到一边接了电话。这个电话持续了近半小时，等杨明打完电话，回过身来，车也洗好了。正当他准备取钱去结账时，却发现放在座椅上的公文包竟不翼而飞！

公文包里可是有30万现金和很多重要的客户资料啊！杨明怒气冲冲地找到了洗车行的负责人王经理，要他给个说法。

王经理听闻后面如土色，立马叫人调出了车行的监控录像。从录像里看出，给杨明洗车的有两个人，一个穿着红衣外套，一个穿着浅蓝色外套。只见杨明转身走到一边去接电话的时候，那个红衣男子左顾右盼之后，迅速放下手里的洗车刷子，拉开车门拿走了包，一转眼就消失不见了。

看完监控录像，王经理肯定地说："那个穿红外套的人不是我们店的员工，我们店的员工都是统一穿浅蓝色的工作制服！"

杨明直嚷嚷："你撒谎！不是你的员工，他怎么能跟你的员工一起擦车？"

王经理一拍脑袋："我想起来了，

这男的之前来我们车行应聘，不过由于他证件不全，我们没敢录取。"

杨明责问道："没被录取，你还留他在车行里？"

王经理顿时语塞，急忙叫来画面中另一个员工询问情况。那个员工老老实实地说："当时我准备去洗车，那个男的说要来帮我。我说不是我们店里的员工是不能帮忙的，可他却说已经被录取了，就等着发制服后正式工作了。当时，我记得先前是看到这个人来店里面试过，就相信了，便让他来打打下手。"

王经理耸耸肩，一脸坦然说："杨老板，你听见了吧，那人就是个骗子，这是外人作案，不关我们洗车行的事。"

杨明十分愤怒，双方争吵得面红耳赤，也没弄出个结果来，最后，杨明狠狠扔下一句："咱们法庭上见！"

两天后，杨明找到律师，一纸诉状把洗车行告上了法庭，要洗车行赔偿他的一切经济损失。

几个月后，法院作出判决：

洗车行管理不善，给客户造成损失，负主要责任，应承担70%的责任。而杨明本人，由于没有妥善保管好自己的重要财物，导致财产损失，承担余下30%的责任。判决结果宣读后，洗车行表示服从判决，最终双方都没有再提出上诉。

律师点评：

本故事主要涉及的法律问题，即过错责任的承担。根据法律规定：公民、法人由于过错侵害国家、集体的财产，侵害他人财产、人身的，应当承担民事责任。受害人对于损害的发生也有过错的，可以减轻侵害人的民事责任。

故事中，因为洗车行在管理上存在一定缺陷，导致小偷冒充工作人员、实施盗窃行为的发生，理应承担相应民事责任。但作为受害者的杨明被盗结果的发生，与他本身的疏忽大意尚有一定关系，故也应承担一定的民事责任。

（题图：丁德武）

一个梦幻的水族箱里，有一条高贵的龙鱼，龙鱼孤单地在水中游弋，看着人世间的酸甜苦辣、喜怒哀乐，却不能言语……

不幸福的龙鱼

□ 梅永远

1.为了女儿

洪大鱼，今年四十一岁；洪小珊，今年一十四岁，两人是父女关系。洪大鱼是个鳏夫，一个人拉扯女儿并不容易。虽然他给一个高档的小区看门，但工资少得可怜。他每天最愉悦的事，就是抿两杯小酒。

可是，洪大鱼最近居然把酒给戒了，能让他下这么大决心的，也只有他的女儿洪小珊了。

洪小珊是个非常懂事的小姑娘，她并没让爸爸戒酒，她从来不向爸爸提出任何过分的要求。可是，洪大鱼无意中看到了女儿的一篇日记，里面有几句话是这样的："我今天陪苏苏去上钢琴课，休息的时候，苏苏的钢琴老师也让我弹了一段儿，老师竟然说我是个天才，对音律、节奏、琴键有非常敏锐的感觉，如果好好培养，一定能成大器。我也很喜欢弹钢琴，梦想成为一个音乐家，可是，我不能把这话说出来，钢琴太贵了，爸爸他实在是太辛苦了……"

就这么几句话，让洪大鱼铁了心戒了酒，他决定要买一架钢琴！

洪大鱼去了一家"佳音"琴行，咨询了钢琴的价格。琴行老板是个非常讲究的人，店里收拾得井井有条，在介绍了各种钢琴的特点和价格后，老板用修长、白皙的手指轻轻敲着一架白色钢琴的烤漆面板，淡淡地对洪大鱼说："如果你信得过我，就这款吧，德国名牌，音质稳定，按键灵敏，最低价格18800……绝对不能亏待孩子呀！"

最后这句话打动了洪大鱼，他对老板说："好吧，就这台钢琴了，我过一段时间来买。"洪大鱼前脚刚走，回头就看见琴行老板开始拖地，嘴里还嘟囔："穷酸样，一看就买不起，还弄脏我的地板。"

为了这架钢琴，洪大鱼发了狠，工作之余，还为小区里的业主们提供家政服务，赚些外快。因为洪大鱼是小区保安，业主们信得过，所以他的活儿还真不少，下班时间常常排得满满的。这些住户们大都家境殷实，出手阔绰，洪大鱼很快便攒下了一万多块钱。

这天傍晚，洪大鱼正在交接班，一辆奥迪车停在值班室门口，他的生意又来了。洪大鱼认识车主，他姓袁，七栋的一个住户，好像是教育局的局长。袁局长很有钱，可也是出名的抠门，路上看到个饮料瓶子都要下车捡起来放进后备箱。他也许就是这样的"勤俭节约"，才发家致富的吧。

袁局长笑呵呵地对洪大鱼说："洪师傅，我晚上出去吃顿饭，你趁下班帮我把屋子收拾一下吧。"

洪大鱼满口答应，还没说报酬的事，袁局长又从车里拎出两瓶酒来，说："这两瓶干白，就当是工钱吧，进口的，这一瓶售价一千多呢！"

这袁局长果然是抠门到家了，肯定是拿别人送的礼品抵账。不过，洪大鱼听说这酒这么贵，也动心了，盘算着把酒卖了。

袁局长把钥匙留下就走了。洪大鱼打量了那两瓶酒后，才发现上当了，酒虽然是进口的，可明天就到期了。

不过，答应人家的事情，洪大鱼也不能不办。洪大鱼拎着两瓶酒到了袁局长家，打开灯一看，愣了：那才是神仙住的地方啊，装修奢华、典雅，光那璀璨夺目的水晶吊灯，估计他洪大鱼一辈子也买不起；还有那个绚丽多彩的巨大水族箱，简直像个浓缩的海洋世界。

洪大鱼叹了口气，撸起袖子干活儿。虽然家里没人监督，他做得还是一丝不苟。洪大鱼的口碑，整个社区的人都知道。

洪大鱼收拾完两个房间，觉得口很渴，但没经过允许，他绝不会动雇主家一针一线。忽然，他想到了拎来的两瓶干白葡萄酒。

洪大鱼找了个红酒起子，三下五除二开了瓶，"咕咚咕咚"一口气喝了半瓶。他自言自语道："这外国酒，跟红糖水似的，一点劲都没有。卖

一千多一瓶，还不如两块钱一瓶的二锅头呢！"

说着，洪大鱼又一口气将剩下半瓶倒进了嘴里。一会儿，把那瓶干白也起开了，一边干着活儿，一边喝着酒，很快，那瓶酒也灌进了肚子里。

渐渐地，洪大鱼觉得有些头晕眼花，他没想到这干白后劲还不小。于是，他在沙发上坐了下来，可脑袋"嗡嗡"作响，眼前只剩下那五彩斑斓的恒温水族箱闪烁、晃动着，一条浑身金黄的大鱼正在水里悠闲地游弋着，突然，他眼前一黑，栽倒在沙发上……

2.七星伴月

洪大鱼醒来时，已经是第二天了，他正好好地躺在值班室里，觉得头痛欲裂。他不记得自己有没有把袁局长家的活干完，也不记得自己是怎么回来的。

洪大鱼赶忙询问同事二虎："我昨晚做了什么？"

二虎挠挠头说："你很正常啊，你从袁局长家干活回来，兴奋地哼着小调，大概喝了几杯，也不回家，在值班室倒头就睡了。"

洪大鱼的心慢慢放了下来，看来应该没什么大事发生。可洪大鱼刚要回家，袁局长就气势汹汹冲了过来，大吼道："老洪，你昨晚干的好事！"

洪大鱼一愣，袁局长气得语无伦次地说："今天早上，该死的，我才发现，你、你居然在干活时，把我水族箱里的鱼捞出来煮着吃了！"

洪大鱼瞪大眼睛说："不可能吧！"

袁局长气急败坏地拖着洪大鱼，来到家里。果不其然，水族箱里那条金色的鱼不翼而飞，而"犯罪"现场保护得很好，完整的鱼骨头还在碟子里，旁边还有半袋泡椒凤爪和一个空啤酒瓶子。洪大鱼暗道不好，看来是自己昨晚喝多了，干了糊涂事，把水族箱里的金鱼就着啤酒吃了，可……可这是生鱼呀，再一想，自己酩酊大醉，哪还分得了生熟？

洪大鱼自知理亏，赶紧说道："袁局长，真对不起，我昨晚把你送我那两瓶干白一口气喝完了，不知道它后劲厉害，一下子就醉了，干出这种混事，我该死，我赔你损失吧，这泡椒凤爪、啤酒、燃气费，还有这鱼，我都赔你钱！"

袁局长抚着胸口，心疼地说："别的都算了，你只要赔我这条鱼就行了。这鱼叫'龙吐珠'，马来西亚运来的，养在家里镇宅辟邪的。当时花了我36000块，还有发票呢！"

什……什么？36000块？洪大鱼一阵发晕，他都不知道是怎么从袁局长家里走出来的。一出袁家门，洪大鱼狠狠地抽了自己十几个耳刮子：这一顿糊涂酒，一下子吃掉了女儿两架

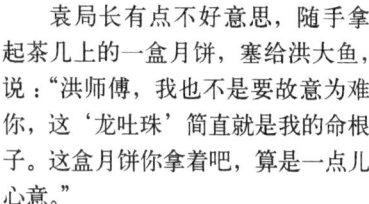

钢琴！

虽然洪大鱼不敢相信一条破鱼能值36000块，可他是个老实人，并不想赖账。他已经攒下来近两万块钱，准备为女儿买钢琴的，现在只能先用来应急，剩下的钱再想办法。洪大鱼觉得最对不起的，就是女儿洪小珊了。

晚上，洪大鱼把钱摆在桌子上，对洪小珊说："这原本是给你买钢琴的钱，可爸爸弄坏了别人的东西，要把这钱赔给别人，爸对不起你……"

洪小珊打断了父亲的话："爸爸，你别说了，我本来就没敢奢望要一架钢琴。你如果没告诉我反而更好，我也就不会失望了。"说罢，洪小珊便转身回屋，洪大鱼看到女儿眼角淌下一行泪来，他的心里顿时如刀割一般。

洪大鱼又跟同事借了一万多块钱，凑足了36000块，赶紧送到了袁局长家。袁局长显然有些意外，他没想到这个寒酸的门卫这么有担当，几

万块钱的一条鱼，眼睛不眨一下就赔给他了。

袁局长有点不好意思，随手拿起茶几上的一盒月饼，塞给洪大鱼，说："洪师傅，我也不是要故意为难你，这'龙吐珠'简直就是我的命根子。这盒月饼你拿着吧，算是一点儿心意。"

中秋过去好几天了，这月饼显然是没人吃了，才被做了顺水人情。洪大鱼想推辞，袁局长却执意要给，于是，洪大鱼只好拎着这盒月饼，失魂落魄地走了。

到家后，洪大鱼轻轻地将月饼放到女儿桌上，淡淡地说："小珊，这盒月饼很贵的，你留着当夜宵吧！"

说罢，洪大鱼便去做饭了，突然他听到女儿一声尖叫，洪大鱼赶紧冲过去，发现女儿正对着打开的月饼盒子，张大嘴巴发着呆：她看到每一个小的月饼盒子里都藏着一沓厚厚的钞票！

洪大鱼和女儿平静下来，将钞票清点了一遍。这盒月饼叫"七星伴月"，一共八个小盒子，每个盒子里装了5000块，整整40000块！

洪大鱼一夜没合眼，内心一直在挣扎，到底该不该把钱退给袁局长？如果留下这笔钱，

女儿的钢琴有着落了，外债也可以还清了……可他洪大鱼这一辈子都是清清白白的啊……

3.莫名人情

第二天一早，洪小珊对洪大鱼说："爸，这钱，还是还给别人吧，不是我们的东西，不能要！"

听了这话，洪大鱼很欣慰。他带上那盒月饼去上班了，想等着袁局长回来，可洪大鱼将月饼盒子带来带去好几天，都没看到袁局长。他打听了一下，好像袁局长他们单位在搞一个什么教育工程招标，忙活好长时间了。

这天，下班的时候，洪大鱼拎着那盒"月饼"回家，在一个酒店门口，意外地看见了袁局长，他正笑容可掬地和两个领导模样的人说话。

洪大鱼赶紧走上前去，将月饼盒子递到袁局长面前，笑着说："袁局长，不好意思，那天你送我的月饼，我不能收，因为这不是普通月饼……"

洪大鱼毕竟是平头百姓，不知道官场上的一些禁忌，你想，旁人在场，你怎么可以提送礼的事？果然，袁局长十分敏感，他立刻拉下脸来，一把抓过月饼盒子，猛地摔到地上，还用脚踩了两下，大声喝道："一盒烂月饼，我送你了，就是你的了，看得起我你就吃，看不起我就扔掉，犯不着还送来羞辱我！"

说完，袁局长搭着其他两个人的肩，又换了脸色，笑眯眯地说："我们先进去吧，别让马局长等急了。"三个人说说笑笑地走入了酒店的旋转门，都没回头看洪大鱼一眼。

洪大鱼实在不明白袁局长干吗发这么大脾气，他又捡起那个月饼盒子，来来回回走了几圈，最后一跺脚，狠下心：罢了，大概是老天看我可怜，一定要把钱赐给我，我就留下吧！

洪大鱼找了个僻静的角落，把钱都掏出来，扔掉了月饼盒子，揣着钱直奔"佳音"琴行而去。

洪大鱼到了琴行，指着上次那款钢琴，对琴行老板说："就要这款了！"

那个老板吃惊地看着洪大鱼，显

然认出了他，没想到这个寒酸的中年人还真来买钢琴了！

洪大鱼把钱掏出来摆在桌上，粗声粗气地说："怎么，还怕我没钱付账啊？"

琴行老板立马满脸堆笑地说："当然不是，我这就安排师傅给你调试。"

说着，老板将桌上的钱拿到手里清点，没想到琴行老板拿着钞票翻看了两遍，脸色忽然变了。洪大鱼顿时也有些紧张，问："怎么，是假钱吗？"

琴行老板用狐疑的眼神上上下下打量了洪大鱼一番，半天没说话。

洪大鱼更心虚了，他结结巴巴地说："你、你……还卖不卖钢琴啊？"

琴行老板没有回答，反而问道："你这钱是从哪儿来的？"

洪大鱼惊恐地看着老板，说："怎么了？跟你有什么关系？"

琴行老板又试探性地问道："你认识袁局长？"

洪大鱼心想，坏了，让人看出问题来了，他只得点头道："对，我认识他。"

琴行老板继续追问："这钱是袁局长给你的吧？他为什么要给你钱？他买你的东西了？"

洪大鱼不明白，钞票都是一样的，这老板怎么能看出这钱就是袁局长那里来的？洪大鱼稳了稳情绪，说："这钱是袁局长给我的，是他送给我的！"

琴行老板又问："你们是什么关

系？"

既然到了这一步，洪大鱼也没有办法了，只能硬撑下去，他提高声音说："我们是亲戚，怎么啦？"

琴行老板忽然笑了，他拍拍洪大鱼的肩，说："既然是袁局长的亲戚，这架钢琴我就送给你了……"

4. 来者不善

洪大鱼坐在琴行里，喝着老板奉上的香茗，心里却是忐忑不安。他一再坚持付款，老板最后急了，说："我这琴就是送给你了，老哥你如果看不起我，我就把这架钢琴砸了！"

洪大鱼只得稀里糊涂地点头，他搞不清楚这老板是吃错了什么药。

钢琴调试、包装搞得差不多了，琴行老板又找来专业的送货工人，将一切事情安排得妥妥当当，然后把洪大鱼拉到一边，小声道："老哥，这架钢琴是小意思，还劳你费心跟袁局长说说，那宗乐器大采购的招标工程，全靠他了，事成之后还有重谢。"

这话一说完，洪大鱼心里渐渐想明白了：袁局长最近在负责一项教育机构乐器采购工作，这个琴行老板一定去投标了。那盒月饼里的钱就是他的敲门砖，现在听说洪大鱼是袁局长的亲戚，他才……

这下，洪大鱼来了个自我安慰：既然你们搞行贿、受贿这一套邪门歪道，我占点便宜也不算什么了。于是，他不动声色地说："放心吧，我会说的。不过，我想问一句，这几沓钱，你怎么就能看出来是袁局长给我的？"

琴行老板笑笑，说："呵呵，这个……我呢，有点强迫症，看不惯东西乱放，必须要把它们归置整齐，钞票也是一样，每一张都要抚平、正面朝上叠在一起。而这几沓钞票，是我送给袁局长的，我甚至把这些钞票按照编号数字大小进行了排列，所以，我一看就知道这是我送出去的钞票。"

洪大鱼也笑了："你真是个有心人，还知道把钱装在月饼盒子里。"

就这样闲聊了几句后，洪大鱼告辞先回了家。

很快，钢琴送来了。当洪小珊看到那架光彩夺目的钢琴时，惊喜得尖叫起来。洪大鱼见女儿这么高兴，心里原本还有些不安，慢慢地也就踏实了，反正这钱是行贿的，也算是不义之财，现在算是劫富济贫了。

过了个把礼拜，依旧风平浪静的，洪大鱼悬着的心总算是彻底放下来了。他用月饼盒子里的钱，还了欠同事的债，还剩下两万多块，心里美滋滋的。他又买了几瓶老白干，一条鱼，准备好好犒劳一下自己。

煎鱼的时候，洪大鱼还在想：自己也真有口福，几万块钱一条的龙鱼，也进了自己的嘴，还因祸得福，意外

得到了一架钢琴和40000块钱。"洪大鱼"，自己这名字还真不赖，果然"哄"到了大鱼，哈哈……不过，那天晚上自己醉得太厉害，那么贵的鱼，什么滋味竟然一点儿也记不起来了。

洪大鱼还在自我陶醉，突然有人找上门来了。洪大鱼一看，原来是那个琴行老板，他一进门，就开门见山地说："我是来要钱的。"

洪大鱼愣了一下："什么钱？钢琴不是你送的我吗？"

琴行老板冷冷地说："这次乐器采购工程我的琴行没中标。"

洪大鱼的口气也硬了起来："你中没中标，我可管不了。"

琴行老板"哼"了一声，说："我已经明白没能中标的原因了。你说漏了嘴！你说那钱是装在月饼盒子里的，这说明袁局长是连月饼盒子一起送给你的，他根本不知道月饼盒里面装着钱。你们就算是亲戚，关系也不会密切，在他心里，只是把一盒没人吃的月饼送给了你，却辜负了我的一片好意。现在，我不想把事情闹大，其他的事都算了，我只要你退还我40000块，还有买钢琴的钱！"

洪大鱼听了，一下就慌了，没想到自己多了一句嘴，就把自己彻底暴露了，他忙不迭地说："老板，都是我不好，你的钱我一定还上，不过我现在没钱，你要宽限我几天。要不，钢琴你先拉走……"

"钢琴你已经用过了，就是你的了。一个星期后，我来收款，收不到钱，你就准备拿胳膊腿儿来抵账吧！"琴行老板丢下一句硬邦邦的狠话，走了。

洪大鱼愣愣地坐在那里，连鱼煎糊了都不知道。原以为自己捡了个大便宜，没想到却是这么个结局。该死的，这么一大笔钱，自己上哪儿弄去？

5. 女儿懂事

没想到一波未平，一波又起。这边琴行老板前脚刚走，袁局长后脚又上门了。他一改那天在酒店门口的凶相，笑得跟弥勒佛似的，一进门就热情地喊道："洪师傅，你家好难找啊，我问了好多人才找到这里。"

洪大鱼呆呆地说："你来干什么？"

袁局长笑着说："不好意思，上次在酒店门口不方便，对你很不礼貌，我特意来向你道歉的。"

洪大鱼冷冰冰地"哦"了一声，袁局长接着说："还有……你说，这盒子里不是普通月饼，难道还有什么东西？"

洪大鱼盯着袁

局长半天，咬牙说道："没错，里面还有40000块钱！"

袁局长脸上像绽开了一朵菊花一样，他低眉顺眼地说："那现在你可以把钱还给我了吗？"

洪大鱼脸上的肌肉抽搐着，一字一句地说："里面确实有40000块钱，不过，你是拿不走了！那个琴行老板因为没中标，把钱又要回去了。我相信他还会再来找你麻烦的。"

袁局长一愣："他怎么会知道我把月饼送给你了？"

洪大鱼指着屋里那架钢琴，"哼"了一声，说："我用那笔钱去他琴行里买钢琴，谁知他在钞票上都做了记号！"

袁局长倒吸了一口凉气："这人太阴险了，他还想搞我？哼，我会给他好看的。"说罢，他气呼呼地转身

走了。

接下来的一个星期，洪大鱼一直在筹钱。他想了很多办法，除了到处借，他也变卖了老婆留下的祖传首饰，他还拼命地到处打工，甚至还去黑市卖了800毫升的血。能想的法子都想了，能走的路都走了，可是，还差一万多块钱。

洪大鱼始终没有动过那架钢琴的念头，他打定了主意，就是拼了老命，也要为女儿把这架钢琴留下来……可是，星期六的晚上，他回家的时候，竟然发现钢琴不见了，原本椅子前面摆放钢琴的地方，现在却是空荡荡的。同时看到的，却是洪小珊捏着一沓钞票，静静地坐在椅子上，在等他。

洪大鱼这几天的反常行为并没有瞒过女儿，洪小珊虽然不知道爸爸为什么拼命借钱，但她很懂事，主动把钢琴变卖了。

洪小珊眼里有些湿润，她抱着爸爸的胳膊轻声说："爸爸，苏苏要换一台钢琴，我把钢琴卖给她们家了。她说这钢琴不错，原价买去的。这是18800块，你拿去应急吧！我是你的女儿，再大的困难，我们一起扛，好吗？"

洪大鱼的泪水，猛地溢出了眼眶。

洪大鱼拿着七拼八凑的58800块钱，准时赶到了"佳音"琴行。可是，他还是没能还上钱，因为琴行被查封了，不知道什么原因。洪大鱼一打听，好像是什么消防设施严重不合格，被勒令停业整顿。

洪大鱼坐在门口想了想，也就想了个八九不离十：袁局长说要给这琴行老板好看，这大概就是"好看"的效果了。袁局长人脉关系复杂，想整倒个琴行，简直太容易了。

洪大鱼想起当时自己气头上，在袁局长面前说了琴行老板几句，现在想想，他忽然觉得有些愧疚了。他想把钱还给琴行老板，可是联系不上。

洪大鱼回去之后，等了几个月之久，都不见那琴行老板来讨债，后来慢慢听说，那家伙被人关进去了，好像是因为一起什么商业贿赂案件。洪大鱼不禁有些胆寒，这袁局长下手也太狠了。洪大鱼又开始盘算着自己手头的这些钱该怎么办，他有些害怕了，不敢留下这些钱，生怕不经意间，又会惹火上身。思前想后，他觉得还是把钱退给袁局长吧，这尊佛爷，他可惹不起。

下定决心后，洪大鱼瞅着机会，准备把钱退给袁局长。不过，现在他学乖了，不会再傻乎乎地当着别人的面儿去退钱了。可是，就在这个时候，奇怪的事情又发生了：袁局长突然消失了，一个多礼拜的时间都未曾露面，洪大鱼甚至上门去找了两回，袁局长都不在家，他老婆也一直在国外没有回来。

再得到袁局长消息的时候，他的家已经被检察院给抄了，洪大鱼这才知道，袁局长被双规了，他一直被关在宾馆里交代问题。

俗话说，狗咬狗，两嘴毛。袁局长下手整治别人的时候，也被别人暗算了。其实，在官场上做事，若要不犯事，你就得清清白白的。可是，就看看袁局长家里那盏水晶吊灯和豪华水族箱，他就不可能是个清清白白的人……

6.意外结局

袁局长的家被查抄那天，整个小区的人都来参观了，从袁局长家里拉

出来的东西，整整装满了一卡车，那个水族箱也在其中，令洪大鱼十分纳闷的是，水族箱里依然游弋着一条金龙鱼，这龙鱼不是被他洪大鱼给吃了吗？难道袁局长又买了一条？

袁局长的案子成了轰动一时的大案。洪大鱼是老实人，他主动找到专案组，乖乖地把40000块钱交了上去，把事情的经过交代得清清楚楚。这钱实在太烫手了，他根本消费不起。

袁局长贪污受贿的涉案金额不小，不过，富有戏剧性的是，他还交代了一件令人啼笑皆非的事，说是曾经用非常卑鄙的手段欺骗了洪大鱼：那天晚上，洪大鱼到袁局长家打扫卫生时，虽然喝醉了，烧了鱼吃，却只是将冰箱里一条鲤鱼给吃了。不料袁局长却动了歪心思，他将那条"龙吐珠"暂时转移，从而骗了洪大鱼36000块钱。按情理说，袁局长根本犯不着去骗一个门卫的钱，但是他这人啊，被金钱奴役，心理已经有些变态了。

这个事情一捅出来，最生气的是洪大鱼，他跑到专案组，希望能把他被骗的36000块钱要回来。案子没有了结，自然不能把钱退还，可洪大鱼三番五次地来专案组闹，领导很头疼，商量了一下，说："既然他用鱼骗了你，就算是你买了他的鱼，你把这该死的水族箱和那条该死的鱼拿回去吧，至

于钱么，等结案后再说。"

唉，这无疑是精神安慰而已。洪大鱼一分钱也没要到，但也没啥办法，办完了手续，签完了字，哭丧着脸将水族箱和那条鱼拉回去，想找个懂行的人给卖了。他没想到，他的三轮车还没到家，那条苦命的"龙吐珠"先是奄奄一息，渐渐地，就翻了个身，一命呜呼了。其实，这鱼由于主人出事，无人照料，到了专案组后，也没人会饲养，熬了这么长时间，也算是命大了。

比这鱼更苦命的是洪大鱼，他简直要崩溃了，他瞪大了眼，看着鱼的白肚皮，半天说不出一句话来。

这时，路边一个老头走过来，停在水族箱旁，看了又看，说："太可惜了，这条'龙吐珠'品相这么好，如果活着的话，至少能卖到十万块钱！死了，就一文不值了。"这话如同一盆冰水，将洪大鱼浇了个透心凉。

水族箱拉回去后，洪大鱼将那条鱼给红烧了，他买了两瓶56度的二锅头，喝了个酩酊大醉。这次他记住了鱼的滋味，他觉得自己真是非常幸福，居然有口福吃价值十万元一条的鱼。不过，十万块钱的鱼，吃起来竟然有些苦涩。

洪大鱼原打算将水族箱卖了的，可是洪小珊不愿意，她说水族箱挺漂亮的，要留着。洪小珊在水族箱里养了几只小乌龟，每天放学就和它们说话。洪小珊已经不想要钢琴了，她在日记本里写道："我不再想当个钢琴家了，我发现苏苏那个钢琴老师，对每个孩子都会说相同的话——'你是个天才！'其实，她无非就是想多骗几个学生去学琴罢了。这些大人的话，太不可信了，我觉得最诚实的还是我的小乌龟。它开心就陪我玩，不开心就钻进洞里躲起来，不理会任何人。还有，小乌龟从水族箱里拱出来的砂石真漂亮，亮晶晶的，我明天要拿两颗送给苏苏。上次幸亏她说好话，才让她爸妈原价买了我的钢琴……"

果然，第二天，洪小珊把水族箱里被小乌龟拱出来的两颗小砂石捡了出来，送给了苏苏。

三天后的一个晚上，苏苏正在家里练琴，突然，她的爸爸喊道："苏苏，你赶紧过来一下！"

苏苏不耐烦地走过去，说："干吗？人家正练琴呢！"

苏苏的爸爸手心里摊着两颗亮晶晶的石头，神色肃然，问："这东西你是从哪里来的？"

苏苏觉得爸爸有点莫名其妙，便满不在乎地答道："我同学洪小珊送我的啊，怎么了？两颗小石子而已！"

苏苏的爸爸突然激动了："两颗小石子而已？你那同学的爸爸是阿拉伯油王吗？随随便便拿这么大个儿的钻石送人？"

（题图、插图：杨宏富）

稀世珍宝两度遭窃，十岁乾隆接连破案。宫禁之地作祟，窃贼何以胆大包天……

□ 张 军

乾隆十岁破奇案

1.鬼工球

康熙五十八年九月，正是一年一度皇帝木兰秋围的日子。那个时候，康熙已经六十七岁了，他一头银发，坐在看城的箭楼上，手举着西洋进贡的"千里镜"，正兴致勃勃地观看着围猎。

康熙看了一会儿，满意地笑道："看我皇子皇孙人人奋勇，个个争先，果然不愧是爱新觉罗氏的血脉啊！"说着，他又回头吩咐一旁的总管太监马进喜："你去把朝鲜国新进的宝物鬼工球拿过来，谁猎得最多，朕就把这宝贝赏了他。"

总管太监马进喜领了旨，立马吩咐下面照办，但不一会儿，管储物的御前人监王德胜哭丧着脸回来禀报："鬼工球不见了！"

马进喜一惊，嚷嚷着："你可害死我了，怎么这么不当心？皇上可正在兴头上，你扫了皇上的兴，咱们就等着一起挨刀吧。"嘴里虽骂着，却不敢怠慢，他急忙回去禀报。

果然，不一会儿，里面便传来康熙大声的斥骂声："这么多侍卫、御林军，都是睁眼瞎！怎么连个死物也看不住？立刻封了看城和箭楼，任何人不得出入！除朕的御前侍卫外，一

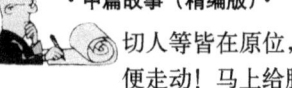

切人等皆在原位，不许随便走动！马上给朕搜遍看城，就是翻地三尺，也要找出来！"

口谕一下，只见里里外外的侍卫们来回乱窜着，紧接着，外边便响起了一片"吱吱呀呀"、"咔咔嚓嚓"的声响，那是在关门了。

这个"看城"并不大，只是个临时用来休息和观看围猎的城围子。侍卫们搜了不到两个时辰，便已经将看城翻了三四遍，可一点线索都没发现。

康熙沉着脸，说："看来此贼十分精明，朕只有另想办法了。"说罢，他吩咐王德胜进来。

王德胜此时已经吓瘫了，站也站不稳，康熙懒得理他，对马进喜道："你来问他。"马进喜答应一声，对王德胜问道："王德胜，你最后一次见到鬼工球是什么时候？"

王德胜哆嗦着道："快、快到辰时的时候奴才还见过一回，过了一刻多钟，奴才取宝时，鬼工球就不见了。"

辰时，也就是早晨七点钟的光景，"既然时间不长，赃物一定没有机会转移。"康熙吩咐一旁的三品带刀侍卫长，"你立刻派人将这段时间在箭楼出入的人带到箭楼之下，一个不许漏掉。"

过了小半个时辰，侍卫长共查出符合条件的十二人，其中雍亲王的儿子弘历腿受了伤，未随父参加围猎；还有一名出去催水的宫女，和三名虎枪营蓝翎带刀侍卫，除了这五个人，其他七人全部被带到箭楼下跪着……

2. 藏宝处

康熙走下箭楼来，朝这些人扫了一眼，说："虎枪营带刀侍卫巡视路线不得轻易改变，所以不能接近宝物；催水的宫女时间有限，也不可能有空暇去偷鬼工球，只有你们七个最有嫌疑。是谁偷了宝物，若从实招来，尚能只受一刀，不涉他人；如若叫朕查出来，这可是欺君大罪，定要满门抄斩、株连九族！"康熙一边说一边紧盯着这些人的眼睛，想看出是哪个人作贼心虚，但他一扫之下，却是个个六神无主。尽管康熙睿智至极，此时也无法判断谁是作案者。

七个人中，有四个太监，三个宫女。除了一个太监有九品之职；一个宫女是新选的贵人，其余都是没有什么身份、地位的小太监和小宫女。康熙略一沉吟，说道："将他们都关到城下，如果午时六刻之前有人承认偷宝，余者无罪；如果无人承认，一起就地处置。"

跪着的太监和宫女叩头如捣蒜，连呼冤枉，却见康熙皱着眉头挥一挥手，让侍卫把这些人拖了下去。

这时，一个小孩走上前来，回禀道："皇爷爷，孙儿呈请调查此案。"

这孩子正是弘历，也就是后来的

乾隆皇帝，此时只有十岁。

康熙大为惊诧，他满腹狐疑地问："弘历，你有什么办法找出盗贼？"

"皇爷爷，孙儿愿意一试。我只需获得在看城随便行走之权，便可在半个时辰内找出宝物来。"

"好大的口气啊！"康熙一听来了兴趣，禁不住笑了起来，"好，朕就下一道敕旨。在此看城之内，凡涉查找宝物之事，你皆可随意调遣人员。现在是午时一刻，你需在五刻之前，将宝物寻回来，如果到时不能找回来，那七个嫌犯，便要杀头祭场！"

"孙儿遵旨！"

弘历说的时间，按现在说来，也就是中午 11 点 15 分到 12 点 15 分，就这一个钟头之内。虽然丢了鬼工球，可赶上了一出限时寻宝的好戏，康熙的心情又好了起来，他要看看这个只有十岁的孩童是如何寻宝的。

只见弘历并未四处搜寻，只是拣

了一处高地，四处瞭望了一会儿，又换了个地方观察了一阵，似乎并未发现什么线索。于是，他站在原地低头想了半天，才慢慢踱着步子向前走去。

弘历走着走着，走到一门炮前，这是专放午炮的"制胜将军"炮。他看了看那长长的炮管，然后叫来了一名八旗兵，说了几句话。那士兵身手敏捷地爬到了炮管上，探出手向炮管内摸去，竟摸出一个檀木盒子来——那正是装鬼工球的盒子！这一时刻，楼上的康熙惊呼一声："找到了！"

正在这时，只见另一名手持火绳的八旗兵已来到炮前，将午炮的火捻点燃，只听一声炮响，"轰隆隆——"声震四谷，回音久久不停。原来，这当儿正是放午炮的时候，若是再晚一点儿，那鬼工球就随着这一声炮响，灰飞烟灭了，好险哪！

弘历一回到楼上，康熙就问他是如何知道鬼工球藏在炮筒里的。弘历说，看城防卫严密，若想把鬼工球偷出去，一旦被查出来，只能人财两空，所以偷宝人一定要在看城内找一个极隐密的地方藏宝。不过，因

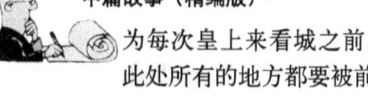

为每次皇上来看城之前，此处所有的地方都要被前锋营仔仔细细地搜查一遍，哪里还有不为人知的角落？所以，藏宝的地方，其实就是大家都能看到、但又想不到的地方。

那么，为什么那门午炮才是大家都能看到、但又想不到的地方呢？

在康熙驾临之前，惟一没有被前锋营搜索过的，就是这门午炮。这炮只是每天正午才会有一点用处，所以这里根本就没有人看守。

而康熙凭窗远眺的窗户是可以轻易看到那门炮的，这里是唯一可以看见午炮的地方。如果这扇窗户开着的话，那盗宝贼绝不敢将鬼工球藏于炮内，但弘历刚才注意到，除了这扇窗户关着，其他的窗户都开着，而在凌晨秋围刚刚开始的时候，所有的窗户，包括这一扇，都是开着的。这说明这扇窗户是有人故意关上了，弘历也正是从这一点上猜到了鬼工球的所藏之处。

弘历加重了语气："皇爷爷，盗贼可以轻易地将鬼工球藏入炮口，这一动作只需三击掌的时间即可。"

康熙点头夸赞道："早就听说你人小鬼大，善查慎断，朕今天总算见识了……不过，盗宝之贼你还未捕拿归案，这案子只能算是破了一半，如能查获盗贼，朕就将此宝赏给你……"

3. 雪有痕

弘历得了赞扬，却又不敢轻狂，他说："孙儿不敢贪天之功，皇爷爷已经将出入箭楼的嫌犯七人查出，真正的盗宝贼自然就在这七人当中。那么，盗贼是这七人中的哪一个呢？孙儿认为，正午时分的午炮一响，便会将这宝物毁了，可见，盗贼只是想把鬼工球悄悄毁掉，而不是带出去，说明他不是为了财，而是为了陷害管宝的太监，也就是说，管宝太监的仇人，就是盗宝之人。"

康熙一听，便开了口："那么，就把这两个太监和宫女放了，这两个太监是承德的太监，平时极少和王德胜打交道，没有机会与他结仇；还有那三个宫女，一个是婉贵妃宫里的，与王德胜素不相识，另一个是新贵人，与王德胜有上下尊卑之分，料想也不会做出这样的事情来。"康熙说罢，招手示意王德胜过来。

王德胜走过来，跪倒在地："奴才惶恐……"康熙微微一笑，说："朕没让你谢罪。朕把这剩下的两个太监交给你，哪个与你有仇，哪个与你无仇，只有你心里清楚，你就指出那个与你有仇的人，这个案子就算结了。"

王德胜回过头，看看那两个太监，只见那两人都可怜巴巴地盯着他看。王德胜摇了摇头，叹息一声，回道："皇上，奴才不敢欺瞒您，其中的确有一人与我有仇，但他们是侍候皇上多年的老人啦，家里也都指望着他们那点月例过日子，都是孝子啊……"

王德胜拧了拧眉头，似乎是下了决心，接着说道："奴才是残微陋贱、六根不全之人，本当全心侍候主子，绝没有在皇上面前为他人求情的份儿，但您让奴才一句话便定人的生死，奴才实实在在地做不到啊，皇上仁明圣德、仁心通天，还请皇上定夺……"

康熙回头对弘历笑道："弘历，你看此二人中到底谁是盗贼呢？"

弘历似乎早有决断："皇爷爷明察秋毫，洞若观火，恐怕早就知道了。既然问到孙儿，孙儿斗胆猜上一回。

方才诉说案情到关键之时，此二人不禁互相对视，以目传言，已被我看在眼里，而且，众目睽睽之下，这么大的事，岂是一个人能办到的？当然要有一个把风的、一个下手的。孙儿以为，此案必是这两个太监联手所为。"

"好，看来这鬼工球是一定要赏你的了。"康熙击掌笑道，随即他又回过头来，对那两个太监开了口，"朕也有好生之德，看在王德胜为你们求情的面子上，便免了你们的死罪。马进喜，你传旨内务府慎刑司，将此二人立即发配边疆！"

4.再断案

弘历得了皇爷爷的奖赏，十分高兴。秋围回去之后，他便把鬼工球恭恭敬敬地摆放在一个紫檀架上，安放在自己书房最醒目的位置，只要进得书房，第一眼就能看到那个鬼工球。

可没想到，这宝贝才摆了十天就不见了，雍亲王勃然大怒。要说雍亲王的王府那可是守卫严密，弘历虽然年仅十岁，但已经单独居住，他的住处也是有人不间断地巡查守护，特别是存放贵重物品的书房，每次进入都必须两人以上。如果有人能从弘历的书房偷出这个宝物，十有八九是王府中人干的，而且此人肯定武功极高。

这还了得？雍亲王下令彻查，可

查了五天，也没个结果。

就是聪慧过人的小弘历，这一次是绞尽了脑汁，也猜不到是谁偷了鬼工球。

本以为这宝贝肯定是找不着了，没想到二十天后，这宝贝竟然又放回到了摆架上。弘历一大早去书房练字，就看到鬼工球失而复得，旁边侍奉弘历的小太监高兴得直嚷嚷："少主子，您年纪虽小，可真是德行深厚，连神仙都帮您，鬼工球它自个儿回来啦！"

小太监说着就要伸手去拿，想看看鬼工球坏了没有，不料弘历制止了他，不让动，随后自己踩着凳子爬上了桌子，小心翼翼地看了半天，然后才回过头来，说道："这个贼要是不把鬼工球还回来，我还真找不着他，现在他把宝贝还回来了，我说不定倒能找着他了。"

小太监着急地问："少主子，那宝贝可还完好？"

弘历说："好像是被磕坏了一点儿，不碍事。"说完，他让小太监多叫几个人一起护着鬼工球，并不许再碰，然后把事情告诉父亲雍亲王，请他把府里凡是身上功夫不错的人，都叫到前院来，又让人在前院摆了一个大桌子，上边放上文房四宝。

雍亲王知道弘历精灵古怪，必能破案，便由着他去。不到半个时辰，有三十三个人被召到大院之中。这些人都是功夫高手，个个身怀绝技，都

是王府中的顶级"练家子"。

这些人刚在院内站定，"哗——"只见雍亲王的护兵把大院团团围住，个个是刀出鞘箭上弦，似乎认定那贼就在这三十三人之中。雍亲王高高坐在正屋台阶之上，小弘历则站在院内一把椅子上，颇有大帅之风。

雍亲王对众人说："请你们来，也没什么大事，就是让你们写几个字。写什么字呢？嗒，'吾非贼也'，四个字，然后再签上你们的名字就行了。"

大家面面相觑，可既然雍亲王发话了，不能不听，于是一个个排着队提笔写字。虽说都是习武之人，但也有几个很见书法功底的，写出字来极有章法。当然大多数人仅是粗通文字，捏笔如拿针，写得歪歪扭扭的。

写完之后，众人站到一旁。早有家人拿起纸来，一张张送到弘历面前。弘历站在椅子上，一一验看，看了一遍后，从中挑出一幅字来，指着那字问道："谁是陈文伟？"

一个年轻人站了出来："我是。"

弘历站在椅子上，指着他问："陈文伟，你为什么要偷鬼工球？"

陈文伟一惊，顿时屈膝跪下……

5.放一马

陈文伟做梦也想不到弘历会如此轻易地就破了案子，他不敢隐瞒，一一供述。原来，陈文伟有个朋友

理藩院堂主事，一个月前，也就是皇上刚把鬼工球赏给弘历的时候，有一天，陈文伟和朋友提起了这宝贝。那朋友说，这宝贝他亲眼见过，名叫"鬼工球"，取"鬼斧神工"的意思。这球取自天然巨骨，不知是何怪兽。骨分内外五层，都被打磨成球状。每球周身百孔，最里一只球为实心，颜色翠绿，其外四球则洁白无缝。以金簪自孔中依次拨之，则内中四球圆转活动，日夜不歇，可谓精巧绝伦。陈文伟生性好奇，听朋友这么一说，一时兴起，便偷偷取了这球出来。原本想和几个朋友赏玩一会儿马上就还，不料第二天就被发现了，而且事情越闹越大，直到昨天晚上，好不容易找了个机会，才完璧归赵……

说到这儿，陈文伟言辞恳切地说："我只是好奇，并没有贪占之心，请王爷明鉴……"

雍亲王听了，大为惊奇："弘历，你怎么单凭字迹就能知道谁是贼？那贼并没有在你的书房和鬼工球上留下什么字啊！"

弘历说："回禀父王，那贼虽然没留下只字片语，甚至连指纹都没留下，但包鬼工球的布上还是留下了手印。我细细看了手印，那手印是左托右扶。因为鬼工球有三十多斤重，是个重物，只有左撇子才会用左手去托重物，所以此人必是左撇子。刚才我看了众人写字，一共有三个左撇子。"

雍亲王奇怪了，问："既然有三个左撇子，你怎么认定是陈文伟呢？"

弘历微微一笑："我看陈护院执笔的时候，手略略发抖，我突然想起，陈护院的手是有毛病的，正因为有毛病，才会把鬼工球摔了——我早就看到这球的表皮被磕破了；还有，这三十三人中，除陈护院外，武功都是极好的，他们拿如此贵重的东西，必定十分留意，所以，必是陈护院了！"

陈文伟赶紧叩头，道："王爷，小人该死，确实是我不慎将宝物磕出了一道裂纹，请王爷治罪。"

这时，雍亲王没有接陈文伟的话

茌，而是目光在院里扫视了一圈，不紧不慢地开了口："陈护院的身世，想必各位并非尽知吧，我来说说。"

原来，陈文伟本是甘肃一个县丞的儿子，祖业丰厚，家境富裕。他自小体力过人，爱好武艺，曾随谷宗云、谷宗秀两位武林大师学习搏艺，后又在天山拜一位隐居高人学武，但他的父亲是个重文的人，让他习武不过是为健体防身，所以同时又请了先生教他学些应试的文章。陈文伟十六岁时曾徒手打死过一只老虎，又在同年中了秀才，被乡里传为奇闻，称之"文武双全"。去年，陈文伟进京会试，会试第一天便遇到场屋着火，应试举人们也顾不得什么功名了，逃命要紧，于是一齐奔了出去。可火势大得吓人，考试的贡院有层层的门禁，而且都上了大锁，慌乱中衙役们竟找不全钥匙，那些举子们急得对着门又撞又拍，哭喊声叫骂声乱成一片。

陈文伟是有功夫在身的人，本可以轻轻松松地跃墙而走，但他却跑到贡院高墙下，用右手抵住院墙，大叫道："踩住我的肩从此逃命！"然后，用他的左手将那些举子们依次扶上肩，再推上墙。他先是救了几十个人，后来右手累了，就换左手抵墙，右手扶人。从他的肩上逃走的人少说也有三四百号，最后实在无力再坚持了，他才对后来的人说："对不住各

位，我的力气已经尽了，只能到此为止了。"说罢，他才翻墙而出。

说到这里，院子里有人赞道："没想到，人世间还能有这样豪气的文举人！"不是吗？这陈文伟，正是有这样的心性、这样的身世，才会做出常人不敢做的事，敢把鬼工球偷偷拿回家自个儿赏玩呢！

雍亲王又说道："后来，十天后重开会试，可陈文伟双臂酸痛，不能执笔，就没有去考试，而且此后就落下了双臂发抖的毛病。后来经人举荐，来我这里当了护院武师。仅凭他贡院救举子的义举，此番偷拿鬼工球的事，我可以原谅，不过这宝贝是弘历的，弘历，我还得要问问，你要怎么办？"

弘历知道父亲其实是替陈文伟求情了，他想了想，说："既然陈护院并非存心想偷，又把东西物归原主，便不算是贼，不过还是要罚。"

陈文伟问："罚什么？"

弘历说："罚你做我的武教习，你看怎么样？"

陈文伟赶紧叩头谢恩。从此，弘历从文之余，也习起武来。后来乾隆自称会十八般兵器，便是这个由头。

（题图、插图：黄全昌）

动感地带 "码"上开始

请用手机或电脑扫描下列二维码，开启全新的视听旅程！（推荐使用"**快拍二维码**" www.kuaipai.cn）

责任编辑访谈

您对本期故事有什么意见建议？您想了解更多《故事会》的信息吗？本期《故事会》责任编辑将通过新浪微博与读者活动，回答读者提出的问题。本期责任编辑：丁娴瑶。具体参与方式：在10月27日前扫描右侧二维码登录新浪微博，关注@故事会，并提出问题。

微信有奖竞猜

故事会正式开通微信官方账号！您有2种方法关注我们：1、用微信客户端扫描右侧二维码；2、查找微信号story63。通过微信，您将免费读到我们准备的精彩故事，了解《故事会》活动信息，还能获得动感地带有奖竞猜的特权，答题赢取精美奖品哦！

参与本期竞猜办法：请使用微信发送答案字母（题目见P82）给故事会，我们将从回答正确的读者中抽取3位幸运者，赠送故事会公司出版图书一册。（竞猜只限微信用户哦！）

微故事大赛

故事会·新浪微故事大赛正在如火如荼地进行中，扫描右边的二维码，即可进入本次大赛的新浪官方微博，最新作品、比赛详情，一码搞定！

看视频

扫描右边的二维码，您将看到一组我们精心挑选的幽默视频，定会让您开怀惬意，捧腹不止！本组视频由 **sina**新浪视频提供。

回段子

是不是嫌一期《故事会》上的笑话不过瘾？我们为您搜集了网上流传的爆笑段子，每周更新，保证内容新鲜火热，让您看到合不拢嘴哦！

您对于本栏目的设置有任何意见或建议，欢迎登录故事中国网ｗｗｗ．storychina.cn 论坛反映。

> **友情提示：**尽管《故事会》是免费向您提供以上增值服务，不过您如果用手机上网下载音频、视频文件，将产生额外的流量费，且速度较慢，建议您在wifi环境下使用。

地铁缉凶

·神探夏洛克·

一个冬天的夜里，神探夏洛克和查理警官正在回警局的路上，突然发现前面有个歹徒正在拦路抢劫，便冲上去想抓住他。歹徒一看见他们，掉头就跑，一路跑进了地铁站，夏洛克他们紧跟着也追了进去。此时，地铁站上有六个人体形和歹徒都很像。

一个人正在和管理人员争吵，吵得很凶；第二个人在一旁津津有味地看热闹；第三个人正在看一张报纸，报纸把脸遮住了，看不清面目；第四个人正在原地跑步取暖；第五个人一边等地铁，一边不停地看手表，显得很着急；第六个人裹着大衣坐在座位上，冷得直发抖。夏洛克观察了一下，指着其中一个人对查理警官说："他就是嫌疑犯！"你知道他指的是哪个人吗？

A.第一个人 B.第二个人 C.第三个人 D.第四个人 E、第五个人 F、第六个人

（此题可加故事会微信参与有奖竞猜，参与方法详见P81）

思维风暴 老外学汉语

一个老外刚学会汉语数字，就用它写了一道算式，说是左右两边相等：

十 = 十 = 十 = 十 = = = = 十 = 十 + 十 - 十 -

大家看了都没看明白，你能看懂吗？

超级视觉 无尽的阶梯

在下图中，一群人围绕着字母 D 形状的阶梯，你却分辨不出他们是在向上走还是向下走。

疯狂QA

阿呆旅游归来，好友问他去了什么地方，阿呆说："海上绿洲，风平浪静，银河渡口，巨轮启动，不冷不热，四季花红。"每一句都代表一个城市，你知道是哪些城市吗？

想知道答案吗？方法一，直接扫描二维码。方法二，登录http://t.cn/z8Y5W23查询"动感地带"答案的同步更新。方法三，购买11月下《故事会》！动感地带，与你不见不散。（上期答案见本期P44）

·经典传递·

本期主题：名医故事

人吃五谷杂粮，难免一病。带病求医时，医生就是天；等病痊愈了，是谢"天"又谢地。只是临别时，恐怕谁都不愿对医生说一句"再见"吧？医生嘛，还是别常见的好，但在历史上，有这样一群医者，百姓世世代代难忘他们的妙手仁心，总是念叨着他们的名字，流传着他们的故事……

绿苔治毒

一天，华佗和徒弟在行医路上，见到一个大婶被马蜂蜇得满脸包，痛得直哭。华佗忙上前相助，但药箱里没有治疗马蜂毒的药。情急之下，他叫徒弟到茅房后面阴暗的地方摘了一些绿苔，然后将绿苔揉成泥状，敷在大婶脸上，没想到，疼痛症状明显减轻了。

徒弟不明其中奥妙，向华佗请教，华佗便讲了一个故事：

一年夏天，华佗见到一只大马蜂落在蜘蛛网上。蜘蛛爬过去，想吃掉马蜂，却被马蜂蜇了一下，肚皮也肿了起来。后来，蜘蛛从网上掉下来，落在绿苔上打了几个滚，把肚皮在绿苔上擦了几下，竟然就消肿了。它重新爬上网去吃马蜂，此时的马蜂已挣扎良久，精疲力竭，终于被蜘蛛饱餐了一顿。华佗就想，难道绿苔能治蜂毒？据此推想，他才有了用绿苔为大婶治蜂毒的奇思妙想。

华佗对徒弟嘱咐道："大虫吃小虫，强虫吃弱虫，而小虫、弱虫能够活在世上，必定有护身法，这些护身之法经过多年的体验才能得来，我们当郎中的应当多留心观察、研究啊！"

巧医皇后

明朝时，有个叫戴原礼的名医被请去给皇后看病。原来，皇后屁股上生了个"骑马痈"，痛得直叫唤，没有一个太医看得好。其实，"骑

马痛"并不难医，但要想断根只有开刀，可皇后怎么会让太医盯着自己的屁股做手术呢？

戴原礼也觉得事情棘手，眼看时限快到了，他急得一屁股瘫坐在椅子上——"啊哟！谁把拔火罐放在椅子上，屁股差点被硌碎！"戴原礼揉着屁股大叫着，突然，他眼睛一亮，有了主意。

第二天，戴原礼讨来皇后的身材尺寸，以其屁股大小做了一把椅子，又在椅子上撒下白灰，让宫女把椅子拿进去，请娘娘脱光下身坐一坐。皇后坐过后，戴原礼一看，白灰清清楚楚地显示了"骑马痛"的位置。戴原礼在这地方竖了一把不起眼的小刀，用药粉盖好，让宫女再搬进去请皇后坐。

皇后一坐，只觉得一阵钻心痛，当即晕了过去。宫女吓得面如土色，连忙去禀报了皇帝。

皇帝闻之大怒，下令砍戴原礼的头，还未等戴原礼被推出宫外行刑，宫女又急冲冲来报："万岁，皇后娘娘又醒啦，痛也不痛了，还说不可放走神医。"

这一来，戴原礼才得以化险为夷。

清道光年间，有位名医叫顾尚之。他生活节俭，衣着朴素，医术高明。

有一次，平湖东门外有个富翁生病，当地医生医治无效，富翁久闻顾尚之精通医道，便让管家去请。

那天，富翁远远就看见管家领来的顾尚之，衣衫陈旧，与乡下老头一样，根本不是自己想象中的名医，就很瞧不起他。于是，富翁吩咐不开正门开侧门，也没有人出来迎接。

顾尚之不跟他计较这些，到病房诊脉后，便开始写处方。富翁见顾尚之下笔千言，一气呵成，书法刚劲，字迹挺秀，不得不叹服，于是开始以礼相待。写好处方后，顾尚之对那个富翁说："这个药方可服三剂，如果好一点，复诊时不需要

衣裳看病

叫我再来了。我介绍你到东门外衣庄店去请那个掌柜，他可比我好上几倍哩！"说罢，立即起身拱手告辞。

富翁服药后，病情果然好转，他便遵照嘱咐，到东门外衣庄店去请那个掌柜诊病，衣庄店掌柜却莫名其妙。家人再到各家衣庄店打听，并没有一个掌柜的懂得医理。富翁这才晓得，顾尚之话里有话。于是，他再备厚礼，让家人去请神医。

顾尚之笑着对来人说："你家主人只重衣衫，不重人，那么衣庄店里有的是好衣裳，何不请衣裳去看病呢？"

食物中毒

有一年夏天，唐太宗带着太子到玉华宫避暑，当地县令则盛宴接待。可父子俩吃腻了山珍海味，便一人吃了一只烤竹鸡。当晚，唐太宗却感到口干舌燥，御医当下开了一付解热药，但服药之后，皇上却突然昏迷不醒。县令大惊，忙请来名医孙思邈。

孙思邈近前细察了一番，当即说道："食物中毒。"县令听后，吓得哆哆嗦嗦地说："食物里……没有毒，绝对没有。"太子也质疑道："不会吧，父王和我各吃了一只竹鸡，我并没有中毒呀！"孙思邈说："竹

鸡本身没毒，可是生半夏有毒呀！"御医听后，如五雷轰顶，一下瘫倒在地，结结巴巴地说："老天爷作证，我给皇上服药中确实用了半夏，但是炮制过的，是熟半夏呀！"

孙思邈没有吭声，立马给唐太宗灌下一碗姜汁，接着又扎了几针，片时过后，唐太宗渐渐苏醒了。孙思邈这才转身对众人说："竹鸡无毒，熟半夏也无毒，但生半夏对人有剧毒，对竹鸡却无碍。竹鸡吃了生半夏，而人又吃了竹鸡，就会中毒，皇上是因此而得病的。太子殿下吃的那只鸡，因未吃半夏所以无毒。姜汁能解半夏毒，皇上才能得救。"

众人听了，恍然大悟，县令和御医更是擦了擦冷汗，松了一口气。

母子双全

一日，名医叶天士带了徒弟出诊，在路上遇到一列丧队哭哭啼啼而过。忽然，叶天士上前，对着丧家大声喊道："停，快停！"

丧家见是叶天士，便上前说："叶先生，我和你无怨无仇，现在我老婆死了，你拦住棺材，使她不能入土为安，是何道理？"

叶天士摇着头说："我不是拦死人，而是要救活人，快开棺！"

丧家为难，说："这棺材一上肩，一路上是不能放下的，放下来万一冲了别家，人家找上门来，我……"

叶天士急死了，指着棺材底下滴出的血水说："胡闹！滴血鲜红，怎说已死？她还没断气！要是开棺后救不活人，这责任由我担！快，快开棺！"

见名医这么一说，丧家赶紧开棺。原来丧家老婆是难产憋了气，叶天士用银针戳入死者肺部，针头直刺胎儿的手背，胎儿受痛，双手不再抵住产妇的心脏，便哇哇落地了。

这时，叶天士有心考徒弟："如何再保母子双双平安？"

徒弟笑着说："子母草两钱，母子可双全。"

扭痧疗法

三国时期，有个郎中叫葛云，对病人很热心。一次，有个女人来请他，说她丈夫四肢无力，只想睡觉，不想吃饭。葛云一听，就知道是发痧，但他没本事医。过了几天，听说那个病人死了，葛云十分内疚。

正当葛云心里烦躁时，他见孙子趴在桌上，懒洋洋地不干活。葛云看不惯，就打发他去挑水，孙子却说没

力气。葛云彻底恼火了，骂他偷懒没出息，拿起一根乌梢竹就打。孙子倔强不讨饶，被打得身上血痕条条。第二天，孙子一早就精神抖擞地去挑水了，葛云见了倒心疼了，便问孙子："背上还痛不痛？"孙子说皮面上还有些痛，还说昨天实在没气力，只想睡觉，并非故意偷懒，不过今天倒好了。葛云这才发现，孙子说的也像是发痧呀！

后来，葛云试着在其他发痧病人背上刨出一条条血痕，结果病情果然有改善。通过实践，他还改进了方法，用手扭，效果更好，也不像刨那么伤皮肤，就告诉给乡亲们。至此，扭痧疗法就传开了。

（本栏插图：陆小弟）

（**搜集整理**：张更生、毛一昌等）

2013年10月（下）动感地带答案

神探夏洛克答案：船长不吃人肉，但是他把人杀了喂猎犬，将猎犬养肥之后，再杀猎犬充饥。

思维风暴答案：C，从左至右每个图形包含的直角数依次增加1个。

疯狂QA答案：小画师把观音画成弯腰捡净水瓶中柳枝的样子，这样观音直起腰则正好9尺。

答案更正：2013年15期的动感地带，思维风暴的正确答案应为：移动三根火柴，将其摆成三棱锥形状，如图所示。

阿P
送财神

□ 曾叶文

温馨提示

阿P是个闲人，整天无所事事，可是到了大年初一，他却会忙得腰酸背痛腿抽筋。每到这天，天刚刚亮，阿P就爬起来，穿红着绿，拿着事先打印好的财神菩萨画像，挨家挨户地送。阿P到了每家每户，都点头哈腰，念念有词："财神菩萨到你家，又发财来又发家……"

这活儿，说白了，就是讨钱。因为大年初一，家家户户都想讨个吉利，所以出手大方。阿P干这活儿已经五年了，每年这天都有几千元进账，去年还突破了五千元大关，

原因是他找到了新的经济增长点：去政府大院里送财神。有些当官的，钱来得轻松，也更迷信，他们少则给几十元，多则上百元。

眼睛一眨，又到了大年初一，一大早，阿P就先到了政府大院，才跑了几家，就有几张老人头进了兜里，阿P心里甭提多高兴了。

这会儿，阿P来到一栋楼房前，见这户人家房门紧闭，就"咚咚咚"擂起门来。擂了好一阵，门还是没开，阿P很失落，因为这家去年给了他两张老人头。

阿P正想离开,一抬头,看见门上贴着一张"温馨提示":"如找我有事,请打手机……"上面还把手机号标示得特别醒目。阿P实在不愿放过这条肥鱼,于是不管三七二十一,拿起手机,想碰碰运气。

电话通了,阿P还没开口,对方就滔滔不绝地说了起来:"我是赵县长,你是来给我拜年的吧?实在对不起,我和家人都到海南旅游了,要不你稍等一下,我叫我表弟来一趟……"

阿P听了,顿时一怔,惊愕得张大了嘴巴好久没合上,我的天呀,这是赵县长的家?阿P连忙谎称是煤气公司的,"哼哼哈哈"敷衍了几句,随即便放下了电话。

喘了一口气后,阿P便骂起娘来,他知道这个赵县长,平时神气活现的,也没见他为老百姓做了什么好事,捞钱的事倒是听了不少。这不,眼下一家人在海南花天酒地,千里迢迢的,还没忘记让表弟来代他收礼呢!阿P为人嫉恶如仇,这么一想,气不打一处来,他灵机一动,从衣兜里摸出笔,"唰唰唰",把"温馨提示"上的手机号改成了自己的……

财源滚滚

阿P刚改好,就看见一个戴眼镜的中年人,提着礼品袋走了过来,

阿P赶忙跑到旁边的花坛边躲了起来。

一会儿,阿P的手机"嘀嘀嘀"响了,一接听,对方说:"赵县长,我是紫金乡的罗乡长,您在哪里?我现在就在您家门口,想给您拜个年。"

阿P赶紧捏着鼻子,拿腔捏调地说:"罗乡长,你太客气了,不好意思,我和夫人到海南旅游了,要不你稍等一下,我叫我表弟过来。"

"好,好,我就在门口等着。"

阿P在花坛里蹲了十几分钟,然后,他大摇大摆地走了过去,以赵县长"表弟"的身份和对方扯了起来:"你是罗乡长吧?"

"眼镜男"点头哈腰地连声说"是",接着,他便把一个礼品袋递给了阿P。阿P用眼睛瞄了一下,见袋里是些高档补品、水果,还有一个大红包呢。初战告捷,阿P再也没有心思走家串户送财神了,守着"赵县长"这个大财神,还愁不能招财进宝?他屁颠屁颠地跑回家,还没跨进家门,就模仿起电视里的广告词:"今年过年不收礼,不收礼啊不收礼,收礼只收大礼包……"

小兰瞟了阿P一眼,没好气地说:"你也不撒泡尿照照自己,你一个闲散局的,谁撑饱了会给你送礼?"阿P高高地举起手里的礼品袋,得意洋洋地说:"老婆,人不可貌相,

你瞧，有人给你老公送礼了！"

当着小兰的面，阿P拆开了红包，里面竟然是一沓崭新的百元大钞，小兰惊得目瞪口呆："这钱是谁给你的？"

阿P神秘兮兮地凑过嘴去，附在小兰的耳朵上"咬"了一阵，然后说："像他这样当官的，多收一份礼，就多增加一份罪，以后就多判一份刑，我这也是为他好，呵呵……"小兰顿时眉开眼笑，用手指轻轻在阿P脸上戳了一下："老公，你太有才了！"

转眼到了初六，阿P战果丰硕，除了补品水果，还有五万元现金……

麻烦来了

初六下午，阿P又接到一个给赵县长拜年的电话，他乐得屁颠屁颠就出门了。

阿P来到赵县长的楼房前，未见人影，就回拨了刚才的电话，这时，一个年轻人笑眯眯地走了过来，阿P问："你是来给赵县长拜年的吧，我是他表……"阿P的话还没说完，说时迟，那时快，那年轻人迎面一拳，然后一个扫堂腿，阿P被撂倒在地，紧接着，从旁边又走出一个中年人，他在阿P的屁股上狠狠踹了一脚，凶神恶煞地吼道："你吃了豹子胆呀，难怪这几天没人给我打电话，原来是你挡了老子的财路！"

· 多重性格 憨态可掬 ·

骂完后，中年人对年轻人说："这小子活得不耐烦了，关他几天收收骨头。"

阿P听了，突然"哈哈"大笑起来，中年人丈二和尚摸不着头脑，说："你死到临头了，还笑得出来？"

阿P说："你呀，只知道挖空心思修理别人，自己大祸临头了还不知道。哼，只要你敢把我关起来，出来后，我立马就去纪委告你！实话告诉你，罗乡长给了我一万块，张局长一万，肖主任八千……到头来你不但要丢乌纱帽，还会连累你的下属和家人。留得青山在，何愁没柴烧？赵县长，你是一个聪明人，好好想想吧！"

中年人一听，捧着肚子大笑起来，那笑声比阿P更欢，这让阿P一头雾水了。笑够后，中年人说："原来你把我当赵县长了，我也实话跟你说，我和你是一条道上的朋友，那'温馨提示'是我挖空心思想出来的杰作，我本来想借赵县长的名头弄点碎银子花花，可螳螂捕蝉，黄雀在后，被你小子暗渡陈仓了！"

"我的娘呀！"阿P顿时吓得魂飞魄散，啊，眼前这两人不是"官道"是"黑道"？他知道这些人什么都做得出来，自己落在他们手里，看来是凶多吉少了。中年人看了看阿P，说："咱是求财的，大过年的我也不想为难你，你把这几天收到的钱一分不少地吐出来，这件事就一笔勾销，否则，后果你应该清楚！"中年人说着，用手做了一个抹脖子的动作。

好汉不吃眼前亏，阿P同意带他们回家拿钱。

金蝉脱壳

阿P带着两人往前走，脑袋却像一台开足马力的机器，高速运转着，心里一个劲地想着怎样甩掉这两个瘟神。走出小区不远，阿P的手机响了，阿P被两个恶棍盯着接完电话后，笑着对中年人说："是一个姓吴的局长给赵县长拜年的，要不我去一下，把礼品拿回来给你？"

中年人瞪了阿P一眼，说："你小子甭要花招，这事不用劳驾你，反正礼品是送给我的，我自己去拿。"说完，中年人交待了年轻人几句，吹着口哨走了。

一会儿，阿P的手机又响了，接完电话，阿P无奈地对年轻人说："又是给赵县长拜年的，还是一个嗲声嗲气的女人，就在大院门口，你要对我不放心，你自己去拿吧！"

年轻人看了看阿P，嘀咕着："你肚子里的花花肠子真多，我去了，傻瓜也知道你要开溜，

要去我俩一起去。"

不得已，阿P只得陪年轻人到了大院门口，果然看到一个中年妇女提着一个礼品袋，站在门口东张西望。阿P正要上前，年轻人把阿P推到一边，抢先迎了上去，和中年妇女说了几句，就提着礼品袋兴高采烈地回来了，不料年轻人回来一看，不见阿P，找了好一阵，都没见影儿。

其实，这个中年妇女正是阿P的老婆小兰。原来，阿P前脚刚走，小兰就跟了出来。因为她左想右想，觉得阿P这么冒名顶替去骗人家的礼品总不是回事，她决定劝阿P回来。没想到，一跟跟到赵县长家门

口，当看到阿P被年轻人摞倒在地时，小兰吓坏了，她本想不顾一切冲过去拼命，但看看自己单薄的身子，知道冲过去也是白搭。

这两人带着阿P一走，小兰怕惹下更大的麻烦，便手忙脚乱地撕掉了赵县长大门上的"温馨提示"，然后灵机一动，给阿P打起了电话，说是给赵县长拜年的。阿P心领神会，和小兰演起了双簧戏，就这样打发走了中年人。

可阿P身边还有一个凶神恶煞的年轻人，小兰马上到小区的垃圾箱里捡了两个空酒瓶，到水龙头上灌满自来水，然后又给阿P打起了电话，目的就是调虎离山，让年轻人到大院门口来取"礼品"，掩护阿P脱身……

回到家里，阿P拉着小兰的手，一半真心、一半娇情地说："老婆，你太聪明了，今天多亏了你，要不，煮熟的鸭子全飞了。"

小兰惊魂未定，说："你还有心思开玩笑，你被他们打的时候，我心痛得要命。以后就是饿死，也不许你做这种偷鸡摸狗的事啦，免得我提心吊胆。还有，这些'煮熟的鸭子'——我是说这些钱，来历不明，心里不踏实，你想想，该怎么着……"

这一天晚上，阿P在床上翻了七七四十九个身，把一张床"咯吱咯吱"晃得直响，突然，他像下定了决心似的摇醒小兰，说道："老婆，你说得对，那五万块钱咱们不该拿，不踏实啊！我决定了，还是得依法上交！"小兰睡眼惺忪地点点头，又问："那些补品、水果，怎么办？"阿P神秘地一笑，说："放心，我自有主意。"

第二天天还没亮，阿P又穿红着绿地出发了，这次他可不是捧着一叠财神画像去"化缘"，而是带着几大袋补品、水果来到了乡下老家的一家养老院。

养老院的院长见阿P风尘仆仆地来送礼，感动得热泪盈眶："阿P啊，你富了不忘家乡，真是我们村里的活财神，我代表养老院二十七个孤寡老人谢谢你！"

阿P像三伏天吃了冰淇淋，心里凉丝丝、甜津津的，想着自己每年给别人"送财神"的窝囊样，立马觉得还是人家把自己当财神的感觉好啊！那一刻，他真像是一个有钱人，把胸脯拍得震山响："院长，以后别说是些水果、补品了，老人们要是还缺什么，你尽管给我打电话，我阿P什么都缺，就是不差钱！"

（题图、插图：顾子易）

『病毒』起义

□ 常山

清晨，青年作家伏兮重重地敲击了一下键盘，为电脑文档里那部30万字的长篇小说画上了最后一个句号。经过一年多艰苦创作，这部名为《四季红》的小说终于完工了。伏兮推开电脑桌，起身进了卧室后，一头栽倒在席梦思床上，沉沉地睡了过去。

大作家去睡了。借这间隙，我们来看看这部小说吧，小说是这样开头的——"盛夏的一天……"

且慢，就在这时，一件奇怪的事情发生了："盛夏的一天"中的那个"的"字，它突然"活"起来了。只见它笑嘻嘻地向左边的"夏"字和右边的"一"字分别打了个招呼，然后就从句子中溜达了出来，一行行地开始读后面的文字，过了好久，才把整部小说读完。

接着，这个"的"字跳到标题《四季红》的头上，开始发表讲话，它先是大吼了一嗓子："太不像话了！"

所有的文字都被这一声怒吼吓住了，纷纷仰脸望着"的"字，只听"的"字说道："你们知道写文章最常用到的是哪个汉字吗？没错，就是我们'的'字，包括我刚读完的这部小说，里面用得最多的自然还是我们'的'字。毫不夸张地说——没有我们'的'字，就没有这部小说！"

"对！""是这么个理！""讲得

好！"一些"的"字在下面鼓掌叫好。

那个"的"字继续愤愤不平地演说着："可是，抛头露面出风头的却总是些不相干的东西，比如'四季红'这三个字，它们在小说里才出现过几次？凭什么它们佀要成为标题？而且更无法容忍的是，等将来小说印刷成册，这三个臭不要脸的居然还要印在封面上！"

下面的"的"字越聚越多，它们叫嚷着："妈的，没天理了！""扁它们！""揍死它们！"一大帮"的"蜂拥而上，把"四季红"三个字打得抱头鼠窜。

高高在上的那个"的"字高喊着："这种不公正的现象我们再也不能忍受了，我们'的'字从今往后要当主人啦，有不同意的吗？不同意的举手！"因为"的"字人多势众，

别的字谁敢说个"不"？

见无人反对，在"的"字们的欢呼声中，演讲的"的"字大声说："下面，听我指挥，这部小说要重新排列……"

天黑透后，作家伏兮睡醒了，他打着哈欠在电脑前坐了下来，想欣赏欣赏自己刚完工的小说。可是文件夹里，小说《四季红》不见了，取而代之的是一个题目为《的的的》的小说。他疑惑地打开文档，一眼望去，立时目瞪口呆，小说是这样的：

"《的的的》"

"的的的的的，的的的的的的的的的的的……"

伏兮紧张地一页页往后翻，天啊，前边几十页居然全是"的"！他定了定神，判断可能是中病毒了，于是赶紧调出杀毒软件杀毒。不一会儿杀毒软件提示：杀出的病毒是一个"的"字。伏兮奇怪了：那病毒怎么会是一个汉字？

甭管那么多了，先杀了再说……谢天谢地，小说《四季红》的文档终于又恢复了，只是开头第一句话"盛夏的一天"，变成了"盛夏一天"，中间少了个"的"字。不仅如此，更让伏兮心惊肉跳的是，这部30万字的书，从头到尾，没有一个"的"字了。

这可怎么读呀？

（题图、插图：安玉民 梁 丽）

9月优秀作品选登　　主题：秘　密

@ 林子 20121118　　刚搬入新房，她就要出差。楼里最近盗窃事件频发，她担心，却因不识邻居，不能冒然托付。回家后，一切都好，她不免笑自己过分担心。不久，她与邻居在楼梯口相遇，邻居说："前段时间你不在家吧？我怕别人知道，就把门上的广告纸、名片扔掉了……"

@ 吴水群　　小燕子搭建新房，眼看就要竣工，不知道被谁破坏掉了。小燕子伤心极了，决心找出那个坏蛋，可她问了喜鹊，又问鸽子，又问麻雀……大家都不知道凶手是谁。小燕子正要继续调查，妈妈来了，埋怨说："不用找了，是我拆了你新建的房子。傻孩子，咋能在桥下建房？这新修的大桥不安全啊！"

@ 三毒贪嗔痴　　老头站在墓前温柔地说："还记得你结婚前一晚兴奋得睡不着觉，打电话找我聊天么？三点十分你才说着说着睡着了。其实我一直没有告诉你，我当时静静听着你的呼吸声，直到五点十七分伴娘敲门叫你起床时，才轻轻说声'祝你幸福！'，然后挂断电话。"

@ 就像一阵风 2013　　小明送给小玉一个盒子，告诉她要 28 天之后打开。小玉一回到家就打开盒子，都是毛毛虫。"你这个混蛋，我再也不理你啦！""小玉，28 天！唉……"这天，小玉回到家拉上窗帘，打开台灯刚要看书，不知哪里飞来的彩蝶，越来越多，环绕着她，美丽极了。小玉已经有 28 天没和小明说话了。

@kellykeron　　丈夫的酒量相当好，平常都千杯不醉。这晚，丈夫出去陪领导吃饭，还没到九点，我就收到电话，说他喝多了，让我接他回来。我

我的故事　我的梦

全国优秀故事征文大赛隆重启动

"安亭·国际汽车城杯—我的故事我的梦"全国优秀故事征文大赛现已进入第二阶段，本刊热诚欢迎广大作者用优秀作品参与本届赛事。

有关事项如下：

1. 参赛稿件须是尚未公开发表的原创"故事"作品，要求情节可读，人物鲜活，语言生动，故事性强，篇幅一般在3000字左右。

2. 奖项设置：一等奖：2名，奖金各5000元；二等奖：5名，奖金各3000元；三等奖：10名，奖金各2000元；鼓励奖若干。

3. 可通过电子邮件或邮局投寄方式参赛，本期责任编辑电子邮箱：dingxianyao@126.com；本刊地址：上海绍兴路74号《故事会》杂志社，邮编：200020；已和我刊有联系的作者可直接将稿件发给编辑。来稿一律不退，请自留底稿。

4. 第二阶段征稿时间即日起至2014年2月28日止。

5. 征稿活动结束后将邀请有关专家组成评审委员会，在广泛听取读者反馈的基础上进行评比。部分优秀作品将在《故事会》杂志上优先刊发，部分作者将优先参加由《故事会》杂志社举办的笔会。

火急火燎地去到酒店，果然发现丈夫醉得一塌糊涂，怎么会这样？我很不解。刚出门口，丈夫突然醒了。我大怒："你装醉骗我？"丈夫长叹："领导们说得太多了，我不醉不行啊！"

@ 乌龟您慢走　他抱着侄子挤上了公车，忽然听到侄子大喊一声："婶婶！"他转头一看，原来是自己暗恋已久的邻居小漫。他心里为侄子竖起大拇指的同时，表面却不断地向小漫道歉。下了公车，他偷偷摸出一百块给侄子，暗示他下次继续。只听侄子不满地嘀咕："小漫阿姨为这可给了我五百呢，叔叔真抠！"

@fkmyou　我奉命去采访一位农民企业家，他用了不到三年时间，就将一间快倒闭的花生加工厂变成全市有名的企业，当中肯定有内情。我去到办公室，却吃了闭门羹，几经打听，才知他在厂房。我赶过去，一大群人正在拣花生，干得热火朝天。我大喊："厂长！"只见一个脸色黝黑、汗流满面的汉子站起来："谁找我？"

（本栏插图：佐　夫）

另类面试

□ 张珠容

伊薇特从大学毕业已经三个月了，但她的工作还没有着落。她自己也数不清找了几份工作，但都不成功。把她拒之门外的理由很多——不够开朗、没有工作经验、个头过高等等。伊薇特却觉得，他们拒绝她的理由只有一个——她嘴唇长得很难看。

没错，伊薇特一生下来就是兔唇。尽管父母找了最专业的医院为她修复，但上唇中间还是留下了个微小的疙瘩。

母亲为伊薇特的就业问题着急，就恳求一个老朋友想想办法。老朋友终于答应让伊薇特"应聘成功"，留在他的俱乐部里帮忙。

这天，母亲兴奋地告诉伊薇特："美尔街一家俱乐部正在招募一批工作人员，只要求个子高，你去试试吧，亲爱的。"伊薇特答应了。

下午，伊薇特踏进了那家俱乐部，里面正在进行面试。伊薇特向接待者报了姓名，并取了号，她排在第5位。一个多小时后，她被叫进了房间。伊薇特看到房间的中间挂着一块米黄色的帘子，帘子前边坐着一个女孩。伊薇特猜想，坐在帘子后边的人肯定就是面试官了。

果然，她刚坐下，帘子后边就传出了声音："你好伊薇特，我叫诺埃尔，坐在你旁边的是4号艾琳。很抱歉，我现在手头还有一些事情要忙，一会才能接待你，你可以和艾琳先聊聊天。"

于是，伊薇特对着身边的艾琳微微一笑，和她闲聊起来。

过了一会儿，诺埃尔重新坐回到了帘子后边，他让艾琳到大厅去等待结果，然后对伊薇特说："在我们正式开始之前，请你先描述一下4号女孩，也就是艾琳的外貌特征。"

伊薇特不假思索地说："她的头发绑得很整齐，蓝色的眼睛总放着光，鼻子高挺而且可爱，薄薄的嘴唇非常有特色。最关键的一点，她的笑容很灿烂。"

诺埃尔说："谢谢你，伊薇特。"这时，伊薇特听到，帘子后边传来了沙沙沙的声音，接着，诺埃尔让伊薇特描述一下自己的头发。

伊薇特突然明白诺埃尔正在对面做什么——他在凭感觉给包括自己在内的所有女孩画肖像。这算什么面试的方式？伊薇特很好奇，但她依然如实回答："我留着披肩短发。今天早上，我出门有点匆忙，所以现在有些凌乱。"

"好，请再描述一下你的下巴。"

"我的下巴比较突出，特别是在我笑的时候。不过，我似乎挺长时间没对着镜子笑过了。"伊薇特说着低下了头。

"那么，你的脸颊呢？"

"我觉得自己的脸庞太圆太胖了。"

就这样，每隔两三分钟，诺埃尔就会问一个问题。这些问题，伊薇特全都根据自己的真实感觉回答了。

诺埃尔提出了最后一个问题："那么，你最显著的特点是什么？"

伊薇特说出了藏在心里多年的话："我的上唇中间有一个小疙瘩，那是小时候做兔唇修复手术时留下的。这太丑了，我很想把它割了。"

诺埃尔说："你看起来有些自卑，孩子。不过，谢谢你的诚实回答。"之后，他叫了6号女孩进房间。与

之前一样，伊薇特听到诺埃尔建议6号和自己交谈几分钟。因为面试已经结束了，伊薇特一身轻松地与身边的这个女孩聊起来。

伊薇特出去后坐在大厅和其他几个女孩一起等待结果。过了半个小时，诺埃尔走了出来，站在大家面前。伊薇特觉得这一切都太奇怪了，她忍不住对身边的4号女孩艾琳说："这是我参加过的最另类的一次面试！"

"面试？"艾琳一脸诧异，"这可不是一场面试！"

伊薇特觉得更奇怪了，但她还没来得及问清楚是怎么回事，诺埃尔已经开口说话了："孩子们，我给你们画的肖像已经完成了。"说着，他给了每人两张图纸，并解释说，写着"1"的一张是他根据各自的描述完成的画，写着"2"的一张是通过别人的描述画出来的。

伊薇特看到了自己的两张肖像，这两张肖像区别极大。写着"1"的那张，她看上去很内向、很胖、很不开心，但写着"2"的那张，她青春可爱，满脸笑容。伊薇特还发现，这张肖像的嘴唇特别漂亮，上唇中间的那个疙瘩没了，取而代之的是一颗可爱的黑痣。不只是自己，伊薇特发现其他5个女孩看完各自的两张肖像后也出现了同样惊讶的表情。她偷偷扫了一眼，这些女孩的第二张肖像都要比第一张漂亮。

诺埃尔问："孩子们，你们有没有发现，在别人眼里，你远比自己想象的要美丽？"所有女孩都点了点头。

诺埃尔接着说："这正是我想传达给你们的。你们花了很多时间去分析、去改变那些别人不喜欢的地方。其实，你们应该花更多的时间去享受别人喜欢你们的地方。如果这样去想的话，你们还有自卑的必要吗？"

他的话音刚落，现场响起了一片热烈的掌声。伊薇特再也控制不住自己的情绪，一边鼓掌，一边落下泪来。

走出那个大厅时，心存疑惑的伊薇特抬头看见了一块并不显眼的招牌。招牌上写着：诺埃尔·义务心理诊室。而这间诊室的左边，正是一家俱乐部。伊薇特这才意识到自己犯了个大错误——因为走得匆忙，她数错了店面，本该到第五家的俱乐部去面试，却走进了第六家的心理诊室……

俱乐部的面试早已结束，伊薇特却一点也不后悔错失这个工作的机会。因为，如果不是进错一道门，她就错过了那个帮助她找回一生自信的肖像测试。

（题图、插图：张思卫）

新郎不敢睡

□ 孟世林

从前，有个住在山窝窝里的小伙子，叫二娃，二十出头了还没娶上媳妇，原因只有一个：这么大了，晚上睡觉还尿炕。那时，山里人不懂，不知道这是一种病。

"尿炕大王"的名声越传越远，爹娘急啊，求媒婆帮忙，媒婆好说歹说，总算说成了一门亲事。成亲那天，爹娘千叮万嘱一句话：二娃呀，今儿个可千万不能尿炕了，等过了今晚，生米做成了熟饭，新娘子再嫌弃也没辙了！

新婚之夜，新人被送入洞房。二娃望着漂亮的新娘子，看着崭新的热炕头，又喜又急：喜的是这么一个可人儿就是自己的老婆了；急的是今晚如果再尿炕咋办？二娃想：反正今晚不能睡，一睡就得尿炕。可累了一天，不睡也撑不住呀！他想啊想，想出了一个办法：把新娘灌醉！这样，即使自己尿炕，也可以赖到她头上，反正喝醉酒的人脑子一团糨糊。

二娃说要喝酒，新娘子也就陪着喝。两人一杯接一杯，新娘子很快就醉了。二娃心中有鬼，打起精神挺着，可最后还是挺不住，一会儿就鼾声如雷了。

都说怕什么就来什么，这二娃在梦里感觉尿急，没地儿方便，竟稀里糊涂地往一口大缸里撒。那"哗哗"声把他给吓醒了，一股骚气直往鼻子里钻。二娃用手一摸，屁股下的新棉絮热乎乎、湿漉漉的！

二娃真真庆幸自己早有打算。瞧这娘们，醉得不省人事，只要自己挪一下身子，和她换一个位置，让她躺到"事发现场"，等天一亮，她可是浑身长嘴也难以辩白了！

二娃当机立断，把睡得沉沉的新娘挪过来，不料他刚伸手过去托她屁股，不禁惊呆了：新娘屁股下的棉絮全是热乎乎、湿漉漉的，妈呀，她也是个尿葫芦呀！

记名字

□覃科棵

那天的语文课上，李新和同桌黄亮一直在开小差。语文老师拿着"班情表"气冲冲地走到他们跟前说："你们自己把名字记上！"

一时间，两个人都红着脸不愿写，因为名字一上了"班情表"，就得在全校被通报批评，所在的班级还会被扣分，班主任则会狠狠地"修理"他们。

语文老师见他们一脸不情愿，就把"班情表"推到李新面前说："你

把他的名字记上，你的可以不用记。"李新看了看老师，拿起笔又放下了。

老师又把"班情表"推到黄亮的面前，说："你把他的名字记上，你的可以不用记。"黄亮犹豫了一下，也没动。老师火气更大了，把"班情表"推回到李新的面前说："现在你必须得把他的名字写上，要不我就只写上你的名字！"

李新见老师是动了真格，便轻轻地问："我写了他的名字，您就真不写我的了吗？"老师点了点头说："你放心吧。"李新听了，一咬牙就写上了黄亮的名字。等他写完，老师又把"班情表"推到黄亮的面前说："他都把你的名字写上了，难道你不写上他的名字吗？"这回黄亮毫不犹豫地就把李新的名字写上了。李新见了，嚷道："老师，您怎么说话不算数啊？"老师说："怎么不算数，我是没写上你的名字，但并不代表黄亮也不写啊！"全班同学一听，不禁都哈哈笑了起来。

几天后，班长对语文老师说："老师，那天您让李新和黄亮相互记名字后，他们再也不敢违反纪律了。"另一个同学接着说："老师只一招就把他们的团结破坏了，老师真了不起！"

语文老师笑了，心想：我哪厉害啊？纯粹是当时气晕了，连他们叫什么都忘了！

幸福采访

□ 左文萍

阿明是个记者，最近单位在做一个节目，调查普通人的幸福指数。阿明已经选好了采访对象——路口一对卖鸡蛋饼的夫妻。这天早晨，阿明和同事扛着摄像机，来到饼摊边，说明了来意。卖饼的夫妻对视了一眼，不好意思地答应了。

阿明采访道："听说你们来城里三年了，每天凌晨三点就要起来和面，六点出摊，一直要忙到晚上。这么辛苦，你们觉得生活幸福吗？"

男摊主憨厚地笑笑："还行，比在农村种地挣得多。老婆孩子都在身边，这比什么都强。"

阿明把镜头转向摊主身边的那个小男孩。他正专心地玩着手上的橡皮筋，仿佛那是最好玩的玩具。阿明把准备好的小礼物魔方送给他，小男孩高兴地说了声"谢谢"。阿明

有点心酸，深情地对着镜头说："虽然生活艰苦，但这一家人积极乐观的精神令我们感动。"

做完采访，阿明和同事扛着摄像机，奔赴下一个采访点去了。

饼摊前，女摊主说道："他爸，这月净赚一万二，不如上月。"男摊主安慰说："下个月就赚回来了嘛。"

这时，只见儿子举着魔方说："爸爸，叔叔送的东西不好玩！"

男摊主拉开布帘，抽出一台平板电脑："一边玩切水果去。"儿子接过来，又问："爸爸，我们为什么要接受采访啊？"

男摊主摸着儿子的脑袋，笑着说："为了配合记者叔叔的工作啊！你看叔叔扛个摄像机满大街跑，风吹雨淋的，每月才挣几千块钱，是不是很辛苦？我们能帮就帮吧！"

延伸阅读

您想阅读这位作者的其他精选作品和创作感言吗？请扫描右边的二维码。更多精彩，立刻体验。

·幽默世界·

末日急救包

□ 霍 默

李龙都快三十了，但胆子特别小，平时都宅在家里，门也不太敢出。这天，他家所在的老城区传来要拆迁的消息，看来，李龙"宅"的日子要到头了。

不过，老城区拆迁前的补偿款一直谈不拢。在僵持中，开发商使了很多阴损的招数：断水断电不说，

还制造噪音，隔断下水道，让恶臭的污水横流。最后，居然还搞来很多蛇……

很快，居民们就无法忍受，纷纷妥协，签字搬家，只有一个人坚守到了最后，并拿到了最高的补偿款。

哪位神人那么能挺得住？李龙呗！

记者们慕名前来采访李龙，想知道在老鼠都逃光的情况下，这个男人是如何生活的？

李龙挠挠头说："其实也没什么。我只不过靠吃压缩饼干充饥，用耳麦隔绝噪音，用防毒面罩过滤恶臭的空气，用胡椒喷雾器驱走蛇……"

记者听得一愣一愣的，不禁发问："天啊，你家的'装备'怎么会那么齐全？"

李龙轻松一笑，说："我一直常备着一个急救包嘛，里面都是我上网淘来的矿泉水、饼干、应急灯、防毒面罩等各种用品，还有好不容易淘来的胡椒喷雾器和军用帐篷。要知道，我住的可是老城区，房子陈旧、设备老化，真要遇上事了，没有这个急救包，恐怕扛不过去。"

记者笑了："看来，你为了和开发商死扛，真是下了苦功夫啊！"

李龙解释说："开发商？才不是，当年，我是怕世界末日来才准备的。没想到在这儿派上用场了！"

意料之外

□ 胡茂全

小珍是个漂亮的女护士，有三个男人整天围着她转，一个比一个殷勤：大款每天车接车送；公务员时时情话绵绵；还有个帅哥，不但长得好，身材更好，就是话不多。小珍也没细问他是干什么的，只觉得帅哥那两手臂的肌肉看着就让她心花怒放。这三个男人各有所长，小珍实在难以取舍。

护士长给小珍出主意："这些男人对你的感情是真是假，一顿饭就能试出来。"她写下一张菜单，又说："从头到尾陪你吃完这顿饭的男人，就是你的真命天子！"小珍一瞧，这些菜就是护士长平时吃的瘦身餐，真是要多难吃有多难吃，但护士长见的世面多，小珍不敢多问，便一一照单准备。

小珍先约来大款。大款一进门，见满桌的凉拌素菜，勉强尝了一口，

皱着眉道："太好吃了！"没到一分钟，大款说有个生意要谈，走了。

小珍有些失落，约来公务员。公务员尝了一口，也苦着脸道："真是美味！"没过五分钟，公务员说有个会要开，也走了。

小珍叹了一口气，约来帅哥。帅哥进门，围着一桌素菜盯了半天，话都没说一句，转身也走了。

次日，护士长听了小珍的叙述，意外地说："都走了？没下文了？"

小珍说，后来大款打来电话说："珍，我懂你的意思，那盘泡菜底下有张信用卡，你当伙食费吧……"公务员也打来电话，说："珍，那盘海带丝下面有张免费餐券，到任何一家酒店都能免费用餐一年……"

护士长听了，不住地摇头，小珍又说："那帅哥倒是回来了……"护士长说："看来他最有觉悟！"

小珍大笑着说："看着一桌凉拌菜，他是'觉悟'了，干脆扛了两个煤气罐给我，他呀，就是干这个的！"

换了一个人

□ 马奕彦

那一天，间先生家正晾着元宵面，从楼上却泼下一盆水，把面全打湿了，这下气得间先生的女人朝上面破口大骂："喂，贱人……"间先生一听，急忙劝她别骂了。见老公一副息事宁人的样子，女人就更来气了，数落他是个窝囊废！

女人骂的那个"贱人"，其实是间先生的前妻，叫翡翠。因为一直没有孩子，再加上疙里疙瘩的问题，

两人便离了婚，于是把居住的楼中楼分割成上下两套产权房，上层分给了翡翠，间先生住到下层，也就是一楼。

翡翠离婚后，一直没有再嫁人，倒是间先生很快又结婚了。间先生总觉得自己有点心虚理亏，所以每当楼上的翡翠有不当之处，比方说，水泼下来了，夜里脚步声太响了，他总会劝说老婆息事宁人。

这天，间先生从外面一回来就板着个脸，在阳台上发呆，看样子心情不好。突然，头上"哗哗"作响，又是一阵"雨"瓢泼而下，而且这"雨水"臭哄哄的，像是浇菜的粪水！

间先生伸出头朝楼上阳台看了看，立马一改常态，直奔二楼，把翡翠家的门擂得震天响。翡翠慌忙放下粪勺开了门，只见间先生沉下脸，朝她大吼："你搞什么？在房子里玩农家乐啊！你这样泼着粪水玩，把自己的快乐建立在别人的痛苦之上，像话吗？还有完没完？"翡翠被呛得直翻白眼，傻了。

间先生嚷了好一会儿，这才回到自己家里。自家的女人乐了，咋啦？太阳从西边升起来了？她眉开眼笑地说："哟，你今儿个咋就换了一个人了？"

间先生眼睛一瞪，说："是翡翠心里换了一个人——她要嫁人了！"

(本栏题图、插图：包丰一 顾子易)